한국 불교문화와 고전시가

한국
불교문화와
고전시가

나정순

보고사
BOGOSA

차례

제2부
불교문화의 전통과 조선 전기 시가 문학

제3부

불교와 근대 문학 소고

사천왕사 터

경주박물관에 소장된
양지스님의 녹유장상

한국 문화의 화두, 공덕(功德)

우리는 왜 이 세상에 왔을까?
신라인들은 그 해답을 한 노래에서 다음과 같이 말하고 있다.
'우리는 이 세상에 공덕 닦으러 왔노라.'고…

『삼국유사』'양지사석(良志使錫)' 조에는 양지스님의 '신이한 포대자루'에 얽힌 이야기가 있다. 시주자의 집으로 날아간 포대에 재비나 시주물이 들어차면 저절로 날아갔다가 다시 석장(錫杖: 승려의 지팡이)으로 돌아오는 고로 절의 이름을 석장사라 했는데, 그 절에 양지스님이란 분이 계셨다. 양지스님의 예술적 능력이 탁월했다. 서체, 그림뿐만 아니라 조각 조소에도 능통하였는데 지금의 경주 사천왕사 터에 남았던 스님이 조각품은 그 명성을 밀해주는 듯 아름답고 정교하다. 그래서 양지스님은 일명 신라의 미켈란젤로라 불린다. 스님이 그 당시 장육존상을 지을 때 남녀가 진흙으로 만든 벽돌을 날랐다. 고된 노동을 하면서 그들은 다음과 같은 노래를 불렀다.

오다 오다 오다
오다 서럽더라

서럽다 우리들이여

공덕 닦으러 오다   – 양주동 해석본

    일명 '풍요(豊謠)'라고 불리는 이 짧은 한편의 노래가 마음을 울린다. 언젠가 불경에서 '복덕'과 '공덕'의 차이를 살펴보다가 문득 〈풍요〉에 등장하는 '공덕'이란 단어가 떠올랐던 적이 있다. 도대체 '복덕'은 무엇이고 '공덕'은 무엇이란 말인가. '복덕'과 '공덕'은 각각 어느 때 쓰이고 있는지 궁금해서 『금강경』을 찾아보았다. 기본적으로 한국 불교의 '소의경전(所依經典)'이라고 하는 『금강경』을 살펴보면 의문이 풀릴 수 있을 것 같았기 때문이다.

    『금강경』에는 '복덕(福德)'이란 한자 어휘가 대략 18번, '공덕(功德)'이란 한자 어휘가 9번쯤 등장한다. 불경이 한문으로 번역되는 과정에서 '복덕'과 '공덕'의 차이를 고려하여 쓴 것을 보면 양자는 쓰임새에 따라 분명히 달리 사용된 것임을 알 수 있다.

    평상시 무심히 지나쳤던 그 단어들의 쓰임이 궁금해지자 〈풍요〉에서 말하는 '공덕 닦으러 오다'라는 구절이 예사롭지 않게 다가왔다. 『금강경』에서는 '공덕'이나 '복덕'을 어떤 상황에서 사용하고 있는지 문제의식을 가지고 바라보다 보니 재미있는 사실을 발견할 수 있었다.

    특이하게도 일정한 내용과 관련될 때 규칙적으로 '공덕'이나 '복덕'이란 어휘가 사용되고 있다는 사실을 알 수 있었다. 일반적으로 '경전을 수지 독송할 때'는 '공덕을 얻거나(得) 공덕이 성취된다'고 했다. 또 하나의 용례를 찾아보니 일체의 법에 '무아(無我)'로서 '인(忍)' 곧 '인내'를 이룰 때도 '공덕'을 얻는다고 했다.

　그러고 보면 '공덕'이란 이렇게 '마음공부'와 '인욕'을 했을 때만 성취될 수 있는 것으로 쓰인 듯하다. 그런데 〈풍요〉에서 우리들이 이 세상에 온 까닭을… '공덕 닦으러 온 것'이라고 했으니….

　새삼 신라인의 그 마음 밭에 경외심마저 든다. 물론 〈풍요〉를 『삼국유사』에 수록한 이는 고려 후기 충렬왕 때인 13세기의 일연스님이었지만, 7세기경부터 11세기 이후까지 여전히 향유되었을 향가의 모습을 헤아려 보지 않을 수 없다. 일찍이 신라인들은 이미 자연스럽게 마음공부를 일상에서 행하고 있었던 듯하다. 오늘날로 치면 대중가요나 노동요와 같은 짧은 노래에서조차 그들은 '공덕 수행'이라는 대목을 읊었으니 말이다.

　『균여전』에서 〈보현십원가〉에 대하여 '세상 사람들의 희락지구(戱樂之具)'라고 한 것을 보면 당대에는 이런 노래들이 바로 대중가요였던 것이다. 요즈음과 같이 감각적인 욕망의 세계에서 애정요가 주류를 이루는 대중가요의 세태와 달리, 일상 속에서 공덕을 노래했던 걸 보면 신라인의 정신적 깊이가 요즘 사람들의 그것과는 비교될 수 없는 듯하다.

　하지만 공덕 수행 차 '마음공부 해야지' 하고 마음먹는다고 마음공부가 쉽게 되는가? 우리 모두 인생을 살면서 알다시피 아무리 마음공부를 하겠다고 마음을 먹어도 '인욕'하지 않으면 모든 것은 헛수고다. '인욕'이란 무엇인가? 사람이 살아가는 데 있어서 아마 제일 어려운 일 중의 하나가 '인욕'일 것이다. 우리는 나와 다른 타인과 더불어 살면서 무수히 부딪치고 괴로워하며 인욕을 위한 고통 속에서 힘겨워한다. 인욕이 쉬운 일이라면 『법화경』에서도 이 같은 표현을 하진 않았을 것이다. '인욕의 갑옷을 입으라.'고….

이런 생각에 미치다 보니 〈풍요〉라는 짧은 한편의 노랫말이 더욱 가슴에 다가온다. '우리는 공덕 닦으러 이 세상에 왔노라'고….

그렇다면 공덕은 무엇이고 복덕이란 무엇인가? 사람은 누구나 다 복덕을 받고 싶어 한다는데 도대체 '복을 받는다'·'복을 구한다'라는 것은 무엇일까? 이 부분에 대해서는 여러 가지 설이 있어 이루 열거하기 어렵다.

『금강경』에서는 재물을 보시할 때 또는 남에게 경전의 4구게(四句偈) 등을 말해 줄 때 '복덕'을 얻을 수 있다고 한다. 일단 재물과 관련된다는 점이 눈길을 끈다. 그러나 『법화경』 등의 경전에서는 경전의 수지 독송이나 사경(寫經)뿐만 아니라, 절이나 탑을 세울 때도 공덕이 있다고 하였다. 이런 점 때문에 복덕과 공덕에 대하여 결국 같다고 보는 관점도 있는 듯하다.

그런데 『육조단경』에서는 '공덕'과 '복'의 차이를 아주 명확하게 설명하고 있다. 다음에서 성철스님이 편역한 『육조단경(六祖壇經)』의 한 대목을 보자. 다음은 육조대사와 위사군의 대화 내용이다.

위사군이 예배하고 스스로 말하였다.

"큰스님께서 법을 설하심은 실로 부사의(不思議)합니다. 제자가 일찍이 조금 한 의심이 있어서 큰스님께 여쭙고자 하오니, 바라건대 큰스님께서는 대자대비로 제자를 위하여 말씀하여 주소서."

육조대사께서 말씀하셨다.

"의심이 있거든 물으라. 어찌 두 번 세 번 물을 필요가 있겠는가."

위사군이 물었다.

"대사께서 설하신 법은 서쪽 나라에서 오신 제 일조 달마조사의 종지(宗旨)가 아닙니까?"

대사께서 말씀하셨다.

"그렇다."

제자가 듣자오니 달마대사께서 양무제를 교화하실 때, 양무제가 달마대사께 묻기를,

"'짐이 한평생 동안 절을 짓고 보시를 하며 공양을 올렸는데 공덕(功德)이 있습니까?'라고 하자, 달마대사께서 '전혀 공덕이 없습니다(無功德)'라고 대답하시니. 무제는 불쾌하게 여겨 마침내 달마를 나라 밖으로 내보내었다고 하는데 이 말을 잘 알지 못하겠습니다. 청컨대 큰스님께서는 말씀해 주십시오."

육조대사께서 말씀하셨다.

"실로 공덕이 없으니, 사군은 달마대사의 말씀을 의심하지 말라. 무제가 삿된 길에 집착하여 바른 법을 모른 것이니라."

위사군이 물었다.

"어찌하여 공덕이 없습니까?"

육조대사께서 말씀하셨다.

"절을 짓고 보시하며 공양을 올리는 것은 다만 복을 닦는 것이다. 복을 공덕이라고 하지는 말라. 공덕은 법신(法身)에 있고 복밭(福田)에 있지 않으니라.

자기의 법성(法性)에 공덕이 있나니, 견성(見性)이 곧 공(功)이요, 평등하고 곧음이 곧 덕(德)이니라. 안으로 불성을 보고 밖으로 공경하라(內見佛性 外行恭敬). 만약 모든 사람을 경멸하고 아상(我相)을 끊지 못하면 곧 스스로 공덕이 없고 자성은 허망하여 법신에 공덕이 없느니라.

생각마다 덕을 행하고 마음이 평등하여 곧으면 공덕이 곧 가볍지 않으니라. 그러므로 항상 공경하고 스스로 몸을 닦는 것이 곧 공(功)이요, 스스로 마음을 닦는 것이 곧 덕(德)이니라. 공덕은 자기의 마음으로 짓는 것이다. 이같이 복과 공덕이 다르거늘 무제가 바른 이

치를 알지 못한 것이요, 달마대사께 허물이 있는 것이 아니니라."

여기서 달마(達磨)가 양(梁) 무제(武帝)에게 대답하기를 '절을 짓고 탑을 세워도 특별히 공덕이 없다.'라고 했던 것은 바로 유위공덕(有爲功德)의 무의미함을 뜻한다. 말하자면 겉으로 드러나는 공덕보다는 마음으로 행하는 무위공덕(無爲功德)이 소중하다는 것이다. 이렇듯 공덕은 결국 마음으로 짓는 것이라 하겠다. 굳이 구분하여 보자면 공덕에 비해 복덕은 물질로 지어 얻는 것에 가깝다고도 할 수 있을 것이다.

원래 '공덕'이란 산스크리트어나 팔리어의 '구나(Guna)'를 번역한 말로 불교에서 중시하던 덕목의 하나였다. '구나' 즉 공덕에 대해서는 이미 초기 불교의 경전이나, 주석서인 『청정도론』 등 대부분의 관련 서적에서도 찾아볼 수 있다.

『금강경』 외에 고려와 조선 전기 불교문화의 근간이 되었던 『지장보살본원경』에서도 '공덕'에 대한 언급이 있다. 특히 '교량보시공덕품'에서는 구체적으로 보시 공덕의 경중에 대하여 설하고 있는데, 국왕 등이 가장 빈천한 무리와 불구자들에게 자비심을 나타내었을 때 그 복리는 백항하사 부처님께 보시한 공덕과 같고, 한 터럭 한 티끌 한 모래 한 물방울만한 착한 일이라도 행하여 법계에 회향한다면 이 사람의 공덕은 백 천생 중 으뜸가는 묘한 낙을 받는다고도 하였다. 하지만 자기 집 권속이나 자신만의 이익으로 돌린다면 이런 과보는 삼생(三生) 동안만 낙(樂)이 되어 만(萬)에서 하나만을 얻게 되는 일이라고 하였다.

그 외에도 여타 불경에서는 보살이 지닌 세 가지 덕으로 공덕, 지계, 지혜를 꼽기도 하였다.

고려의 문화 가운데 '공덕'이란 덕목이 얼마나 깊게 깔려 있었는가
는 『고려사』에도 잘 드러나 있다. 고려 시대에는 나라에서 끊임없이
'공덕천도량'을 베풀었다. 이는 기우(祈雨) 등 호국을 위한 불교적인
한 방편이었다.

조선 시대에 이르러서도 왕실뿐만 아니라 민간에서 공덕을 노래하
였던 전통은 여전히 이어졌다. 일례로 조선 전기 예술의 실상을 알려
주는 『악학궤범』에 담긴 '학연화대처용무합설'이라는 정재(呈才)에도
고려 〈처용가〉에 덧붙여 불교적인 내용의 노래가 등장하는데 임금
앞에서 '천인을 구제하신 공덕'이나 '불보살의 묘한 공덕'을 노래하기
도 한다.

이와 같이 조선 전기 이후 여전히 이어졌던 불교적인 '공덕'의 전통
은 일반 민중의 노래에까지 연결되어 전통의 맥을 지속시켜 나갔다.
예를 들어 상여소리 앞머리에 요령을 흔들며 죽은 이의 명복을 빌고
산 자의 액을 없애주길 바라면서 불렀던 〈향도가〉(상여소리)에도 '공
덕'에 대한 대목이 애절하게 드러난다.

> 이왕지사 가는 길에 선심이나 허구 갈까
> 배고픈 사람 밥을 주어 아사구제나 허구가지
> 옷 읊는 사람 옷을 주어 구란공덕 허구가지
> 목마른 사람 물을 주어 급수공덕 허구가지
> 깊은 물에 다리를 놓아 월천공덕 허구가지
> 높은 산에 법당 지어 염불공덕 허구가세
> 인제 가시면 원제 오시나 오시는 날이나 알려 주오[1]

이 외에도 '공덕'에 대한 대중의 노래는 여러 가지 경로로 전승되었다. 다음의 예시는 작자 미상의 가사문학인 〈회심곡이라〉이다.

> … 선심공덕하며 무슨공덕 하였나야
> 배고픈이 맘을주어 긔사구졔 하였나야
> 헐벗은이 옷을주어 극낙현심 줄였나야
> 좋은터에 원을지여 행인구제 하였나야
> 집푸물의 다리놓아 월천공덕 하였나야
> 목마른이 물을주어 금수공덕 하였나야
> 병든사람 약을주어 화인공덕 하였나야
> 좋은터에 원두노아 만인희갈 하였나야
> 부처님께 공양하야 염불공덕 하였느냐[2]

이 〈회심곡이라〉의 내용을 보면 〈상여소리〉의 공덕 타령과 별반 다르지 않다. 이는 불교문화의 전승과 함께 널리 회자되었던 '공덕'이라는 덕목의 모습을 다양하게 보여준다.

많은 이들이 한국문화와 '한(恨)'의 정서를 연관시키기도 하지만 '한'에는 다분히 우리 문화를 바라보던 부정적 인식이 깔려 있다. '한'이란 이루어지지 않은 응어리가 바탕이 되어 집적된 것이다. 하지만 우리의 역사와 문화 가운데 '한'이란 정서만 있었겠는가?

---

1) 『한국민요대전』, 강원CD-08, 상여소리, 철원군.
2) 작자 미상, 〈회심곡이라〉, 한국가사문학관 소장. 필자가 현대어로 다시 고쳐 수록함을 밝혀 둔다.

> 노래 삼긴 사람 시름도 하도할샤.
> 닐러 다 못닐러 불러나 푸돗단가.
> 진실(眞實)로 플릴 거시면은 나도 불러 보리라. - 신흠 작

 이같이 신흠의 시조에서 드러나는 흥취는 우리의 전통 정서에서 주요한 미학적 단위로 거론되기도 한다. 조선 시대의 문학에서 우리는 '흥'의 정서를 발견하기도 하고 '무심'의 미학을 발견하기도 한다. 우리의 문화를 딱 하나로 꼬집어 이것이라고 규정지을 수는 없다.

 그럼에도 불구하고 이 자리에서 감히 말한다면, **오랜 세월 우리의 노래 속에 지속적으로 등장하는 '공덕'이라는 화두를, 나는 무엇보다도 한국 전통문화의 키워드로 꼽고 싶다.**

 물론 여기서 말하는 '공덕'이란 조선 시대 이후 사대부들이 추앙했던 공로와 덕행이라는 유교적 질서의 예도와는 사뭇 다른 것이다. 앞에서도 말했다시피 여기서 강조하고자 하는 공덕이란, 불교문화에서 유래한 공덕 즉 '무아'와 '인욕'을 바탕으로 한 공덕을 말한다.

 나는 우리 전통적 어머니의 모습에서 '한'보다는
 '공덕'과 더 어울리는 면면을 떠올리게 된다.
 옥수 한 사발을 떠놓고 상녹대에서 천지신명께 기도를 올렸던
 수많은 어머니들의 모습에는 분명 '무아'와 '인욕'에서 우러나온
 '공덕'의 따스함이 간직되어 있다.
 그 공덕의 온기를 거슬러 올라가다 보면 만나게 되는
 〈풍요〉와 신라인의 마음 밭….

언젠가부터 그 공덕의 온기가 신라 이후 시가 문학의 전통에서 어떻게 전해져 왔는지를 살펴보고 싶었다.

그렇게 불교 공부에 관심을 둔 지 어느새 십여 년이 넘었다. 묘봉 스님께서 화계사에 계실 때『금강경 오가해』를 배우러 다니면서 야보선사를 알게 되었고, 각묵 스님께『청정도론』을 배우면서 초기 불교에 대하여 이해하게 되었다. 그리고 열반하신 통광 스님께 보조『수심결』을 배우기까지… 불교문화의 전통에서 고전 시가 문학을 바라보다 보니 여전히 연구해야 할 과제가 남아 있었고 그 바탕에는 '공덕'이란 화두가 자리 잡고 있었다.

그러한 문제의식을 가지고 있다가 시절인연을 만나 이 책을 쓰기 시작하였다. 2009년 봄부터 2017년 봄에 이르기까지 8년에 걸친 시간 동안 책을 짓는 내내 나에게 있어서의 화두는 '공덕'이었다.

조선 전기 향악 불찬은 왕실의 불교문화를 바탕으로 한 공덕 추구의 발원이었고…, 작자 미상의『시용향악보』소재 시가들 역시 그동안 무속적인 노래라고 단정되어 왔지만 그 연원을 탐색해보니 그것은 국가적 차원에서 이루어진 호국 불교적 공덕 추구의 산물이었다. 또한『금강경 오가해』에 수록된 야보선사의 선시 역시 법성의 요체를 드러내고자 하였던 공덕을 형상화한 것이었고 월산대군의 작품은 바로 그것을 시조로써 표현한 것이었다.

이렇게 불교문화의 전통 가운데 이어져 온 '공덕'을 화두 삼아 고전 시가를 탐색하다 보니 결과적으로 본 연구서가 나오게 되었다. 이 저서는 주로 학술 연구 논문으로 쓴 것을 주제별로 모은 것이라서 대중에게는 친숙하지 않을 것이다. 혹시 이 책을 읽는 대중들이 계시다면 다만 지금 읽고 계신 이 부분만 읽어 주신 것으로도 큰 공덕이

되었으리라고 말씀드리고 싶다.

한국의 고전 시가는 상당수가 불교문화의 전통에서 탄생한 것임에도 불구하고 우리는 늘 이 문제를 뒤로 미룬 채 각자 보고 싶은 것만 보아 왔다. 불교는 한국 전통문화의 정체성을 말해주는 주요한 기제였음에도 불구하고 우리는 낯설게도 아직 불교문화의 문 밖에서 서성이고 있다. 필자 역시 문밖에서 서성거리다가 불교계의 검증을 받기 위해 선학원의 문을 두드렸고, 선리연구원에서 발표를 하는 가운데 글을 써야 할 힘을 얻게 되었다. 이 자리를 빌려 선학원 법진 스님께도 감사드린다.

마지막으로 '공덕'을 추구하며 살았던 이 땅의 모든 이들에게 삼가 이 책을 바친다.

제1부

불교문화의 전통과
『시용향악보』 소재 시가(詩歌)

제1장

/

『시용향악보』소재 〈성황반〉·〈나례가〉의
불교적 성격과 연원

1. 머리말

고려가요는 전대의 향가와 달리 인간적인 감정과 정서의 표현에
치중하면서도 다양한 유형의 작품군으로 존재하고 있어 획일적으로
장르적 특징을 규정하기는 어렵다. 궁중 가악으로 전승되면서 민요
적 기원과 속성을 지니거나, 개인창작적 성격을 지니면서 인간적인
서정을 노래하거나 혹은 불교직인(또는 이른바 부가적인) 성격의 작품
군 등으로 전승되면서 그 부류가 비교적 다양하기 때문이다.

이들 작품군 중 불교 가요나 무가계 노래는 그간 고려가요 연구에
서 주변부로 밀려나 있었다. 소위 무가계 시가라고 하는 작품군의
경우, 〈처용가〉를 제외하고는 모두『시용향악보(時用鄕樂譜)』에 실려
있는데『악장가사』나『악학궤범』에 실린 작품군에 비해 수록 가집의
성격상 다소 모호한 면이 있어 주목된다.

『시용향악보』소재 이른바 무가계 시가[1]에는 〈나례가〉·〈성황반〉·〈내당〉·〈대왕반〉·〈잡처용〉·〈삼성대왕〉·〈대국 1, 2, 3〉·〈군마대왕〉·〈구천〉·〈별대왕〉등이 있다. 이들 노래에 대해서는 일반적으로 '무가적'이라고 일반화함으로써 추상적이고도 선험적인 관점에서 조명되어 온 측면이 있다. 이러한 일련의 노래들이 과연 무가적 성격을 지녔는지 아닌지에 대한 논의는 그간 활발하지 않았지만 이 방면 연구의 쟁점거리가 되어 왔다.

『시용향악보』소재 무가계 시가는 초창기 김동욱 교수에 의해 '무가류'로 지칭되었으나[2] 임재해 교수는『시용향악보』무가류 시가가 현전하는 무가 자료들과 다른 점을 지적함으로써 무가가 아니라 무의적 소재를 바탕으로 한 연희악이라는 설을 주장하였다.[3] 이후 무가류 시가에 관한 논의는 큰 틀에서 위와 같은 두 가지 견해 즉 무가냐 아니면 연희악이냐 하는 관점에서 벗어나지 않았다.

『시용향악보』라는 가집의 체제와 수록된 노래들과의 관련성을 검토해 볼 때『시용향악보』소재 무가류 시가는 고려 말 조선 초의 궁중악이었기 때문에 단순히 '무가'로 규정되는 것에는 문제가 있다고 보

---

1) 여기서 '가요'라는 용어를 쓰지 않고 '시가'라는 용어를 쓰는 까닭은 본고의 대상 작품이 모두 궁중향악보의 가사라는 점에서 상층적 속성을 지니고 있기 때문이다. 그런 점에서 임재해 교수가 '시가'라고 한 것은 비교적 타당한 관점이라 할 수 있다. '무가'라는 용어는 지금까지 학계에서 사용해 왔기 때문에 편의상 통칭을 위해 이 책에서도 그대로 가져다 쓰지만 필자는 기본적으로 이 부류의 작품이 모두 불교와 관련된 것으로 본다.

2) 김동욱, 「시용향악보 가사의 배경적 연구」, 『한국가요의 연구』(을유문화사, 1961), 169-272면.

3) 임재해, 「시용향악보 소재 무가류 시가 연구」, 『한민족어문학』 9(한민족어문학회, 1982), 155-182면.

는 것이 본고의 입장이다. 『시용향악보』나 『악장가사』에 실린 가집의 노래는 대부분 국가나 왕실 혹은 임금의 무강과 번영을 기원하거나 또는 민요에서 차용된 경우에도 연주지사(戀主之詞)의 의미를 지니는 것이 대부분이기 때문이다. 따라서 무가류 시가로 불리는 노래들에 대해서도 궁중 악가로서의 정착 양상을 따져 본 후 그 성격을 규정해야 할 것이다. 이러한 점에 착안하여 이들 작품을 속요 장르의 논의에서 배제해 온 연구사의 관행을 반성하면서 연희악으로 바라본 임재해의 관점은 궁중악가의 정착 기반을 바탕으로 했다는 점에서 주목할 만하나 이른바 무가류 시가의 '무속적' 혹은 '불교적' 기원과 속성에 대해서는 충분히 논의하지 않은 점이 여전히 숙제로 남는다.

이 연구의 출발점은 바로 여기에 있다. 『시용향악보』 소재 무가류 시가가 향악으로서 궁중악으로 존재했던 노래들과 더불어 존재하는 상황을 보건대 무가라고 단정 짓는 데에는 무리가 있다고 보는 본고의 관점은 이른바 무가류 시가를 연희악으로 바라본 임재해 교수의 견해와 일정 부분 동일한 측면이 있다.

단지 이 연구에서 기왕의 연구와 다르게 제시하고자 하는 점은 이들 일련의 작품들이 연희악으로 존재했지만, 구나(驅儺) 의식을 감상하고 시적으로 묘사한 서정시가 아니라, 그 생성된 연원이나 전승의 기반을 추정해 볼 때 나례의식과 연관된 주술적 의미를 지녔던 연희악이라는 점이다. 이들 노래가 연희악의 성격을 지니지만 나례 의식이 지니고 있었던 불교적 혹은 무속적 성격과 상관되어 있다고 보는 것이 본고의 관점이다.

이 같은 성격은 『시용향악보』 소재 12수의 작품과 모두 관련되지만 특히 연구의 논의를 뒷받침해줄 수 있는 〈나례가〉와 〈성황반〉의

예시에서 중점적으로 나타난다. 〈나례가〉는 음력 섣달그믐에 민가나
궁중에서 묵은해의 잡귀를 몰아내기 위하여 벌이던 의식인 나례와
관련한 모습을 묘사하고 있다. 이 작품 내에서의 묘사 모습이 나례의
연희성을 표현한 것이지 벽사 의식을 표현하고 있는 것이 아니기 때
문에 주술성과 거리가 멀다고 볼 수도 있으나 『고려사』나 『조선왕조
실록』에 수록된 '나례'와 관련한 상당수의 기록과 관련하여 볼 때 〈나
례가〉는 주술적 효용을 바탕으로 한 연희 가운데 불린 노래로 보아야
마땅하다.[4] 작품에서 나타나듯 '산굿을 겪게 되면' 달라지는 상황은
바로 벽사의 의미와 무관하지 않음을 보여주기 때문이다. 조선조 이
후 나례가 부묘 후 혹은 임금의 환궁 시 혹은 사신의 영접 등 연희악
에 사용되기도 했지만 본질적으로 고려조로부터 행해진 나례에서 그
중심을 이루는 것은 축귀 의식이었다.

　〈성황반〉과 같은 작품도 이와 같은 축귀 의식에서 행해지는 벽사
의 의미를 표출하는 대표적 예시라 할 수 있다. 본고에서 강조하고자
하는 점은 〈성황반〉과 같은 노래가 나례의식과 관련한 연희악의 성
격을 지니지만 본격적인 무가는 아니더라도 연희 중 국가나 왕실의
안위를 위해 주술적 염원을 담고 있던 노래로서의 효용적 기능은 여
전히 가졌을 것이라는 점이다. 오늘날과 같은 연희로서의 성격을 생
각하기보다는 고려 말이나 조선 전기 호국적 이념의 가치를 추구하
였던 당대 사회의 관점에서 생각해 보는 시각이 요구된다.

　『시용향악보』에 실린 노래의 제목 상 〈성황반〉이라는 뜻 자체는

---

4) 이 같은 관점은 김수경의 논의(김수경, 『고려처용가의 미학적 전승』(보고사, 2004),
　279-295면)에서도 언급되었으나 본고에서는 그 이면에 내재한 무불 습합의 의미와
　층위를 밝히는 데에 중점을 두고자 한다.

무속적 의미를 지니는 듯 하지만 작품의 내용을 보면 실상 〈성황반〉은 불교의 사천왕 신앙을 담고 있어 주목된다. 〈성황반〉이라는 노래는 고려의 호국 불교적 이념을 투영해 작품 내에 사천왕 신앙과 습합되어 있는 점이 특이하다. 이러한 사천왕 신앙의 노래는 나례 의식과 결합하여 벽사의 기능을 지니다가 고려 말 이후 조선조로 넘어가면서 불교의 표피를 벗고 무불 습합의 모습이 잔존한 연희의 풍악으로 이어지면서 여전히 주술적 염원의 의미를 지속해 나갔을 것으로 추정된다.

『시용향악보』 소재 12수의 노래 중 상당수는 고려조에서 호국 불교의 이념을 바탕으로 한 궁중 악가로 존재하다가 조선조에 이르러 유교적 권위의 표방 하에 음악으로서의 기능은 그대로 남은 채 가사가 부분적으로 개작된 모습을 보여주는 예들이다. 〈성황반〉에서 나타나는 사천왕 신앙이라든가 〈내당〉에서 보이는 미륵신앙 등은 이와 같은 이행기의 모습을 추정할 수 있는 사례들이다. 그동안 '장난을 젖히는' 내용을 담은 〈삼성대왕〉·〈대국〉 등의 노래 기원에 대하여 대개 무속적 신앙에서 근원을 찾는 것이 학자들의 일반적 견해였지만 실상 고려 시대에 유행했던 불교 경전인 『금광명경』 등의 내용에서 수지독송의 일차적 기능이 '장난을 없애주는 것'이라는 점을 볼 때 무가 계열 고려 시가의 기원을 호국 불교적 이념에서 확인하지 않는 한 그 실체에 온전히 접근하기는 어려울 것으로 보인다.[5]

속칭 무가 계열의 시가는 그동안 고려가요 연구의 축적된 전통 속

---

5) 이 장에서는 〈나례가〉·〈성황반〉에 대해서만 집중적으로 다루고 나머지 작품에 대해서는 다음 장에서 논하고자 한다.

에서 보자면 불모지라고 할 만큼 방치되어 있었다. 연대 미상의 작품과 불명확한 기원, 그리고 고려조에서 조선조로 이어지는 시대적 단층성과 궁중 속악가사와 향악가사로의 개편, 전용이라는 장르적 다층성으로 인해 연구의 입지는 당연히 좁아질 수밖에 없는 상황이었다.

그러나 무가계 시가류를 배제한 채 고려가요의 장르적 성격을 논의한다는 것은 논리적으로 성립되기 어렵다. 『시용향악보』소재 26수 중 무가계 시가류가 차지하는 비중은 거의 절반에 가까운 12수나 되기 때문이다. 그러함에도 불구하고 지금까지 무가계 시가 중『악학궤범』에 수록된 고려 〈처용가〉를 제외하고는 연구가 활발하게 진행되지 못했던 것이 학계의 현실이다. 따라서 본고에서는 이른바 무가계 시가류 중 특히 〈나례가〉와 〈성황반〉을 중심으로 고려 시대의 노래가 궁중 악가로서 지녔던 연희성과 더불어 그 연원의 기반으로 형성되었던 불교적 성격에 관하여 검토하고 무불 습합의 과정과 성격을 논증하는데 중점을 두고자 한다.

이 연구는 속칭 무가계 시가류의 연희적 측면과 주술적 의미의 동반적 성격이라는 점을 살피는 면에서도 중요하겠지만 고려조의 노래들이 조선 전기 향악의 악보 가사로 정착화 되었던 전개의 기저를 살필 수 있다는 점에서도 중요하다. 뿐만 아니라 무가계 시가류의 연구는 궁극적으로 『시용향악보』란 가집의 성격을 재조명 하는 데에도 하나의 방향성을 제시해줄 수 있을 것으로 예상된다.

2. 『시용향악보』 수록 노랫말과 전반적 개관

조선 초기 향악곡의 노랫말이 전하는 고악보에는 『세종실록악보』·『대악후보』·『시용향악보』·『금합자보』 등이 있고 노랫말을 전하는 가집으로 『악학궤범』과 『악장가사』를 들 수 있다. 조선 초기 향악곡을 정리해 보면 본고에서 다룰 속칭 무가류 시가의 개괄적 면모를 파악해 볼 수 있다.

〈표 1〉 향악곡 일람표[6]

곡명＼문헌명	세종실록악보	대악후보	시용향악보	금합자보
1. 치화평	○	○	×	×
2. 취풍형	○	○	×	×
3. 봉황음	○	○	×	×
4. 만전춘	○	○	×	×
5. 진작	×	○	×	×
6. 이상곡	×	○	×	×
7. 납씨가	×	○	○	×
8. 횡살문	×	○	○	×
9. 감군은	×	○	×	○
10. 서경별곡	×	○	○	×
11. 만대엽	×	○	×	○
12. 하림별곡	×	○	×	○
13. 쌍화곡	×	○	○	×
14. 보허자	×	○	×	○
15. 영산회상	×	○	×	×
16. 북전	×	○	×	○

---

6) 국사편찬위원회, 『신편 한국사』 27권, 「조선초기의 문화」, 2002, 411~412면 참조. 이를 바탕으로 본고의 형편에 맞게 도표를 만든 것임을 밝혀 둔다.

17. 동동	×	○	×	×
18. 정읍	×	○	×	×
19. 자하동	×	○	×	×
20. 유림가	×	×	○	×
21. 사모곡	×	×	○	○
22. 나례가	×	×	○	×
23. 정석가	×	×	○	○
24. 청산별곡	×	×	○	×
25. 유구곡	×	×	○	×
26. 귀호곡	×	×	○	×
27. 생가료량	×	×	○	×
28. 상저가	×	×	○	×
29. 풍입송	×	×	○	×
30. 야심사	×	×	○	×
31. 성황반	×	×	○	×
32. 내당	×	×	○	×
33. 대왕반	×	×	○	×
34. 잡처용	×	×	○	×
35. 삼성대왕	×	×	○	×
36. 군마대왕	×	×	○	×
37. 대국 1,2,3	×	×	○	×
38. 구천	×	×	○	×
39. 별대왕	×	×	○	×
40. 여민락	○	×	×	○

위 향악곡들은 시기와 유래에 따라서 네 부류로 나누어 볼 수 있다. 첫째 조선 초기까지 전승된 고려 시대의 향악곡, 둘째 조선 초에 창작된 향악곡, 셋째 조선 초기부터 조선 후기까지 전승된 일련의 향악곡 등이 있고 그 외 나머지 한 부류가 있다.[7]

---

7) 앞의 책, 411-412면 참조.

　첫째 부류에 속하는 향악곡으로는 〈만전춘(滿殿春)〉·〈진작(眞勺)〉·〈자하동(紫霞洞)〉·〈야심사(夜深詞)〉·〈사모곡(思母曲)〉·〈서경별곡(西京別曲)〉·〈북전(北殿)〉·〈청산별곡(靑山別曲)〉·〈한림별곡(翰林別曲)〉·〈동동(動動)〉·〈정읍(井邑)〉·〈풍입송(風入松)〉·〈정석가(鄭石歌)〉·〈이상곡(履霜曲)〉·〈상저가(相杵歌)〉·〈유구곡(維鳩曲)〉·〈귀호곡(歸乎曲)〉(일명 〈가시리〉) 등을 들 수 있다.

　둘째 부류에 속하는 향악곡으로는 〈치화평(致和平)〉·〈취풍형(醉豊亨)〉·〈봉황음(鳳凰吟)〉·〈납씨가(納氏歌)〉 등 4곡을 들 수 있고 셋째 부류에 속하는 향악곡으로는 〈감군은(感君恩)〉·〈만대엽(慢大葉)〉·〈영산회상(靈山會相)〉·〈여민락(與民樂)〉 등 4곡이 있다.

　넷째 그 외 나머지 부류의 향악곡으로 무가계 노래를 들 수 있다. 일반적으로 무가계 노랫말을 담고 있는 것으로 알려진 향악곡 중 〈성황반(城皇飯)〉·〈나례가(儺禮歌)〉·〈내당(內堂)〉·〈대왕반(大王飯)〉·〈잡처용(雜處容)〉·〈삼성대왕(三城大王)〉·〈군마대왕(軍馬大王)〉·〈대국(大國) 1, 2, 3〉·〈구천(九天)〉·〈별대왕(別大王)〉 등의 향악곡[8]은 그 내용으로 보아 고려조로부터 전승된 것으로 보는 것이 일반적 시각이다. 이 부류의 작품들은 여타 악보에는 보이지 않고 『시용향악보』에만 수록되어 전한다.[9]

　『시용향악보』 소재 향악곡 중 〈납씨가〉·〈횡살문〉·〈서경별곡〉·〈쌍화곡〉은 『대악후보』에, 〈사모곡〉·〈정석가〉는 『금합자보』에 공

---

8) 〈대국〉 一, 二, 三을 1편으로 보느냐 3편으로 보느냐에 따라 『시용향악보』 소재 총 악곡 수는 24수 혹은 26수로 불릴 수 있다.

9) 이 책에서는 주로 이 부류의 작품에 대하여 살펴본다.

통적으로 수록되어 있으며, 〈유림가〉·〈서경별곡〉·〈사모곡〉·〈정석
가〉·〈여민락〉 등은 『악장가사』 등에도 그 노랫말이 남아 있다.

　『시용향악보』 소재 향악곡의 노랫말을 살펴보면 〈납씨가〉 이하
〈야심사〉까지의 노래는 대부분 국가나 왕조의 안녕을 기원하거나 군
신 부모와 관련하여 노래하는 경우가 대부분이다. 이와 달리 무가계
열의 노래로 불리는 〈성황반〉 이하 〈별대왕〉까지 12수의 노랫말은
일반적으로 무속적인 성향을 지닌다고 규정되어 왔다. 이 부류의 노
래는 그간 관행적으로 무속적이라는 통칭 하에 논의되어 왔으나 실
상 이들 노래에서는 단지 무속적이기만 한 것이 아니라 불교적인 성
격도 나타난다. 여기서 '불교적'이라는 의미는 불교 교학의 기본이라
할 수 있는 불교 경전에 수록된 내용과 『시용향악보』 소재 작품의
내용이 일치하는 경우를 말한다. 따라서 본고에서는 무속적인 측면
과 불교적인 측면이 습합되어 나타나 있는 면모를 통칭 '무불(巫佛)
습합'이라고 명명한다.

　본고에서 주목하는 〈성황반〉·〈나례가〉와 같은 향악곡의 경우 노
랫말의 내용에 첨삭과 변개가 이루어짐으로써 불교적이면서도 무속
적인 다면적 성격을 띠게 되었을 것으로 추정된다. 이러한 추론은
다음 장에서 논의할 〈성황반〉과 〈나례가〉를 바탕으로 검증될 것이다.

3. 〈성황반〉과 불교의 상관성

1) 〈성황반〉의 의미 층위와 사천왕 신앙 및 성황

　『시용향악보』에 실린 〈성황반〉의 노래 내용을 보면 다음과 같다.

東方애 持國天王님하
南方애 廣目天子天王님하
南無西方애 增長天王님하
北方山의사 毗沙門天王님하
　다리러 다로리 로마하
　디렁디리 대리러 로마하
　도람다리러 다로링 디러리
　다리렁 디러리
內外예 黃四目天王님하　　－〈城隍飯〉

　우선 〈성황반〉이란 노래를 살펴보면, 여음구 이전의 내용이 모두 '사천왕'을 호명하는 것에 집중하고 있다. 특별한 내용이나 의미를 전달하는 것이 아니라 여음구를 제외한 전체 노래 5줄이 모두 천왕을 부르는 내용이다. 앞부분은 '네 방위의 사천왕'을 부르는 내용이고 나머지 뒷부분은 '내외(內外)의 황사목천왕(黃四目天王)'을 부르는 내용인데 말하자면 전체 노랫말이 사방과 내외의 천왕신을 호명하고 있는 것이다. 그런데 노래 내용과 달리 노래 제목에서는 '성황반(城皇飯)'이라 한 것을 보면 방위의 신을 불러 성황에 대한 예를 다하며 음식을 공양하면서 수호의 발원과 연원을 담았던 사성을 알 수 있다.

　뿐만 아니라 여음구 이후의 대목에서는 '황사목천왕'을 부르고 있어 앞의 네 방위를 다스리는 사천왕 이외에도 나례의식에 등장하는 '황사목'도 더불어 나타나고 있음을 알 수 있다. 이렇게 볼 때 〈성황반〉이란 노래는 세 가지 층위에서 검토해 보아야 할 필요가 있다. 첫째는 불교의 사천왕과 관련된 층위, 둘째는 나례의식과 관련된 층위, 셋째는 제목에서 드러난바 성황과 관련된 층위가 그것이다. 그렇다면 어떻게 이질적인 세 가지 층위의 의미가 하나의 작품에 복합되어 생성될 수 있었는지를 살펴보기로 한다.

〈성황반〉에서 불리고 있는 '사천왕'은 불경에 등장하는 천신이다. 우리나라에서는 '고려대장경'에 다수 보이는데 이 작품에 등장하는 사천왕은 『금광명경』[10] 이외에도 『불설여래부사의비밀대승경』·『불설초분설경』·『부자합집경』·『대보적경』·『불설비사문천왕경』·『대방광불화엄경』[11]·『지장보살본원경』 등 다수의 경전에 나타나 있어 불교의 교학적 설명으로도 입증 가능한 대상이다.

사천왕은 욕계 육천의 하나인 사왕천을 다스리며 수미산의 네 주를 수호하는 신으로 불법을 지키며 세상과 나라를 수호하는 신이다. 그 중 동방지국천왕(東方持國天王)은 사천왕 중의 하나로 수미산 중턱에 살며 동방을 지키는 천왕이다. 건달바·부단나라는 두 신(神)을 지배하여 동주(東洲)를 주로 수호한다. 서방광목천왕(西方廣目天王)은 크고 넓은 눈으로 수미산의 서방 국토를 바르게 지키며 중생을 도와주는 천왕이라는 뜻이다. 용·비사사라는 두 신을 지배하여 서주를 주로 수호한다. 남방증장천왕(南方增長天王)은 수미산 중턱 남쪽을 관장하는 천왕으로서 '자꾸 늘어나며 넓어진다'는 뜻의 한자로 번역

---

10) 『금광명최승왕경(金光明最勝王經)』의 약칭으로 보통 『금광명경(金光明經)』이라 한다. 호국삼부경(護國三部經)의 하나이기도 한 이 경전은 5종의 한역본이 있는데, 그 가운데 703년 당 의정(義淨)의 『금광명최승왕경(金光明最勝王經)』 10권이 가장 후에 번역되었다. 그 내용은 여래(如來) 수명의 영원성, 사천왕(四天王)에 의한 호국사상 및 현세 이익적 신앙 등이다. 성덕왕 2년에 김사양이 가지고 온 『최승왕경(最勝王經)』은 바로 의정(義淨)의 번역본이었을 것으로 추정한다.

11) 이 경전들 중 『대방광불화엄경』에서만 사천왕이 '화엄성중'으로 나타난다.

하여 '增(증)', '長(장)'이라고 하는데 중생의 이익을 넓고 길게 만드는 천왕이라는 뜻이다. 구반다·폐려다라는 두 신을 지배하여 주로 남주를 수호한다. 북방다문천왕(北方多聞天王)은 비사문천왕(毘沙門天王)이라고도 불리는데 수미산의 북방을 수호하는 천왕으로 야차(夜叉)·나찰(羅刹)이라는 두 신을 지배하여 북주를 주로 수호한다. 도리천(忉利天)의 주(主)인 제석천(帝釋天)의 명을 받아 사천하를 돌아다니면서 사람들의 동작을 살펴 이를 보고하는 신이다.[12]

이렇듯 사방과 관련된 사천왕은 〈성황반〉에서 네 방위의 신[13]을 관장하는 신으로 나타나는데 여기에 등장하는 사천왕은 앞에서 제시한 바와 같이 약간의 차이는 있지만 불경의 내용에서 흔히 확인할 수 있다. 노래 내용 중 여음구가 시작되기 전까지의 전반부에는 오직 사천왕을 호명하는 것에 집중하고 있는데 작품 내용에서 천왕을 부르는 '칭명'의 양상은 지금까지도 사찰에서 불자들이 기도하는 과정에 여전히 행하고 있는 것과 유사하다. 『악학궤범』에 수록된 〈관음찬〉 등[14]의 경우를 보더라도 관세음보살을 끊임없이 호불 혹은 칭불하는 형태는 불교 신앙의 기도 양태로서 예나 지금이나 행해지고 있

---

12) 동국대학교 진자불전연구소, 『불교사전』, 2000, '한글대장경 검색시스템' 참조.

13) 17세기에는 서방광목천왕과 남방증장천왕으로 불렀던 기록들이 있지만 〈성황반〉에서와 같이 남방광목천왕, 서방증장천왕으로 되어 있는 것을 보면 이 노래에서의 호명은 통일신라기 사천왕 신앙의 호명 형태와 매우 닮아 있다.

14) 〈관음찬〉·〈미타찬〉·〈본사찬〉 등 모두 불보살을 단순히 반복적으로 칭불하는 내용이다. 일례를 들어보면 '圓通敎主觀世音菩薩 補陀大師觀世音菩薩 聞聲濟苦觀世音菩薩 拔苦與樂觀世音菩薩 大慈大悲觀世音菩薩 三十二應觀世音菩薩 十四無畏觀世音菩 救苦衆生觀世音菩薩 不取正覺觀世音菩薩 千手千眼觀世音菩薩 手持魚囊觀世音菩薩 頂戴彌陀觀世音菩薩'과 같이 호불하는 방식이다. 뒤에서 상론할 것이다.

는 자연스러운 화법이다.

칭명염불은 구칭염불로서 부처의 명호를 외우거나 부르는 것으로 염불의 한 종류이다.[15] '염'은 마음으로 생각하고 입으로 부르는데 통하고, '불'은 불상(佛像)과 불체(佛體)와 불명(佛名)에 통하는 것이다.[16] 칭명염불은 불교 예식에서 가장 흔하면서도 보편적인 의식의 하나로 칭명염불을 방편으로 시작하여 최후에 마음이 부처에 계합되는 실상염불로 나아가는 과정이 되기도 한다. 〈성황반〉에서의 사천왕 호명은 불교 의식의 기본 단계를 보여주는 보편적인 양태인 것이다. 사천왕 신앙을 기반으로 한 〈성황반〉의 작품 내용을 보건대 그간 인상적 비평에 근거하여 무속적이라든가 무가적이라고 했던 견해는 재고해 볼 필요가 있다. 그간 무가적이라고 해석하였던 것은 작품의 내용보다는 단지 작품의 제목에 기대어 인상적으로 접근했던 것으로 보인다.

물론 〈성황반〉이라는 제목이 말해주듯 이것은 성황신에게 제의를 지내는 의미를 내포하고 있다. 제목에서는 성황신에게 공양을 올리는 모습을 보여주는데 반해 내용의 전반부에서 사천왕을 부르며 수호를 염원한다는 것은 양자의 이질적 관계를 드러내는 것으로서 〈성황반〉이란 노래가 몇 단계의 변화 단계를 거쳐 합성된 것임을 추정케 한다.

---

15) 불호를 하는 형태는 중국의 당, 송에서도 행해졌다.

16) 동국대학교 전자불전연구소, 『불교사전』 참조. 이 칭명염불은 불명(佛名)을 부르는 칭염(稱念)의 염불을 말하는 것으로서 여기에는 정심(定心) 염불과 산심(散心) 염불, 소리의 크고 작음으로 나누는 대념(大念) 소념(小念)이 있고 한 부처님 명호만을 일컫는 칭명 정행(正行)과 여러 부처님의 명호를 일컫는 칭명 잡행(雜行)이 있다.

　　본래 사천왕 신앙은 7, 8세기에 본격적으로 사천왕사의 창건[17] 등 호국적 이념으로 숭상되었던 바인데 고려조에 들어와서는 이전 시대보다 사천왕 신앙이 더 크게 받아들여져 왕의 주도 아래 호국 이념을 바탕으로 사천왕도량인 인왕도량, 문두루도량이 주기적으로 성대하게 베풀어졌다. 『삼국유사』 문무왕 법민 조에 나타난 기록을 보면 당나라가 신라를 침략할 때도 사천왕 신앙을 통해 고난의 과정을 극복하였고[18] 7세기에 사천왕사를 지어 호국하였던 모습은 『삼국유사』나 『삼국사기』의 여러 기록을 통해서도 확인되는 바이다. 특히 『삼국사기』의 기록에 사천왕사를 짓고 704년 당에서 돌아온 김사양이 『금광명최승왕경』을 가지고 온 것[19]을 보면 당대의 사천왕 신앙에 대한 관심을 충분히 짐작할 수 있다. 앞에서도 언급했듯이 '금광명최승왕경'은 사천왕 신앙을 기반으로 서술된 불경이다.

　　사천왕 신앙은 고려조에 이르러서도 왕실에서 숭앙되었던 모습을 확인할 수 있다. 『고려사』에 의하면 고려 고종 때는 궁중에서 사천왕도량을 열었고[20] 사찰에서 사천왕도량을 베풀어 여진을 물리치기 위해 빌기도 하였다.[21] 『고려사』에는 고려 궁중에서 사천왕도량을 열어

---

17) 『三國史記』 권7, 문무왕 19년 8월. "四天王寺成."

18) 『三國遺事』, 기이 제2, 문무왕 법민. "金天尊 奏曰明朗法師入龍宮傳秘法以來請詔問之 朗奏曰狼王召明朗曰事已逼至如何 朗曰以彩帛假搆宜矣 乃以彩帛營寺草搆五方神像以瑜珈明僧十二員明朗爲上首作文豆婁秘密之法 時唐·羅兵未交接風濤怒起 唐舡皆沒於水 後改刱寺名四天王寺至今不墜壇席 後年辛未唐更遣趙憲爲帥亦以五萬兵來征又作其法舡沒如前."

19) 『三國史記』 권8, 신라본기 제8. "唐 金思讓 迴獻 最勝王經."

20) 『고려사』 권22, 世家. "高宗 4년 12월, 庚申." 親設四天王道場于宣慶殿."

21) 위의 책, 권12, 世家. "睿宗 3년 7월, 丙子 遣使東界 設文豆婁道場於鎭靜寺 設四天王道場於毗沙門寺 以禳邊寇."

적을 물리치고자 빌었던 기록이 여럿 남아 있다.[22]

이러한 기록은 모두 사천왕 신앙과 궁중 왕실의 상관성을 직접적으로 보여주는 것들이라는 점에서 사천왕 신앙과 왕실문화의 관계를 가늠케 한다. 고려 시대의 사천왕 신앙이 조선조 초기의 궁중에로까지 이어졌던 양상은 다음의 기록을 통해서도 확인할 수 있다.

사신을 사천왕사 등에 보내어 사천왕 도량을 베풀다.[23]

그러나 사천왕과 관련한 언급은 태조 조의 위 기록을 제외하고는 『조선왕조실록』에서 이후 자취를 감춘다. 적어도 조선 태조 조까지는 궁중에서도 사천왕 신앙을 이어갔지만 그 이후 왕조실록에서 '사천왕'은 사라지게 되고 그것을 대신하여 등장하게 되는 것이 '성황'이다.

이 부분에서 우리는 흥미로운 지점을 발견할 수 있다.

왕조실록 태조 2년의 기록에 의하면 성황의 신은 작위를 받고 심지어 녹봉을 받으며 신격화된다. 이러한 모습은 조선 전기 왕조실록의 기록에 다수 등장한다.

이조에서 경내(境內)의 명산(名山)·대천(大川)·성황(城隍)·해도(海島)의 신(神)을 봉(封)하기를 청하니, 송악(松岳)의 성황(城隍)은 진국공(鎭國公)이라 하고, 화령(和寧)·안변(安邊)·완산(完山)의 성

---

22) 앞의 책, 권9, 世家, "文宗 28年 7月. 庚子 設文豆婁道場於東京 四天王寺 二十七日 以禳蕃兵."

23) 『태조실록』 7권, 4년 6월 1일(계해) 1번째 기사, "遣使四王等寺 設四天王道場."

황(城隍)은 계국백(啓國伯)이라 하고, 지리산(智異山)·무등산(無等山)·금성산(錦城山)·계룡산(鷄龍山)·감악산(紺嶽山)·삼각산(三角山)·백악(白嶽)의 여러 산과 진주(晉州)의 성황(城隍)은 호국백(護國伯)이라 하고, 그 나머지는 호국(護國)의 신(神)이라 하였으니, 대개 대사성(大司成) 유경(劉敬)이 진술한 말에 따라서 예조(禮曹)에 명하여 상정(詳定)한 것이었다.[24] (필자 밑줄)[25]

태조 조 초기에 이르면 궁중에서는 사천왕 등 불교적 의미의 도량에 기도하는 대신 성황을 중심으로 제를 지내었음을 알 수 있다. 다음의 기록을 살펴보기로 한다.

　　예조 전서(禮曹典書) 조박(趙璞) 등이 상서(上書)하였다.
　　"신 등이 삼가 역대(歷代)의 사전(祀典)을 보옵건대, 종묘(宗廟)·적전(籍田)·사직(社稷)·산천(山川)·성황(城隍)·문선왕(文宣王)의 석전제(釋奠祭)는 고금(古今)에 널리 통행(通行)되었으며 국가의 상전(常典)인 것입니다. 지금 월령(月令)의 규식(規式)대로 아래에 갖추어 기록하오니, 청하옵건대, 유사(攸司)에 내려 때에 따라 거행하소서. 원구(圜丘)는 천자(天子)가 하늘에 제사 지내는 예절이니, 이를 폐지하기를 청합니다. 여러 신묘(神廟)와 여러 주군(州郡)의 성황(城隍)은 나라의 제소(祭所)이니, 다만 모주(某州), 모군(某郡) 성황(城)의 신(神)이라 일컫고, 위판(位板)을 설치하여, 각기 그 고

---

24) 앞의 책, 태조 3권, 2년 1월 21일(정묘) 2번째 기사, "吏曹請封境內名山大川城隍海島之神 松岳城隍曰鎭公 和寧安邊完山城隍曰啓國伯 智異無等錦城雞龍紺嶽三角白嶽諸山晉州城隍曰護國伯 其餘皆曰護國之神 蓋因大司成劉敬陳言 命禮曹詳定."
25) 이하 『조선왕조실록』 및 『고려사』 등 인용문의 경우 인용한 원문의 내용에 충실하게 그대로 실었음을 밝혀 둔다.

을 수령(守令)에게 매양 봄·가을에 제사를 지내도록 하고, 전물(奠物)·제기(祭器)·작헌(酌獻)의 예(禮)는 한결 같이 조정(朝廷)의 예제(禮制)에 의거하도록 하소서. 봄·가을에 장경(藏經) 백고좌(百高座)의 법석(法席)과 7소(所)의 친히 행차하는 도량(道場)과 여러 도전(道殿), 신사(神祠), 초제(醮祭) 등의 일을 고려의 군왕(君王)이 각기 일신상의 소원[私願]으로써 때에 따라 설치한 것을, 후세의 자손들이 구습(舊習)에 따라 혁파하지 못하였으니, 지금 천명(天命)을 받아 새로 건국(建國)함에 어찌 전폐(前弊)를 그대로 따라 하며 떳떳한 법으로 삼겠습니까? 모두 폐지해 버리기를 청합니다. …"[26]

이와 같이 불교적인 도량을 파하고 그 대신 성황을 중심으로 제사를 지내라는 예조의 권고를 시작으로 조선 전기에는 성황에 제사 지냄으로써 불교 도량을 거세해 나갔다. 방위의 신이었던 사천왕을 대신하여 성황에 제사를 지내기 시작했던 당시의 기록은 본 연구와 관련하여 볼 때 주시할 만한 대목이다. 말하자면 당대의 변화 추이를 고스란히 담고 있었던 이행기의 상황을 노래한 것이 바로 〈성황반〉이라는 노래였다. 〈성황반〉이라는 노래 자체만으로 볼 때 노래 내용의 앞부분에서는 '사천왕'을 부르고 있지만 정작 노래의 제목은 '성황반'이라는 모순된 양상을 보이고 있어 외견상 이 노래의 정체가 모호해 보이기도 한다. 하지만 정작 당대의 기록과 관련하여 생각해 보면

---

26) 『태조실록』 1권, 1년 8월 11일(경신) 2번째 기사, "曹典書趙璞等上書曰 臣等伏覩歷代祀典宗廟籍田社稷山川城隍文宣王釋奠祭古今通行有國常典 今將月令規式具錄于後請下攸司以時擧行 圓丘天子祭天之禮請罷之 諸神廟及諸州郡城隍國祭所請許只稱某州某郡城隍之神設置位板各其守令每於春秋行祭奠物祭器酌獻之禮一依朝廷禮制 春秋藏經百高座法席七所親幸道場諸道殿神祠醮祭等事前朝君王各以私願因時而設後世子孫因循不革 方今受命更始豈可踏襲前弊以爲常法 請皆革去."

사천왕이 성황으로 대치되었던 당대의 복합적 상황과 정확하게 일치하고 있다는 점에서 자료적 가치와 특이성을 주목하지 않을 수 없다.

앞에서 살펴본 바와 같이 사천왕에 제를 올린 태조 4년의 기록을 마지막으로 사천왕 신앙에 대한 기록은 왕조실록에서 더 이상 보이지 않는다. 태조 즉위부터 불교 도량을 없애고 성황에 제를 올리는 일이 시작되었지만 태조 4년에야 비로소 사천왕사에 도량을 베푸는 것을 마지막으로 사천왕 신앙에 대한 불교적 자취는 사라지고 만다.

불교 신앙으로서의 사천왕 신앙이 〈성황반〉이라는 작품 속에서 개작화됨으로써 변형해 나갔던 모습은 사천왕을 호명하는 작품의 내용을 통해서도 확인할 수 있다. 일반적으로 동방을 지키는 천왕은 지국천왕, 북방을 지키는 천왕은 다문천왕, 혹은 비사문천왕, 서방을 지키는 천왕은 광목천왕, 남방을 지키는 천왕은 증장천왕이다. 11세기 북송에서 만들어진 『부자합집경』을 보더라도 각 방위에 대한 천왕의 위치는 이와 같이 고정적이다. 그런데 〈성황반〉이라는 작품에서는 남방에 광목천왕, 서방에 증장천왕을 호명하고 있어 불교의 원형적 성격에서 벗어나 있는 모습을 보여준다. 또한 비사문천왕이 지키는 북방의 경우 역시 작품 내용에서는 '북방산'으로 변개되어 있어 불교적 내용이 민속 신앙화한 모습을 드러낸다. 이는 '성황반'이라는 제목이 말해주듯이 사천왕이라는 방위의 신이 불교적 위력을 잃고 변모되면서 민간신앙으로서 주술적 염원의 대상이 되어나갔던 과정을 여실히 보여주는 요소들이라 할 수 있다.

2) 〈성황반〉과 나례의식의 상관성

〈성황반〉에 등장하는 또 다른 의미의 층위는 노래 말미에 나타나는 '황사목천왕'과 관련한 대목에서 찾아볼 수 있다. 이는 바로 고려조로부터 조선조에 이르기까지 행해졌던 나례의식에 등장하는 '황사목'과도 관련된다는 점에서 주목을 요한다.

『고려사』에 나타난 '군례'에는 나례의식에 관한 기록이 남아 있다. '나례 의식에서 집사자들이 붉은 옷을 입고 귀신을 몰아내는 힘을 발휘할 때 가면을 쓰게 하고 오른손에 창(槍) 왼손에 방망이를 들고 황금(黃金)으로 된 눈이 4개 달린 곰의 가죽을 쓰게 하여 잡귀를 쫓아낸다.'[27]고 하였는데 바로 그 '황금사목(黃金四目)'은 〈성황반〉에 등장하는 '황사목천왕님'의 '황사목'과 그대로 일치한다.[28] 〈성황반〉에서 '황금사목'과 '천왕'을 합하여 '황사목천왕'이 된 것을 보면 나례의식에 등장하는 축사(逐邪)의 기능을 바탕으로 궁중에서 행해지던 염원이 황사목천왕의 호명으로 나타난 것임을 짐작할 수 있다. 동서남북 사방의 방위신인 사천왕을 부른 후 연이어 내외를 지키는 황사목천왕을 연결하여 여섯 방위의 공간을 관장한 천신을 호명하였던 양상

---

27) 『고려사』권64, 志 권제18, 禮六 군례 季冬大儺儀, "大儺之禮前一日所司奏聞選人年十二以上十六以下爲侲子着假面衣赤布袴褶二十四人爲一隊六人作一行凡二隊執事者十二人着赤幘褠衣執鞭 工人二十二人其一方相氏著假面黃金四目蒙熊皮玄衣朱裳右執戈左執楯其一爲唱帥著假面皮衣執棒鼓角軍二十爲一隊執旗四人吹角四人持鼓十二人以逐惡鬼于禁中 有司先於儀鳳廣化朱雀迎秋長平門備設酒果禳物又爲瘞坎各於門之右方深稱其事 前一日夕儺者各赴集所具其器服依次陳布以待事." (필자 밑줄)

28) 박병채, 『고려가요의 어석연구』(이우출판사, 1980), 358면 참조. 이 책에서는 '황금사목천왕'을 나례에서 악귀를 쫓는 방상씨로 보았다. 본 연구에서는 '황금사목'과 '천왕'이 결합된 것으로 본다.

은 바로 불교와 무속 그리고 나례의식이 결합하여 호국의 염원 의지를 추구하였던 내적 기저를 반영하는 것이다.

『증보문헌비고』에는 나례의식에 대해 시기별로 정리해 놓은 내용이 소상하게 나타나 있다.

정종(靖宗) 6년(1040)에 조서(詔書)를 내리기를,

"짐(朕)이 즉위한 이래로 마음을 호생(好生)의 덕(德)에 두어서 새·짐승·곤충으로 하여금 모두 사랑하는 은혜를 입게 하려고 하는데 세밑의 나례(儺禮)에 다섯 마리의 닭을 책살(磔殺: 찢어서 죽임)하여 역기(疫氣)를 몰아내려 하니 짐이 매우 마음 아프게 여긴다. 그러니 다른 물건으로 대체하는 것이 옳겠다."

하니 사천대(司天臺)에서 아뢰기를,

"『서상지(瑞祥誌)』에 겨울의 마지막 달에 유사에게 명하여 대나례(大儺禮)를 행하되 곁에 토우(土牛)를 책살하여 한기(寒氣)를 보낸다."고 하였으니 청컨대 누른 토우를 4마리를 만들되 각각 길이가 1자 높이가 5치로 하여 닭을 책살하는 것을 대신하게 하소서,"

하므로 그대로 따랐다.

예종 11년(1116)에 대나(大儺)를 행하였다. 이보다 먼저 환자(宦者)가 나(儺)를 나누어 좌우로 만들어서 이기기를 구하고 임금이 또 제왕(諸王)에게 명하여 나누어 주장하게 하였다.

의종(毅宗) 때 상정(詳定)한 섣달의 대나 의식(大儺儀式)에 나이가 12세 이상 16세 이하의 사람을 뽑아서 진자(侲子: 아이 초라니)를 삼아 가면(假面)을 씌우고 붉은 베 고습(袴褶)을 입혀서 24명을 1대(隊)로 하고 6명을 1행(行)으로 하여 2대(隊)로 한다. 집사자(執事者: 일 맡은 사람) 12명은 붉은 책(幘: 수건)을 쓰고 구의(褠衣)를 입는다. 채찍을 잡은 공인(工人)이 22명인데 그 한 사람은 방상씨(方

相氏)가 되어 황금으로 눈이 넷인 가면(假面)을 쓰고 곰 가죽을 덮어 쓰며 검은 윗도리에 붉은 치마를 입고 오른쪽에는 창을 잡고 왼쪽에는 방패를 쥔다. 그리고 그 한 사람은 창사(唱師)가 되는데 가면을 쓰고 가죽옷을 입으며 봉(捧)을 잡는다. 고각군(鼓角軍)은 20명이 1대(隊)가 되는데 기(旗)를 잡는 사람이 4명 각(角)을 부는 사람이 4명 북을 가진 사람이 12명으로 악귀(惡鬼)를 금중(禁中)에서 쫓아 낸다. 방상씨(方相氏)가 창을 쥐고 방패를 드날리면서 창솔(唱率)하면 진자(侲子)가 화답하기를 "갑작[甲作: 귀신을 먹는 신(神)]은 흉(凶)을 먹고 혁위(赫胃)는 역(疫)을 먹고,[본조(本朝) 『오례의』에는 필위(胇胃)가 호(虎)를 먹는다."로 되었다.] 웅백(雄伯)은 매(魅)를 먹고 등간(騰簡)은 불상(不祥)을 먹고 남저(覽諸)는 구(咎)를 먹고 백기(伯奇: 짐승 이름)는 몽(夢)을 먹고 강량(强梁)·조명(祖明)은 함께 책사(磔死)·기생(寄生)을 먹고 위수(委隨)는 관(觀)을 먹고 착단(錯斷)은 거(巨)를 먹고,[『오례의』에는 '신(臣)을 먹는다.'고 되어 있다.] 궁기(窮忌)·등근(騰根)은 함께 고(蠱)를 먹으니 무릇 12신(神)으로 하여금 악귀를 쫓게 한다. 잡히면 너희들의 몸을 흉측하게 구워서 간을 자르고 너의 살을 토막토막 도려내며 폐장(肺腸)을 꺼낼 것이니 네가 빨리 떠나지 않으면 쫓는 자의 밥이 될 것이다."[29] (필자 밑줄)

위 기록은 〈성황반〉이라는 노래가사의 앞 대목에 등장하는 사천왕과 노래의 뒷부분에 등장하는 내외의 황사목천왕이라는 양자의 관계성을 이해하는 데 참고가 된다. 노래 내용 중 후반부에 '다리러 다로

---

29) 『국역 증보문헌비고』 64권(세종대왕기념사업회, 2000), 예고 11 제묘 부록 儺 고려 참조.

리 로마하 디렁디리 대리러 로마하 도람다리러 다로링 디러리 다리
링 디러리'라는 여음구가 등장한 이후 '내외(內外)예 황사목천왕(黃四
目天王)님하'라고 하여 사천왕과는 또 다른 의미를 첨가한 것은 위의
기록에서 알 수 있는 바와 같이 나례의식이 지니는 고유성 즉 악귀를
쫓는 축사의 기능이 노래에 결합되었음을 반영하는 것이다.

〈성황반〉은 이렇듯 불교의 사천왕 신앙을 바탕으로 하다가 성황을
모시는 의미로 대치되었던 변천사를 작품 속에 그대로 보존하고 있
을 뿐만 아니라 나례의식과도 결합하여 잡귀를 쫓는 축귀의 주술적
염원을 담아냄으로써 무불 습합적인 세속화의 다층적 변모를 드러낸
다.[30] 이러한 추정이 가능할 수 있는 이유는 나례 의식 역시 고려 궁
중의 호국적인 축귀 의식에서 발전하여 조선 전기에도 여전히 호국
의 염원을 이어가는 의식으로 이어지다가 점차 오락적으로 변질되어
나갔던 양상에서 찾을 수 있다.

나례의식이 궁중에서 호국적 행사로 행해지다가 조선조 이후 민간
에 영향을 끼치며 주술적 기능과 더불어 오락적 연희성을 간직하게
된 모습은 『용재총화』에 수록된 다음의 기록을 통해서도 짐작해 볼
수 있다.

　　　한 해의 명절에 거행하는 일이 한 가지뿐이 아니나 섣달 그믐날에

---

30) 특히 짧은 내용의 노래에서 불교와 무속 그리고 궁중의 의식을 내포하고 있다는
점에서 〈성황반〉이란 노래가 지니는 전통적 의미와 가치는 새롭게 조명되어야 할
필요가 있다. 고려 시대 사찰의 도량에서 행해졌던 당대의 호국 불교 사상을 기반으
로 하였던 호국 불교의 이념과 무속 신앙의 양상 그리고 나례 의식이 조선조의 향악
곡으로까지 이어지며 변화해 나갔던 전통의 모습을 확인할 수 있다는 사실은 『시용
향악보』의 자료적 가치를 말해주는 것이기도 하다.

어린애 수십 명을 모아 진자(侲子)로 삼아 붉은 옷에 붉은 두건을 씌워 궁중(宮中)으로 들여보내면 관상감(觀象監)이 북과 피리를 갖추어 소리를 내고 새벽이 되면 방상시(方相氏)가 쫓아낸다. 민간에서도 또한 이 일을 모방하되 진자는 없으나 녹색 죽엽(竹葉)·붉은 형지(荊枝)·익모초(益母草) 줄기·도동지(桃東枝)를 한데 합하여 빗자루를 만들어 대문[欞戶]를 막 두드리고 북과 방울을 울리면서 문 밖으로 몰아내는 흉내를 내는데 이를 방매귀(放枚鬼)라 한다. 이른 새벽에는 그림을 대문간과 창문에 붙이는데 그림에는 처용각귀종구(處容角鬼鍾馗)·복두관인(僕頭官人: 급제하여 홍패(紅牌)를 받을 때 쓰던 관)·개주장군(介冑將軍)·경진보부인(擎珍寶婦人) 그림·닭 그림과 호랑이 그림 따위였다.[31] (필자 밑줄)

이와 같이 방상씨가 축귀를 했던 의식을 민간에서도 모방하여 오락적으로 이어가며 민간 신앙적 요소로 남았던 모습에 비추어 볼 때 『시용향악보』 소재 무가 계열의 시가는 단순히 무가라고 한다든가 연희적이라고만 하기는 어렵다. 오히려 주술성과 연희성이 결합되어 전승되었다고 보는 편이 자연스러울 것이다.

---

31) 성현, 『慵齋叢話』 제2권 한국고전번역원, 1971. "歲時名日所擧之事非一 除夜前日 聚小童數十名爲侲子 被紅衣紅巾 納于宮中 觀象監備鼓笛 方相氏臨曉驅出之 民間 亦倣此事 雖無侲子 以綠竹葉紫荊枝益母莖桃東枝 合而作帚 亂擊欞戶 鳴鼓鈸而驅 出門外 曰放枚鬼 淸晨附畫物於門戶窓扉 如處容角鬼鍾馗 幞頭官人介冑將軍 擎珍 寶婦人畫雞畫虎之類也."

4. 〈나례가〉와 나례의식을 통해 본 무불 습합의 양상

1) 〈나례가〉와 나례의식

나례(儺禮)는 주례(周禮)에서 비롯하는데 『여씨춘추(呂氏春秋)』에는 설 전날에 북을 쳐 올려서 역신(疫神)을 쫓는 것을 '축사(逐邪)' 또는 '나(儺)'라 했다. 조선조의 '오례의'는 나례를 다음과 같이 서술하고 있다.

> 섣달에 대나(大儺)를 광화문(光化門)과 도성(都城)의 흥인문(興仁門: 동대문)·숭례문(崇禮門: 남대문)·돈의문(敦義門: 서대문)·숙정문(肅靖門)에서 행한다. 진자(侲子)·방상씨(方相氏)의 복색(服色)과 주사(呪辭)는 고려의 의식과 같다. 관상감(觀象監) 관원이 나자(儺者)를 거느리고 새벽에 근정문(勤政門) 밖에 나아가면 승지(承旨)가 역귀(疫鬼)를 쫓도록 계청(啓請)한다. 내정(內廷)에 들어가서 창(唱)하고 화답하면서 두루 외치기를 마치 면북을 치고 떠들면서 광화문으로 나가는데 대(隊)마다 횃불을 들고 쫓으면서 사곽(四郭) 밖에 이른다.…[32] (필자 밑줄)

위 기록을 보면 '방상씨의 복색과 주사'는 고려 때 의식이 그대로 조선조에 이르기까지 계승되었음을 알 수 있다. 고려 때 나례와 관련한 행사의 기록은 고려 정종 조 이후로 추정되는데[33] 고려조에서는

---

32) 앞의 책, 제64권, 예고 11 제묘 부록 儺, 조선오례의 참조.
33) 『고려사』뿐만 아니라 『국역 증보문헌비고』(고려 정종 6년, 1040년)의 조서 내용에 나례와 관련한 상세한 기록이 있다. 각주 29 참조.

상층의 경우에만 나례와 관련한 행사를 접하였을 뿐 민간의 경우에는 나례를 하지 못하도록 했다.[34] 조선조와는 달리 나례가 고려조에서는 전형적인 상층의 전유물로 향유되었음을 말해준다.

고려 왕조 상층의 전유물로 행해졌던 나례에서 행해졌다는 주사(呪辭)가 과연 어떤 내용이었는지 정확하게 말하기는 어렵지만 적어도 그것이 국가 안녕에 대한 발원 혹은 상층인이나 왕과 왕실의 안녕을 기원하는 주술적 염원의 내용이었을 것임은 충분히 짐작되는 바이다. 이것이 이어져 조선조에 와서는 12월 제석 전야에 구나(驅儺)의 의례를 행한 뒤 '학연화대처용무합설'을 했는데 〈처용가〉·〈삼진작(정과정)〉·〈정읍사〉·〈북전〉·〈처용가〉·〈미타찬〉·〈본사찬〉·〈관음찬〉의 순서로 가창[35]함으로써 "나례와 상조대응하는 의식으로 화하여 조선조 초기의 무용 음악 가요의 종합적 표상"[36]으로 나타났음을 알 수 있다. 〈처용가〉만 보더라도 독립된 노래로서 연행된 것이 아니라 춤을 위한 반주적 성격을 띠면서 춤과 노래가 함께 결합되어 연행되었던 모습을 보여준다.

이와 관련하여 〈나례가〉의 내용을 보자.

> 羅令公宅 儺禮日이
> 廣大도 金線이샤ᄉ이다
> 궁에ᅀᅡ 山ᄉ굿벳 겻더신ᄃᆞ

---

34) 『고려사』 권85, 志 권제39, 刑法 二, 금령(1295년 12월 미상(음), 충렬왕 21년) "禁閭巷儺."
35) 『악학궤범』(민족문화추진위원회, 1979), 29-44면.
36) 박병채, 앞의 책, 340면.

鬼衣도 金線이리라

　　리라리러 나리라 리라리　　－〈儺禮歌〉

　　관련 기록을 토대로 〈나례가〉의 내용을 살펴볼 때 주목할 만한 것
은 '복색과 주사'에 관하여 묘사하고 있다는 점이다. '광대가 입은 복
색에 금선이 있다는 것'이 작품 내에서 의미의 전제라면 '거기서 산
굿을 겪고 나면' 이후 '귀의도 금선이 있게 된다.'고 하는 내용은 일종
의 결과로서 전반적으로 이니시에이션(Initiation)의 절차 과정이어서
흥미롭다. '금선'이 있는 복색은 바로 방상씨가 입었던 '황금사목'과
관련이 있는 것이고 '산굿'의 과정이란 곧 주술적 행위의 과정이다.
이 작품을 나례의 연희성만을 간직한 노래로 보기보다는 짧은 노래
가운데에서도 여전히 주술적 의미를 내포하고 있는 노래로 보아야
하는 이유가 여기에 있다. '나례(儺禮)'에서 '나(儺)'에 포함된 의미 자
체도 바로 '역신을 쫓는 것'이다. 축사(逐邪)를 하고 나니 '귀신의 옷도
금선이 된다'고 하는 노래의 결말은 바로 주술적 과정을 거친 소망의
결과이다.
　　〈나례가〉란 노래가 『시용향악보』에 수록된 것을 보더라도 여타 무
가류 시가가 그러하듯 완전한 무가는 아닐지라도 무속적 혹은 무불
습합적 성격에서 벗어나 있다고 보기는 어렵다. 연희악으로서 존재
했지만 여전히 주술적 염원의 의미는 내재해 있었던 것으로 보는 편
이 오히려 자연스럽다. 〈나례가〉가 『시용향악보』에 수록되는 과정을
통해 조선조 궁중 향악으로 정착될 수 있었던 까닭도 여타 작품과
마찬가지로 고려 궁중이나 상층인의 전유물로서 섣달그믐 제석의 행
사시 호국적 발원을 내포한 주사적 의미가 여전히 잔존했기에 가능

할 수 있었을 것이다. 이러한 흐름은 이후 조선조 궁중 향악으로 정착되면서 궁중의 연회악이나 제례악으로서 벽사 의식과 관계된 연희 행사에서도 통용되었다. 섣달그믐의 나례 의식은 말할 것도 없고 사신의 영접이나 부묘 후 환궁 등 모든 행사에는 왕실의 안녕과 번영을 기원해야 하는 당위성이 있었기에 악곡의 노래 속에 주술적 염원이 내포되어 있다고 보는 관점은 무리가 아니다.

2) 나례의식과 무불 습합의 요소

〈나례가〉의 노래 내용에서는 불교적 성격을 바로 찾아볼 수 없지만 〈나례가〉라는 노래가 나례의식을 기반으로 한다는 점에서 무불 습합적 관련 양상의 유추는 가능하다. 추정의 근거는 나례에서 행해지는 〈처용가〉 혹은 처용무와의 관련성 때문이다.

『악학궤범』에는 섣달 그믐날 나례의식에서 처용무를 추는 것으로 나타나는데 처용무와 관련하여 주목을 요한다. 일반적으로 우리는 처용을 논할 때 무속과의 관계성을 떠올리게 마련이다. 그러나 과연 처용과 관련한 제반 요소들이 무속적이기만 한 것인가에 대해서는 재고의 여지가 있다. 섣달그믐 제야에 〈처용가〉가 불리는데 일명 고려 〈처용가〉로 알려진 이 노래는 무가적인 속성을 지닌 것으로 해석되어 왔다. 그러나 고려 〈처용가〉의 내용 중에는 불교적 관련성을 찾을 수 있는 요소도 다분히 있어 이에 대한 면밀한 고찰이 필요하다.[37]

---

37) 〈처용가〉에 대한 연구는 김수경의 「고려 처용가의 전승과정 연구」(이화여대 박사 학위논문, 1995)에서 상세하게 다루어졌으나 불교 관련 연구는 여전히 필요하다. 〈처용가〉와 불교의 상관성에 관한 논의는 안확(안자산) 양주동 이후 정체되어 버렸

[전강前腔]新羅盛代昭盛代(신라성대소성대)天下太平羅候德處
容(천하태평라후덕처용)아바이시인생이샹블어ᄒ시란ᄃᆡ이시인생이
샹블어ᄒ시란ᄃᆡ[부엽附葉]三災八難(삼재팔난)이一時消滅(일시소
멸)ᄒ샷다 (이하 생략)[38]

〈처용가〉의 노래 내용 중 앞부분에서 화자가 부르고 있는 '나후덕
처용아바'에서의 '나후덕'은 불교와 관련되는 용어이다.

'나후'에 대한 여러 가지 해석이 있지만[39] 여기서 '나후'가 불교와
관련된다고 말할 수 있는 근거는 불경 속에서 찾을 수 있다. 불경에
근거하여 보면 '나후'의 해석에는 두 가지 경우가 있다. 그 하나는
석가모니 부처의 아들로서 '나후라'라는 인물이 있는데 석가모니의
장애가 된다고 하여 붙여진 이름이다. 또 다른 하나는 아수라왕 중의
으뜸에 속하는 나후 아수라왕으로 여러 불경에서 나타나는 명칭이
다. 나후는 『대지도론』이나 『불설입세아비담론』·『대방등대집경』 등
다수의 경전에 등장한다. 『대방등대집경』 '인욕품'[40]에 등장하는 나
후 아수라왕에 대한 묘사는 우리가 일반적으로 알고 있는 처용의 모
습과 상당부분 일치하고 있다. 불경 속에 등장하는 나후는 『삼국유
사』 처용 설화에 등장하는 인자로서의 처용 혹은 고려 〈처용가〉에
나타나는 '복덕과 지혜'를 구족한 인물로서의 처용 그대로이다. 게다

다. 대개 무속과의 연관성 속에서 연구되다 보니 마치 연구가 일단락된 것처럼 여기
기도 하는데 재고해 보아야 한다. 여기서는 〈처용가〉와 나례가 모두 불교적 상관성
이 있다는 것을 강조하고자 한다. 뒤에서 재론할 것이다.
38) 『악학궤범』 권5(민족문화추진위원회, 1979), 29-44면.
39) 박병채, 앞 책, 134-135면 참조.
40) 『한글대장경』(동국대학교 전자불전연구소, 2008) 참조.

가 불경에 등장하는 나후는 바다를 다스리는 대보살로 서술되고 있다. 처용 설화에서 처용이 바다 용왕의 아들로 그려지고 있는 모습은 바로 이러한 유래로부터 기인한 것으로 보인다.[41]

본고에서 처용을 언급하는 것은 처용이 불교나 불교의 공덕과도 관련성을 가지고 있기 때문에 단지 무속과의 상관성 속에서만 파악되어서는 안 되고 무불 습합적 성격을 갖는다는 사실을 강조하기 위함이다. 게다가 나례와 관련하여 『악학궤범』에 등장하는 내용은 이러한 추론을 뒷받침한다. '섣달 그믐날 제야에 행해졌던 '구나(驅儺) 의식'에서 '구나'라는 말을 살펴볼 필요가 있다. 축사(逐邪) 의식으로 불리는 구나에 대하여 이색은 〈구나행〉[42]이라는 시를 지어 군왕의 만세 축수를 기원하기도 했는데 본래 '구나'라는 단어는 범어로 'guna'[43]이다. 구나는 초기불교에서부터 등장하는 흔한 어휘로서 '공덕(功德)'이라는 뜻이다. 초기 불교『청정도론』 등에서 보이는 '구나(guna)'는 중국을 거쳐 한국에 이르는 대승불교 경전에서 '공덕(功德)'으로 번역되어 '지혜'와 더불어 불교의 소중한 가치로 전승되어 왔다. 나례와 관련한 구나 의식도 본래 불교의 공덕 행위를 기반으로 하여 나왔을 것으로 추정된다.[44]

---

41) 안자산, 「조선음악과 불교」, 『불교』 67-70(불교사, 1930); 양주동, 『여요전주』(을유문화사, 1992), 140-200면 참조. 일찍이 안자산도 〈처용가〉와 불교의 상관성을 언급한 바 있으며 양주동도 〈처용가〉와 불교와의 관련성을 언급한 바 있다. 처용은 그 출현한 때가 일식 직후이므로 당시엔 동해용자 후세엔 일식신 '나후'로 인정되었는데 나후는 인욕보살의 일인 '나후라'와 관계되므로 그의 인욕밀행으로서 예의 유사소재설화가 형성된 것으로 추정하였다. 이 책의 4장에서 재론할 것이다.

42) 이색, 『牧隱集』, 「목은시고」 제21권, 시(詩).

43) 『梵韓大辭典』(대한교육문화신문출판부, 2007) 참조.

44) 이에 대한 반론이 있을 수 있다. 하지만 중국에서도 '구나(驅儺)'의 기원에 대하여

고려가 불교 국가로서 공덕을 추구하기 위해 노력했던 흔적은 『고려사』에서도 쉽게 찾아볼 수 있다. 고려조에서는 왕실에서 지속적으로 공덕천도량[45]을 베풀었고 고려 불교문화의 배경이 되었던 불교경전에서 '공덕'은 핵심적인 보살의 덕이었음을 확인할 수 있다. 고려조의 문화가 불교를 바탕으로 '공덕'을 추구하는데 집중하였던 것임을 알 수 있듯이 구나의식에서 〈처용가〉를 불렀던 것도 바로 '공덕' 행위와 관련이 있었기 때문이다. 그것을 뒷받침해 주는 것은 처용무를 출 때 '공덕'을 강조하였던 다음의 기록 내용을 통해서도 확인할 수 있다.

『악학궤범』의 '학연화대처용무합설'에서 우리가 일반적으로 알고 있는 고려 〈처용가〉에 덧붙여 그 다음에 이어지는 노래 내용을 살펴보기로 한다.

> 천리 강토 이 나라에
> 아름다운 기운이
> 울창하시도다.
> 금으로 꾸민 훌륭한
> 궁전 구중문 안에
> 일월같이 밝은 덕을 밝히시니

여러 가지 설이 있기에 가능한 설이라고 본다. '축역' 등과 유사한 의미를 지님에도 불구하고 굳이 '구나'라는 용어를 썼던 부분에 대하여 생각해 볼 필요가 있기 때문이다. 필자는 불교의 공덕 행위인 '구나'를 음차하여 구나(驅儺)라는 용어가 정착되었을 수도 있다고 조심스럽게 추정해 본다.

45) 『고려사』 권23, 世家, 高宗 22年 3月, "三月 甲辰 親設功德天道場于一內殿." 그 외 12번이나 공덕천도량이 언급되어 있음을 확인할 수 있다.

못신하 천년에

구름 탄 용 같은 영걸을 모으시도다.

… [46]

위와 같이 '봉황음 중기'를 연주하며 노래 부르고 이후 이어서 '정읍 급기'를 연주하며 노래한 이후 후도에 불교적인 내용의 노래가 등장한다.

공덕으로 천인을 구제하시도다.

사생에 원해가 많아

팔고가 서로 절박하거늘

소리를 찾아서 괴로움을 구제하시며

생각에 응하여 즐거움을 주시느니라

일부러 만들지 않고도 자재한 힘과

서른 둘로 변신하여 묘하게 응하는 것과

두려움 없는 설법을 중생에게 베푸시니

시종 삼혜가 드시고

얻은 이수가 넉넉하시니

보살이 홀로 능히 증험하시니라

불가사의한 묘덕이여

명성이 백억계에 두루 미치시니

정성하고 무변한 은택이

이 세상에 흘러 파급되시니라.[47] (필자 밑줄)

---

46) 『악학궤범』 5권, 35-38면.

47) 위의 책, 5권, 43-44면.

이와 관련하여 보면 구나의식은 불교의 공덕 행위를 바탕으로 한 것이었다. 여기에서 드러나는 '공덕'은 조선 전기 유교적인 의미로서의 공로와 덕행이라는 '공덕'과는 거리가 있다. 성종 조 『악학궤범』의 기록에는 궁중에서 임금을 위해 처용무를 출 때 그 기본으로 늘 임금께 바치는 불교의 공덕과 묘덕의 칭송이 주를 이루었던 면모가 그대로 드러나 있다. 조선 전기까지 지속적으로 이어졌던 불교적인 성격에 대하여 본 연구에서 주목하는 이유가 여기에 있다. 뿐만 아니라 〈처용가〉와 더불어 불리던 〈관음찬〉 이외의 〈본사찬〉·〈미타찬〉 등의 노래를 보더라도 역시 완전히 불교적인 성향을 드러낸다는 점[48]에서 불교와의 관련성을 언급하지 않을 수 없다. 이로써 볼 때 조선조의 나례의식을 무속적인 성격만으로 규정하여 말하기는 어렵다. 나례나 나례의식은 불교의 공덕 행위를 바탕으로 이어지던 고려조의 관습이 조선조에 이르러 여전히 잔존하면서 외연상 무속과 습합됨으로써 차츰 본래의 모습에서 변질되어 나갔던 것으로 보아야 한다.

5. 맺음말

고려 시대에 음악을 연주하였던 행사에는 팔관회 연등회 나례가 있었는데 조선왕조에 이르면 숭유억불 정책으로 인하여 팔관회나 연등회의 모습은 보이지 않는다. 그러나 나례의 경우에는 고려조 이후

---

48) 이에 대해서는 4장 「조선 초기 향악 불찬의 성격과 연원」에서 보충하여 재론될 것이다.

조선왕조실록에서도 지속적으로 이어 나갔던 전통을 확인할 수 있다. 이러한 나례 의식과 관련하여 그 일면들을 우리 고유 시가 문학의 전통 속에서 확인할 수 있다는 사실은 매우 고무적인 일이다. 본 연구는『시용향악보』에 수록된 〈성황반〉이나 〈나례가〉에서 고려 시대부터 이어지던 나례가 반영된 모습을 확인하고 무불 습합적 성격에 대하여 주목하였다.

일반적으로『시용향악보』소재 무가 계열의 시가는 관행적으로 무속적인 성격을 지닌다고 이해되어 왔다. 그러나 두 작품은 모두 무속적인 성격을 지니고 있는 가운데 불교 신앙과도 연관되어 있음을 확인할 수 있다. 〈성황반〉은 불교의 사천왕 신앙과 무속의 습합, 나례의식의 결합이라는 여러 가지 층위를 작품 속에 그대로 반영하고 있고, 고려조에서 조선조로 이행되었던 시가의 불교적 양상을 보여주고 있다. 뿐만 아니라 〈나례가〉라는 작품에 대해서도 불교적인 측면과 바로 연결 지어 설명할 수는 없지만 나례의식과 관련한 처용무를 통하여 볼 때 그 무불 습합의 개연성을 간접적으로 추정해 볼 수 있다. 두 노래가 지니는 무불 습합적 의미는 궁극적으로 궁중행사에서 호국을 발원하였던 종교적인 주술적 염원의 의지를 반영하였던 것이라는 사실을 말해준다. 조선조에 이르러 나례의식의 연행이 연희적 측면으로 발전해 나가기는 했지만 두 노래에 담긴 불교적 측면으로서의 주술적 의미는 고려를 거쳐 조선조에 이르기까지 지속적으로 이어질 수 있었던 전통의 기반이었다.

『시용향악보』소재 속칭 무가류 시가가 무가인가 아니면 연희적 측면의 노래인가 하는 학계의 논의와 달리 양자를 복합적으로 바라보고자 한 본고의 시각도 기본적으로는 나례의식의 속성과 맥이 닿

아 있다. 고려조부터 조선조에 이르기까지 나례의식의 전통을 지속
적으로 지탱할 수 있었던 기반은 바로 주술적 기능과 연행성이었기
때문이다. 이 양자 중 어느 하나가 빠질 경우 그것은 실상 나례의식이
될 수 없었던 것이었고 그러한 성향은 당대의 시가 작품에 그대로
투영되어 나타나게 되었던 것이다.

　고려 이후 불교적 성격을 바탕으로 이어져 오다가 무속적인 측면
과 결합되었던 변화의 추이를 보여주는 『시용향악보』 소재의 노래들
은 이렇듯 고려 조 불교신앙이나 나례의식을 투영하고 있다는 점에
서 고려 시대의 불교문화가 조선조에 이르기까지 지속적으로 이어졌
던 전통의 한 흐름을 보여준다. 그런 점에서 숭유억불 정책으로 인하
여 조선조에 들어서 고려조의 불교문화가 단절되었다고 보는 학계의
일반론은 좀 더 세심하게 분야에 따라 논의될 필요가 있다.

제2장

『시용향악보』 소재 〈내당〉·〈삼성대왕〉의 불교적 성격과 연원

1. 머리말

『시용향악보』 소재 무가 계열 작품에 대한 기왕의 연구[1]나 대다수 각론[2]은 무속적이라는 일반성을 토대로 전개되었기 때문에 불교적 성격을 조명한 경우는 없었다. 이러한 연구의 경향성은 조선 전기

---

1) 김동욱, 「시용향악보 가사의 배경적 연구」, 『한국가요의 연구』(을유문화사, 1961), 169-272면; 이병기, 「시용향악보의 한 고찰」, 『한글』 115(한글학회, 1955), 367-393 면; 임재해, 「『시용향악보』 소재 무가류 시가 연구」, 『한민족어문학』 9(한민족어문 학회, 1982), 155-182면.

2) 정재호, 「時用鄉樂譜의 '三城大王' 小考」, 『국어국문학 논문집』 5(동국대 국어국문 학부, 1964), 83-91면; 박병채, 『고려가요의 어석 연구』(이우출판사, 1980), 340-382면; 권재선, 「『시용향악보』 〈내당〉가사의 어석」, 『한민족어문학』 14(한민족어문 학회, 1987), 1-9면; 최용수, 「『시용향악보』의 〈삼성대왕〉 연구」, 『한국시가연구』 9(한국시가학회, 2001), 259-280면; 신근영, 「『시용향악보』 소재 〈삼성대왕〉 고찰」, 『한국무속 연구의 한 단면』(민속원, 2005), 189-204면; 변지선, 「『時用鄉樂譜』 소 재 〈삼성대왕〉 연구」, 『Journal of Korean Culture』 15(한국어문학국제학술포럼, 2010), 302-329면.

이후 성리학적 세계관이 지배하였던 유교 문화에 대한 인상적인 시각에서 비롯된 것이기도 하다. 하지만 조선 전기 이후 궁중 문화와 관련된 시가에서 불교의 모습을 발견하는 것은 그리 어려운 일이 아니다. 조선 전기의 향악 불찬이 대표적이라 할 수 있고[3] 그 외에도 『시용향악보』 소재 무가 계열 시가의 다수에서도 그러한 면모가 나타난다.

『시용향악보』 소재 〈성황반〉이란 작품이 '사천왕신앙'이라는 불교적인 성격을 명확하게 반영한 점은 선행 연구[4]에서도 밝혀졌듯 고려의 불교가 선초 이후에도 궁중에서 여전히 전승되었던 사실은 확인된 바와 같다. 뿐만 아니라 『시용향악보』 소재 〈내당〉과 〈삼성대왕〉에서도 미륵신앙이나 불교 도량의 액막이 전통을 찾아볼 수 있다. 여기서 불교와 관련되어 있다고 하거나 '불교적'이라고 말할 수 있는 근거는 불교와 연관된 역사적 사실이나 교학적으로 입증 가능한 불경과의 상관성 등에서 찾을 수 있다.

따라서 이 장에서도 역시 『시용향악보』 소재 이른바 '무가(巫歌)'[5] 계열의 작품이 불교문화와 연관되어 있다는 사실에 주목하고 무가 계열 12수의 시가 가운데 〈내당〉과 〈삼성대왕〉을 중심으로 그 불교적 성격과 연원[6]에 대하여 살펴보고자 한다. 본 연구에서 〈내당〉과

---

3) 이 책의 4장 참조; 나정순, 「조선 전기 향악 불찬의 성격과 연원」, 『선문화연구』 18(한국불교선리연구원, 2015), 271-324면.

4) 이 책의 1장 참조; 나정순, 「『시용향악보』 소재 〈성황반〉·〈나례가〉의 무불 습합적 성격과 연원」, 『대동문화연구』 87(성균관대학교 동아시아학술원, 2014), 207-240면.

5) 필자는 이 부류를 무가로 보지 않는다. 오히려 불교적 성격이 더 강하기 때문이다. 다만 통칭할 단어가 마땅하지 않은데다가 국문학계에서 관행적으로 불러왔기에 일단 이른바 '무가' 계열로 말하는 것임을 밝혀둔다.

〈삼성대왕〉을 연구의 대상 작품으로 선택한 이유는 첫째 그간 무속적인 민간 신앙적 측면에서만 조명되어 왔던 천편일률적 시각에 대한 비판적 점검이 필요하기 때문이고 둘째 대상 작품은 『시용향악보』 소재 작품 중, 어석에 대한 여러 가지 견해로 인해 지금까지 작품의 성격이 비교적 명확하게 규명되지 않았기 때문이다.

　〈내당〉은 '내불당'과 관련하여 미륵신앙을 숭앙했던 당대의 불교문화 양상을 드러내고 있음에도 불구하고 그동안 제대로 조명되지 못하였고, 〈삼성대왕〉에 등장하는 주요한 제재가 당대 호국도량에서 사용하였던 불경의 효능과 무관하지 않다는 점 등을 볼 때 대상 작품의 불교적 성격과 연원을 파악하는 것은 불교문화의 전통을 조명하는 차원에서도 필요하다. 또한 조선 전기 미륵신앙의 변모와, 지금도 사찰에 소재하고 있는 삼성각 등에 얽힌 '삼성(三聖)' 신앙이나 단군과 연계된 '삼성(三聖)' 신앙 등과의 변별적 성격이 학술적으로 명확하게 정리되어 있지 않다는 점에서도 대상 작품의 연구가 요구된다.

　『시용향악보』 소재 무가 계열의 시가에 관하여 학계에서 그동안 주목하였던 점은 무가인가 아니면 무의적 소재에 바탕을 둔 연희악인가 하는 두 가지 관점에 관한 것이었다.[7] 『시용향악보』 소재의 시가는 고려와 조선의 궁중악으로서 무가 계열로 분류되기도 하였지만 궁중악가로서의 정착 양상을 따져 본 후 그 성격이 규명되어야 할 것이다. 이러한 점에 착안하여 이들 작품을 고려 시가 장르의 논의에

---

6) 엄밀히 말하면 무속적 성격보다 오히려 불교적 성격이 더 비중 있게 나타난다고 할 수 있다.

7) 임재해, 앞의 글, 155-182면.

서 배제하고 연구해 왔던 관행을 반성하면서 연희악으로 바라 본 관점[8]은 궁중 악가의 정착 기반을 토대로 한다는 점에서 의의가 있으나 무가 계열로 일컬어진 작품의 불교적인 성격과 그에 따라 달라질 수 있는 시가의 성격에 대해서는 충분히 고려하지 않은 점이 여전히 후속 과제로 남아 있다.

속칭 무가 계열의 작품에서 나타나는 불교적인 성격은 역사적인 사료에 근거하여 보면 당대에 행해졌던 불교적인 주술성이 반영된 것으로서 그것은 곧 궁중 악가가 연희적인 측면으로만 존재하지 않았다는 사실을 반증하는 것이기도 하다. 따라서 이 장에서는 『시용향악보』 소재 시가가 지닌 불교적 측면을 살펴봄으로써 기왕의 연구에서 조명하지 않았던 영역에 대하여 접근해 보고자 한다.

2. 〈내당〉의 불교적 성격 및 미륵신앙의 세속화

1) 〈내당〉과 불교의 상관성

먼저 『시용향악보』 소재 〈내당〉의 내용을 소개하면 다음과 같다.

> 산수청량 소리와
> 청량애사 두스리 믈어디셰라
> 道場애사 오시ᄂ니
> 흔남종과 두남종과

---

8) 위의 글, 155-182면.

열세남종 주어씬라
바회예 나ᄅ 셰라
다로림 다리러
열세남종이 다여위실 더드런
니믈뫼셔 슬와지
聖人無上兩山大勒하
다로림 다리러 -〈내당〉

　지금까지 작자 미상의 〈내당〉이란 작품은 음사(淫辭)로 규정되어
왔다. 이렇게 규정되어 온 연유는 작품의 어석 문제와 연관되어 있
다. 이 작품에서 '남종'을 '남자 종'으로 해석할 경우 작품의 내용은
13인의 남자 종과 연관된 여성적 화자가 발화하는 음사가 된다는 것
이다. 이에 대해 박병채는 '비록 성인무상대미륵에 붙이는 염불이기
는 하나 불타는 정감의 대상을 갈구하는 음사로 깊숙한 규방에 갇혀
사는 귀부인들의 생태를 엿볼 수 있는 노래'[9]라고 규정한 바 있다.
하지만 고어의 용례에서 '사내 종'을 표현하는 어휘가 '남진종'[10]으로
나타나기 때문에 이 작품에서 '남종'이라 한 것을 '사내 종'과 관련시
켜 음사로 해석하는 것에는 문제가 있다. 『시용향악보』의 전체 취
지[11]를 보더라도 수긍하기 어렵기 때문이다.
　한편 권재선은 '남종'을 '헤어진 바지'[12]로 보아 이 노래를 일상생

---

9) 박병채, 앞의 글, 365면.
10) 남광우, 『고어사전』(동아출판사, 1960), 99면. 구체적 사례는 생략한다.
11) 『시용향악보』 소재 대다수의 작품은 국가나 왕조의 안녕을 기원하거나 군신 부모
　　와 관련하여 노래하는 경우가 대부분이다. 1장에서 살펴본 바와 같다.
12) 권재선, 앞의 글, 5면.

활 속 부녀자들의 기도하는 노래로 보았다. 그렇게 볼 때 박병채의
어석과는 전혀 다른 의미로 해석된다. 권재선은 '남종'을 헤어진 바지
로 보아 '襤褨'[13]이란 한자어를 쓴다고 했는데 이 해석 역시 논리적으
로 문제가 없지는 않다. 『시용향악보』원전 악보의 전반적 내용을
보면 대부분 단일한 한자 어휘는 모두 한자로 표기되어 있다. 이렇게
볼 때 〈내당〉이라는 작품의 '남종'은 우리 고유어이거나 혹은 고유어
나 한자어 등이 합성된 단어의 표기일 것으로 추정된다.

그런 점을 배경으로 위 작품에 등장하는 '도량'이나 '대미륵'과의
의미선상에서 유기성을 고려해 볼 때 '남종'은 불교적 세계와 관련되
는 어떤 것임을 예상할 수 있다. 여기서 주목할 수 있는 어휘가 바로
북한에는 아직 남아 있는 '바람종'이라고 하는 우리 고유어이다. 우리
말로는 '풍경(風磬)'이라고 하는 것을 북한에서는 지금도 '바람종'이라
쓰고 있는데 바람(嵐)의 의미를 갖는 '람'과 쇠북을 가리키는 '종(鍾)'
이 합해져 '람종'[14]이 되었고 그것이 곧 〈내당〉의 '남종'이 아닐까 추
정해 볼 수 있다. 작품 내용에서 '남종'을 '빨아 바위에 너는 것'으로
보더라도 이것은 '사람'이 아니라 '풍경' 혹은 '탑의 장식'과 관련된
물체라고 할 때 무난하게 해석될 수 있는 여지가 있기 때문이다.[15]
'종(鍾)' 앞에 붙은 '남'이 '종(鍾)'을 꾸미는 관형격으로서 '남'의 의

---

13) 여기서의 '종(褨)'은 남성의 샅에 메는 들보를 말하는데 전체적 맥락상 의미의 연결
   이 자연스럽지 않은 점이 있다.
14) 한자로 표기하자면 바람의 '嵐'과 쇠북의 '鍾'이 합쳐진 의미로 해석될 수 있다.
15) 또 다른 해석으로서 '남종'은 '藍種' 즉 '쪽빛의 염료를 만들어 내는 식물'을 가리키
   는 것인데 이 작품의 문맥과는 잘 맞지 않는다. 하지만 '쪽빛 염료 식물'이라는 개연
   성도 없지는 않다.

미를 모른다 하더라도 궁극적으로 이 어휘는 '종(鐘)'의 따위를 의미
하는 것으로 해석될 수 있다. 이러한 추론이 가능한 이유는 불교의
도량과 관련하여 음사가 나오기 어렵다는 당위성[16] 때문이다. 게다
가 '여위다'의 뜻에는 '빛이나 소리가 사라진다'는 의미도 있으므로
풍경 등 종소리가 사라질 때까지 님을 모시겠다고 하는 발원의 의미
로 해석하는 것이 문맥상 자연스럽다. 이것은 고려 가요에서 흔히
쓰이는 기법 즉 불가능한 현실을 가정해놓고 화자의 염원을 발화하
는 기법과도 연결된다. 즉 도량에서 풍경소리는 절대 사라지지 않을
것이므로 소리가 사라질 때까지 님을 모시겠다는[17] 발원은 궁극적으
로 끝없이 님을 모시겠다고 하는 의미와 상통하는 것이다.[18] 청량한
도량에서 미륵보살님을 부르는 노래에 대하여 남녀 간의 음사로서
13명의 사내 종이 등장한다고 보는 기왕의 견해는 상식적으로 납득
하기 어렵다. 게다가 『시용향악보』 전체 체제 상 음사라는 이질적인
작품이 등장할 수도 없는 것이다. 여타 작품에서 보듯 『시용향악보』
의 이른바 무가계열 작품은 모두 호국을 기원하는 노래로서 국가나
국가의 왕과 관련된 내용으로 이루어져 있다.[19] 뒤에서도 살펴보겠
지만 '내당'이란 '내불당'을 의미하는 것이고 그렇다면 '님'은 상층의
인물을 의미하거나 뒷 문장의 '미륵보살'과 이어지는 연결고리라 할

---

16) 불교의 타락성을 풍자한 〈쌍화점〉이나 소악부 〈수정사〉 등의 작품과는 다르게 보
　 아야 마땅하다.
17) '니믈뫼셔 술와지'를 '사라진다'는 의미로 보는 기존의 견해와 달리 '살겠다'는 의미
　 로 해석해 볼 수도 있다.
18) 고려가요 〈정석가〉 등에서 나타나는 표현 기법이기도 하다.
19) 이 책의 1장 참조: 나정순, 앞의 글(2014), 213-216면 참조.

수 있다.

　물론 본고에서 제시하는 '바람종'과 권재선의 연구에서 해석된 '헤어진 바지'가 이질적이긴 하지만 양자 해석의 궁극적 귀결점은, 도량에서 미륵을 호불하며 기원하는 화자의 간절한 염원에 있다는 점에서 결론적 의미 지향은 일면 상통한다고 볼 수 있다.

　또 하나 이 작품에서 주목해야 할 부분이 '성인무상양산대륵(聖人無上兩山大勒)'이다. '무상'은 '위없는'을 뜻하며 이것은 불교권에서 흔히 불보살의 앞에 붙이는 '최상승'의 관형적 표현이다. 또한 '양산'은 진리 혹은 진인을 의미하는 말로 '성인'·'무상'·'양산'은 모두 관형적 표현으로서 미륵불을 지칭하는 말이다. 따라서 이 노래는 청량한 도량에서 풍경 등을 씻어 말리며 그것이 다 '여월'[20] 때까지 님을 모시고 살겠다는 염원을 미륵불에 발원하는 불교적 성격의 내용으로 해석할 때 비교적 문맥이 자연스럽게 이해된다.

2) 내불당의 역할과 기도재

　조선조에서 세종 대와 세조 대를 제외하면 불교는 대개 배척을 당하는 입장에 있었다. 그럼에도 불구하고 조선 전기에 왕이나 왕비 혹은 왕세자 등의 병이 생길 때마다 불교는 그것을 해결할 수 있는 극복의 기제로 사용되었다. 특히 선초 이후 왕실의 불교는 내불당을 바탕으로 이루어졌기 때문에 논란의 중심에 서 있었던 장소가 바로

---

20) '여위다'의 뜻을 '닳다'로 해석할 수도 있고 '소리가 사라지다'·'마르다' 등으로 해석할 수도 있다.

내불당이었다. 왕실에서 부처를 공양하며 불도(佛道)를 닦는 일종의
왕실 사원을 내원당 혹은 내불당이라고 불렀는데 고려 전기에는 내
도량(內道場)이라고도 했다.[21] 『법화경』의 사경[22]이나 간경회 등이 모
두 내불당에서 이루어졌으며[23] 왕이나 왕세자의 병을 없애기 위한
발원이 이루어졌고 뿐만 아니라 기우 불사(祈雨佛事) 및 혜성이나 자
연재해 등도 내불당(內佛堂)에서 도량(道場)을 열어 양도(禳禱)하였
다.[24] 말하자면 내불당은 나라의 운명과 왕실의 안녕을 기원하던 궁
실 안의 불당(佛堂) 역할을 하였던 곳으로 실록에도 언급되었듯이 '내
원불당(內願佛堂)'[25]이었던 것이다.

　세종 조 이후 내불당에서는 여러 기도재가 이루어졌고 명종 대까
지는 논란 속에서도 그 명맥을 이어갔는데 실록에 나타나있는 기록
에 근거하여 보면 조선 전기에는 공작기도재, 축수재, 기신재, 수륙
재 등의 여러 기도재가 있었다. 여기서 '재(齋)'라 함은 귀신에게 제사
지내는 '제의'와는 다른 것으로 왕실에서는 선왕(先王)·선비(先妣)와
현비(顯妣), 그리고 여러 죽은 아들과 사위, 고려의 왕씨(王氏)를 제사
하거나 천재(天災)를 없애기 위하여 부처를 향해 기도의 예식을 행하

---

21) 한기문, 「高麗時代 王室願堂과 그 機能」, 『國史館論叢』71(국사편찬위원회, 1996),
　　49-53면.

22) 『세종실록』권9, 세종 2년 8월 11일 정미 3번째 기사, "命直提學成槪申檣 及第崔興
　　孝 金寫法華經于內佛堂 追成大妃之願也."

23) 『세조실록』권16, 세조 5년 4월 8일 기미 2번째 기사, "設看經會于內佛堂 爲佛生
　　日也."

24) 『예종실록』권1, 예종 즉위년 9월 27일 계미 1번째 기사, "…今彗星行度 在我國分
　　野 請考道經祈禳 傳曰佛經無禳之之術乎 其問諸韓繼禧 域卽與繼禧議啓曰 請行醮
　　禮於昭格殿 開道場於內佛堂禳禱 從之." 이외 다수 예시 생략.

25) 『문종실록』권7, 문종 1년 4월 14일 임오 3번째 기사, "…內願佛堂…."

였다.

공작재(孔雀齋)란 불교의 밀교(密敎)에서 공작 명왕(孔雀明王)을 본 존(本尊)으로 삼고, 그로 하여금 재앙을 없애고 병마를 덜어 수명이 오래 하길 바라며 행해졌던 재로서 세종, 문종, 세조 대에는 공작기 도재가 행해졌던 기록이 전하고 있는데 세조 조에는 공작기도재를 내불당에서 행했던 기록이 남아 있다.[26] 또한 주상(主上)의 탄신(誕辰) 에는 축수재(祝壽齋)를 배설하였는데 주로 사찰에서 이루어졌다. 축 수재나 기신재(忌晨齋)의 혁파를 주장하였던 기록에 의하면 '내불당 이나 원각사에서 시절에 따라 새로 난 과일이나 농산물을 먼저 신주 (神主)나 신(神)에게 천신하여 종묘와 다름이 없다.'[27]고 한 것으로 보 더라도 조선 전기 내불당에서는 이러한 여러 기도재가 행해졌음을 알 수 있다.

이렇듯 내불당에서 불교적인 의례가 이루어졌던 기록으로 보아 ' 내불당'을 의미하는 '〈내당〉'[28]이라는 제목의 작품과 음사를 연관시 키는 것에는 문제가 있다. 내도량에서 열세남종을 빨아 바위에 널어 그 남종이 다 마를 때까지 님을 모셔 살고 싶다고 미륵보살께 발원하 는 작품의 전반적 내용으로 볼 때 이는 왕실의 누군가에 대한 축수나 기신의 발원이었을 것으로 추정된다.

기신재의 경우 기일 새벽에 재를 올리는데 조종의 신주를 목욕시 킨 후 부처님과 스님들께 공양을 올리고 제사를 지냈던 점[29]으로 보

---

26) 『세조실록』권39, 세조 12년 9월 28일 병신 1번째 기사, "設孔雀祈禱齋于內佛堂."
27) 『성종실록』권87, 성종 8년 12월 9일 임인 5번째 기사, "內佛堂 圓覺寺薦新 與宗 廟無異 其於大體何如 請罷之."
28) 각주 35 참조.

아 〈내당〉에서 열세남종을 빨아 바위에 너는 행위가 신주나 위패를 닦았던 것과 관련되었을 가능성도 있다. 그런 점에서 기왕의 연구에서 작품 자체만의 어석에 의존하여 남녀 간의 음사로 해석하였던 점은 다각도에서 재고해 볼 필요가 있다.

3) 〈내당〉에 나타난 미륵신앙과 세속화 양상

고려 이후 불교는 호국신앙으로 크게 발전하였는데 조선조에 이르러 왕실을 중심으로 미륵신앙은 쇠퇴하였으나 오히려 민중을 중심으로는 발전하며 민간 신앙화 되어 갔다. 『조선왕조실록』의 기록을 보면 태종 7년 미륵사가 명찰로 지정[30]되기도 하였지만 이후 여러 기록에서 '미륵사'란 지명 대신 '미륵당'이라는 명칭이 등장하는 모습[31]을 확인할 수 있다. 이는 미륵을 모시는 장소가 사찰이 아니라 '당'으로 바뀌어 가면서 민간 신앙화 되었던 양상을 간접적으로 말해 주는 것이다. 세간에서 '미륵'은 무속과 연계되어 논의되지만 실상 '미륵'이야말로 일찍이 존재해 왔던 불보살이다. 초기 경전의 정통한 주석서인 붓다고사 스님의 『청정도론』(425년)에서도 깨달음의 완성 단계에 이를 때 미륵을 뵐 수 있는 것으로 기술하고 있어 미륵은 초기상좌부불교에서부터 확연하게 모습을 드러내었던 불보살 신앙의 대상이었음을 알 수 있다.[32]

---

29) 이희재, 「조선 중종대 왕실의 불교의례 -忌晨齋를 중심으로-」, 『불교문화연구』 3(한국불교문화학회), 2004, 137-151면.

30) 『태종실록』 권14, 태종 7년 12월 2일 2번째 기사. 지명 관련 생략.

31) 『조선왕조실록』의 태종 조에 2건, 세종 조에 6건 기록에 '미륵당'이 등장한다.

앞서 보았듯이 〈내당〉에서는 작품 말미에 '성인무상양산대륵하'
라고 하여 미륵부처를 호불하고 있어 미륵불에 대한 간절한 발원의
의미를 찾아볼 수 있는데 불가에서는 칭불 혹은 호불하는 것이 부처
께 예경하는 자연스러운 발화법으로서 불찬뿐만 아니라 오늘날의
불가 의식에서도 여전히 행해지고 있는 모습이다. 불경에 '칭불명호
품'[33]이 등장하는 것도 모두 예경, 찬탄, 발원의 의미와 상관되는 것
이다.[34]

그런 점에서 볼 때 〈내당〉이란 작품은 기본적으로 미륵불에 대한
숭앙의 노래로 보아야 마땅하다. 하지만 이 노래는 시대적으로 미륵
신앙이 변모해 나갔던 세속화의 의미 층위도 담고 있어서 주목된다.
조선조에는 『예기(禮記)』에 근거하여 남자는 바깥, 여자는 안이라는
내외법을 기준으로 삼았다. 이로써 볼 때 내당은 아녀자가 거처하는
공간이 되기도 하였지만 조선 전기나 고려조의 기록과 관련하여 보
면 『시용향악보』 소재 작품명 '내당'은 '내원당'이나 '내불당'·'내도
량'을 통칭하는 명칭이라는 것[35]이 중론이다. 『고려사』의 기록에 의

---

32) 붓다고사, 대림 역, 『청정도론』 권3(초기불전연구원), 2004, 429면. "상할리본에
   는 아래의 게송이 있다. 이 논을 지어서 쌓은 공덕과 내가 쌓은 모든 공덕으로 다음
   생애는 삼십삼천에서 행복을 누리고 계행과 넉에 기뻐하며 첫 번째과(예류과)에 이
   른 뒤 다섯 가닥의 욕낭을 탐하지 않으며 마지막 생애는 성인 중에 황소요 세상에서
   으뜸가는 분이시며 대도사요 모든 중생의 이익을 기뻐하시는 <u>미륵(Metteyya)을 뵙</u>
   고 그 지혜로운 분께서 설하신 정법을 듣고 최상의 과를 얻어 승자의 교법을 드날리
   게 되기를!" (필자 밑줄)
33) 實叉難陀 譯, 『地藏菩薩本願經』 9(『大正藏』 13). 우리나라에서 고려 이후의 '칭불
   염원'은 '제9 칭불명호품과 관련된 것으로 추정된다.
34) 이 책의 4장 참조; 나정순, 앞의 글(2015), 298-300면.
35) 박병채, 앞의 책, 359면.

하면 '내원당'은 왕실에서 부처에 대하여 공양 올리고 불도 수행을
위해 마련했던 불당이다. 조선조 이전에는 호국을 위한 기원의 장소
였고 고려의 왕들은 그곳에서 각종 도량을 열기도 했다.[36] 조선 초기
에도 내원당은 궁궐 안에 있었는데 정종은 개국공신의 원불인 인왕
불을 내원당에 봉안하기도 하였다.[37]

　세종 대에 이르러 새로이 '내불당'을 만들었다는 기록[38]이 보이는
데 '내원당'이 곧 '내불당'이었음은 왕조실록 세종 대의 기록[39]을 통해
서도 확인할 수 있다. 다만 세종 대에 이르러 내불당은 궁궐 밖으로
나가게 되는데[40] 내불당 즉 내도량에서 미륵을 숭상했는지에 대해
정확히 알 길은 없으나 『악장가사』나 『악학궤범』에 수록된 향악 불찬
을 참고해 보면 내불당에서는 오히려 관세음보살 아미타불 석가세존
에 대한 찬불이나, 『능엄경』·『금강경』·『법화경』 등의 경전이 주로
음송되었을 것으로 추정된다. 조선 전기 태종의 후궁인 의빈 권씨는
태종이 사망하자 비구니가 되어 밤낮으로 불경을 외우며 선왕의 명
복을 빌면서 미륵불을 조성했던 것[41]으로 보아 조선 전기에는 미륵불

---

36) 『고려사』 권26, 원종 10년; 『고려사』 권34 충숙왕 5년 참조. '관정도량'·'영보도량'
　을 했던 기록이 있다.
37) 『정종실록』 권6, 정종 2년 11월 13일 4번째 기사, "移置仁王佛於內願堂 仁王佛
　宦官等願佛也 留置宮中久矣 上卽位 宦官等欲進其佛 不納 置于內願堂."
38) 『명종실록』 권11, 명종 6년 1월 12일 5번째 기사, "…世宗晩年 始創內佛堂."
39) 『세종실록』 권121, 세종 30년 7월 21일 1번째 기사, "前朝之季 致亂之事 類皆出於
　內願堂 新羅之時 有射琴甲之事 亦 出於內願堂也."
40) 『문종실록』 권7, 문종 1년 4월 14일 3번째 기사. 이 기록을 보면 내원불당은 궁궐과
　문소전 뒤에 위치한 것으로 등장한다.
41) 태종의 후궁인 의빈 권씨와 그의 아버지, 태종의 딸 정혜옹주가 함께 시주 발원한
　'금강암 석조미륵불좌상' 등은 조선전기 내불당에서의 미륵신앙에 관한 모습을 보

이 불당 내부에 모셔진 경우도 있었음을 알 수 있다.

본 연구와 관련된 미륵신앙의 모습을 확인할 수 있는 것은 오히려 광해군 이후의 내원당의 양상이다. 『증보문헌비고』의 기록에 내원당은 광해군 이후 명산대천으로 펴져 나갔다고 한 것[42]으로 보아 〈내당〉의 내용은 명산대천으로 퍼져나갔던 내도량의 모습을 반영한 것으로 추정된다. 미륵불이 후대에 주로 야외로 모셔지는 문화적 양태를 보더라도 이러한 추정은 더욱 설득력을 지닌다.

특히 〈내당〉에서 당대 미륵신앙이 세속화되었던 양상은 '양산'이란 단어를 통해서도 확인할 수 있다. 앞에서 '양산'은 진리 혹은 진인을 뜻하는 말이라고 하였는데 작품 속에서 '성인'과 '무상'과 '양산'은 '대미륵'을 묘사하는 단어로 사용되고 있다. 여기서 '양산'이란 말이 어디에서 온 것인가에 주의해 볼 필요가 있다. 16세기 남사고의 예언비결서[43]로서 학술적으로는 주목받지 못하는 『격암유록』[44]에 수록된

여준다.

42) 『국역증보문헌비고』 권64(세종대왕기념사업회, 2000), 예고 11, 조선, "광해(光海) 말년에 국복(國卜)이 "무당을 존숭하여 믿고 불사(佛事)를 널리 베풀면 재앙을 없앨 수 있다."고 말하니, 이에 안으로는 대내(大內), 밖으로는 성수청(成壽廳)·자수궁(慈 壽宮)·송악사(松岳祠)에 경(經)을 외고 신(神)에게 제사를 지내지 않는 날이 거의 없었다. 그리고 이른바, <u>내원당(內願堂)이라는 것이 명산에 두루 펴져 있어,</u> 비록 재사(齋社)·초암(草菴)이라도 함부로 이름을 따서 범패(梵唄)가 서로 들렸다." (필 자 밑줄); 그 외 『중종실록』 권24, 중종 11년 3월 6일 정해 1번째 기사 참조.

43) 진위 여부에 대한 논란이 있으나 본 연구와 관련하여 볼 때 위작이라고만 볼 수 없는 점도 있다.

44) 남사고, 『격암유록』(세종출판, 1987), 1-372면. 『격암유록』이란 문헌이 가짜 예언 서라 하여 그 신빙성 문제를 제기하기도 하지만 〈궁을도가〉를 보면 『시용향악보』 소재 시가의 내용과 연관된다는 점에서 주목된다. 『격암유록』이 현대에 필사되었다 는 점에서 서지적인 측면에서의 논란은 있을 수 있으나, 그 내용이 16세기 자료와 연결된다는 점에서 주목되는 바이다.

〈궁을도가(弓乙圖歌)〉[45]에는 다음과 같은 내용이 있다.

> 대소백지양백산(大小白之兩白山)은 천우지마양백(天牛地馬兩白)이요
> 궁궁지도상견(弓弓之圖詳見)이면 좌산우산양산(左山右山兩山)이니
> 즉위양산양백(卽謂兩山兩白)이요 역위양산쌍궁(亦謂兩山雙弓)이라

여기서 '양산'과 '양백'은 동일한 의미를 지니는 것으로 일종의 진리이며 진인을 나타내는 말인데 양백은 '성인'을 뜻한다. '성인무상양산대륙'이 미륵을 지칭하듯 '양산'·'양백'은 주로 태백과 소백을 말하는 양수로서 미륵과 관세음을 일컫는 상징적 의미로 풀이되기도 한다.[46] 이와 같이 조선 중종 무렵의 역학자였던 남사고의 비결서인 『격암유록』에 나타났던 상징적 의미의 '양산'이란 단어가 '미륵'과 결합하여 〈내당〉이란 작품 속에 등장한다는 사실은 주목할 만하다. 이 작품이 불교의 정통한 교학적 대상으로서의 '미륵'을 노래했다기보다는 조선 전기 이후 민간 신앙화 되었던 미륵의 모습을 반영했으리라는 추정을 가능케 하는 대목이다. 〈궁을도가〉에 수록된 어휘와 〈내당〉에서 사용된 어휘 간 유사성이 확인된다는 점에서 보자면, 그간 진위 여부로 논란이 되어 온 『격암유록』의 서지적 연구에도 작품 〈내당〉은 일정 부분 실마리를 제공할 수 있을 것으로 예상된다.

---

45) 이완교, 『주역과 격암유록』(아름다운사람들, 2010), 564면.
46) 이완교, 위의 책, 262면.

3. 〈삼성대왕〉과 무불(巫佛) 습합[47]의 면모

1) '삼성'의 실체

작품 〈삼성대왕〉의 내용을 제시하면 다음과 같다.

> 瘴ᄀᄉ실가 三城大王
> 일ᄋᄉ실가 三城大王
> 瘴이라 難이라쇼셰란듸
> 瘴難을 져차쇼셔
> 다롱디리 三城大王
> 다롱디리 三城大王
> 녜라와괴쇼셔   －〈삼성대왕〉

먼저 위 작품에서 칭명되고 있는 '삼성대왕'이 누구인가의 문제는
이 연구에서 가장 핵심적인 부분이다. 기왕의 연구에서는 성황신으
로 파악되거나[48] 옥황상제, 노자, 염라왕 등의 외래신이 재래신격으
로 변모된 것이라고 하였는데[49] 일반적으로 '삼성대왕'이라고 했을

---

47) '습합'이라는 용어가 일본의 '신불습합(神佛習合)'이라는 용어에서 온 것이기 때문
   에 사용상 신중을 기해야 한다는 견해도 있으나 국문학계에서는 학술적 의미에서
   '습합'이라는 용어를 써왔기 때문에 그대로 사용함을 밝혀둔다. 1920년대 일본불교
   인들이 친일불교인과 조선불교대회(朝鮮佛敎大會)라는 이름의 문화선전 단체를 만
   들어 불교를 통하여 '내선(內鮮)' 융화에 진력할 것'을 바랐던 당시의 상황(『京城日
   報』, 1924년 12월 20일자 외 다수 참조)을 볼 때 '융화'라는 용어를 사용하는 것에도
   문제가 있음을 밝혀 둔다.

48) 정재호, 앞의 글, 84면.

49) 김동욱, 앞의 책, 223면.

때 구월산 삼성사에서 제향하는 환인 환웅 단군천왕의 '삼성(三聖)'을 가리키는 것[50]인지 소격전 도가에서 모시는 '관성제군, 문창제군, 부우제군'의 삼위를 가리키는지 확실하지 않다고 논의되기도 하였다. 하지만 일단 성황신은 아닌 것으로 파악되는데[51] 『시용향악보』 소재 〈성황반〉이란 작품을 보면 성황신과 삼성대왕의 영역이 확연히 다름을 알 수 있다. '성황반'은 제목 그대로 '성황신'에게 공양하는 노래인데 노래 내용에서는 사천왕에 대한 공양을 정확하게 표현하고 있어서 조선 전기에 성황신으로 모셔진 신격은 사방을 관장하던 사천왕이었음을 알 수 있다. 사천왕이 조선 전기에 이르러 성황신으로 대치되었던 모습은 선행 연구[52]에서 왕조실록의 검토를 통해 정리된 바 있다.

지금까지 학자들이 논의해 온 '삼성대왕'을 살펴보면 한자(漢字)로 '삼성대왕(三聖大王)'을 가리키는 경우이다. 그러나 본 연구에서 대상으로 하는 삼성대왕은 한자(漢字)로 '3개의 성(城)'을 가리키는 '삼성대왕(三城大王)'이다. 따라서 여기서는 한자 '삼성(三城)'에 주목해 볼 필요가 있다. 그동안의 연구는 '삼성(三城)'의 한자를 바꿔 '삼성(三聖)'으로 해석하기도 했으나 『시용향악보』 원전에 실린 그대로 '삼성(三城)'이란 단어의 실체에 접근해야 마땅할 것이다. 『시용향악보』에 실린 삼성대왕(三城大王)은 삼성(三聖)이라는 세 성인(聖人)을 의미하는 것이 아니라 '세 개의 성(城)'을 말하는 '삼성(三城)'이라는 점에서

---

50) 최용수, 앞의 글, 266-269면.

51) 정재호, 앞의 글, 84-85면.

52) 이 책의 1장 참조; 나정순, 앞의 글(2014), 219-222면.

기왕의 연구에서 거론되었던 방향과는 다른 각도에서 새롭게 접근될 필요가 있다. 특히 여기서 '삼성(三城)'이라는 원전의 기록을 그 자체로 해석해야 하는 이유는 여타 문헌에 수록된 노래들의 성격을 통해서도 간접적으로 유추가 가능하다.

『고려사』악지 편을 살펴보면 삼국 속악이나 속악 가사의 유래가 모두 지명과 관련되어 있다는 사실을 알 수 있다. 예를 들어 삼국 속악에 등장하는 신라의 노래 '동경'·'목주'·'여나산'·'장성' 그리고 백제의 노래 '선운산'·'무등산'·'방등산'·'정읍'·'지리산'이나 고구려의 노래 '내원성'·'연양'·'명주' 등뿐만 아니라 고려 속악 '예성강'·'오관산' 등 대부분의 노래 유래가 지명과 관련하여 전승되고 있다는 점은 우리 시가의 지명 관련 전통성을 시사하는 것이다. 특히『고려사』에 수록된 지명 관련 노래들의 정황이나『시용향악보』소재 노래의 제목이 '내당'이나 '삼성' 등의 지명과 관련되어 있다는 점을 보더라도 당대의 노래들이 지명과 관련하여 전승되었던 용례를 쉽게 발견할 수 있다.

조선왕조실록에서도 명산대천을 덕호로 삼아 지명을 신격화하였던 양상이 흔히 발견된다는 점[53]에서『시용향악보』소재 〈삼성대왕〉의 제목이 3개의 성을 지키는 '삼성(三城)'이란 시녕에다가 '대왕'을 덧붙여 생긴 명사라고 파악하는 데에는 별 무리가 없을 것이다. '구월산대왕'이란 호칭에서 '구월산'이라는 지명에 '대왕'이란 덕호를 붙였듯이 '삼성대왕'이란 호칭은 '삼성(三城)'이란 지명에 '대왕'이란 덕호

---

53)『태조실록』권3, 태조 2년 1월 21일 정묘 2번째 기사. 이외 조선왕조실록에서 180건 이상의 기록이 보인다.

를 붙임으로써 지극히 호국적인 성격을 말해 주고 있는 것이다.

일반적으로 '대왕'이라고 하면 무속의 신에게 붙이는 호명으로 알고 있으나 실제로 '대왕'이란 호칭은 불경에서 이미 여러 신을 호명할 때 붙이는 명칭의 하나로 사용되었다. 그 근원에 대해서는 불교 경전에서도 확인할 수 있는데 '사천대왕(四天大王)'[54], '천룡귀신팔부대왕(天龍鬼神八部大王)'[55] 등의 명칭에도 나타나듯이 '대왕'이라는 용어는 본래 불교 경전에서도 존재하였던 것이다. 실제로『대방등다라니경』과 같은 불경에서는 '비사문천왕(毘沙門天王)'을 '귀신대왕(鬼神大王)'으로 규정하고 있어서 귀신을 대왕으로 일컬었던 용례를 쉽게 찾아볼 수 있다.[56] 이미 여타 연구에서도 제시된 바 있듯[57] '지신'이나 '산신' 등 우리가 흔히 무속의 신격으로 알고 있는 대상들도 실은 '대왕'과 마찬가지로 초기 불경에서부터 등장해서 중국을 거쳐 우리나라로 오면서 민간 신앙과 결합하여 혼효된 것으로 본래는 불교의 영역 속에서 부처의 설법을 들으며 수호하던 신격으로서 이미 불교 문화권에서 익숙하게 존재하였던 신들이다.

〈삼성대왕〉이란 노래가 장독과 재난을 없애달라고 '삼성대왕'에게 기원하는 내용인 것으로 보아 기은(祈恩)과 기복(祈福)의 기능을

---

54) 佛陀耶舍共竺佛念 譯,『長阿含經』18(『大正藏』1, 115a); 佛馱跋陀羅 譯,『大方廣佛華嚴經』43(『大正藏』9, 674b). 이외 100편이 훨씬 넘는 대다수 경전에서 찾아볼 수 있으므로 일일이 열거하지 않는다.

55) 帛尸梨蜜多羅 譯,『佛說灌頂七萬二千神王護比丘呪經』12(『大正藏』21, 536a). 밀교부경전에서 나타난다.

56) 法衆 譯,『大方等陀羅尼經』3(『大正藏』21,654b), "時佛告毘沙門天王快哉鬼神大王欲護陀羅尼經者卽是三世諸佛之子卽報三世諸佛之恩爾時." (필자 밑줄)

57) 이 책의 4장 참조; 나정순, 앞의 글(2015), 307-308면.

가진 무가[58]로 해석했던 기왕의 논의는 일정 부분 설득력이 있는 듯
하다. 그러나 이 작품의 실체로서 가장 중요한 '삼성(三城)'의 의미에
명확하게 접근하지 못했다는 점이나 불교적 성격을 배제한 채 기은
이나 기복의 무속적인 측면으로 해석하였던 점은 여전히 아쉬움으로
남는다.

  '세 개의 성'을 의미하는 '삼성(三城)'과 관련하여 『고려사』나 『조선
왕조실록』에서 단서를 얻을 수 있는 몇 가지 기록을 가지고 유추해
볼 때 그 중 각별히 주목되는 내용이 바로 임진왜란 무렵의 기록이다.
왕조실록에는 삼성이 '한성 개성 평양성'[59]으로서 이와 관련하여 전
쟁으로 인한 피폐상을 묘사한 대목이 있다. 그렇다고 본 연구에서
삼성대왕의 실체를 '한성 개성 평양성'이라는 '삼성'과 관련된 것으로
명확하게 단언하는 것은 아니다. 다만 이와 같이 '어떤 3개의 성'과
관련하여 형성된 지명과 연관된 신격으로 보는 것이 마땅하다는 것
이다. 예로부터 삼성이 '한성 개성 평양성'이고 그것은 우리나라를
상징하는 말인 것으로 보아 삼성대왕을 곧 우리나라를 지키는 수호
신격으로 보는 관점[60]도 크게 무리는 아닌 듯하다.

  또한 작품에 나타나는 '장난(瘴難)'에 대한 한자의 의미를 찾아보면
'풍토의 병'과 관련되어 있는 장난이라는 것을 알 수 있다. 〈삼성대

---

58) 초창기 연구의 대부분이 이러한 견해를 제시하였다. 각주 3, 각주 4 참조.
59) 『선조실록』 권92, 선조 30년 9월 20일 5번째 기사, "小邦舊有三都之號 漢城 開城
   平壤是也 在平時 人民稍盛 倉廒稍實 略有官府模樣 不與他小邑等 自經賊變 無處不
   被其毒 而三城賊所久屯 殘敗(尤)甚 距城數十百里之內 蕩爲灰燼之墟." (필자 밑줄)
60) 그런 점에서 최용수(앞의 글, 259-280면)의 관점과 유사할 수 있으나 논의의 전개
   가 다른 방향임을 알려 둔다.

왕〉이라는 작품에서 사용된 '장(瘴)'이라는 한자는 『한전(漢典)』에서
도 '열대 산림 가운데에서 축축한 열기로 더워져 사람에게 병이 생기
는 기운'[61]으로 해석하였고 '명청실록'에서도 '장(瘴)'은 '주로 산지에
서 병사들에게 생기는 더운 열기로 인한 병'[62]으로 풀이되고 있다.
이러한 사실에 비추어 볼 때 〈삼성대왕〉은 당대에 산성을 수호하기
위해 지키는 수호신격의 대왕에게 풍토의 장독 등이 발생하지 않도
록 장애와 액난을 막고자 호국적인 측면에서 기원하였던 내용임을
추정할 수 있다.

2) 삼성(三聖)의 다양한 용례와 변모 양상

이러한 추정은 우리 전통문화 가운데 자주 등장하는 여타 삼성(三
聖)의 용례와 차별화하여 규명해 볼 때 좀 더 명확해질 수 있을 것이
다. 역사 속에 등장하는 '삼성(三聖)'에 관하여 다음에서 다섯 가지로
분류하여 살펴보고자 한다.

첫째 삼성(三聖)의 양상은 단군과 관련한 기록에 등장한다. 황해도
관찰사 이예가 삼성당의 사적을 기록하여 올리는 실록에 '속언(俗諺)
에 전하기는 단군(檀君)이 처음 신(神)이 되어 구월산(九月山)에 들어
갔다.'고 하면서 '삼성당(三聖堂)의 서쪽 협실(夾室)에는 구월산 대왕

---

61) 『漢典』(zdic.net.2004~2013), "瘴指南方山林中濕熱蒸郁能致人疾病的有毒气体多
指是熱帶原始森林里動植物腐爛后生成的毒气."; 『日中中日辞典』(香港:白水社,
1999), "瘴 南方の山川に生じる 毒氣."

62) 『英宗睿皇帝實錄』권76, 正統六年 二月 十七日 2번째 기사, "山嶺險惡氣候瘴毒不
可久處大軍."; 『英宗睿皇帝實錄』165, 正統十三年 四月 四日 2번째 기사, "山多瘴
厲." 이외에도 명청실록에서 다수의 예시를 찾아볼 수 있다.

(九月山大王)이 있다.'[63]고 하였는데 단군이 구월산대왕으로 신격화하였고 환인 환웅 단군이 '삼성[64]'이라는 사실은 여러 기록에서도 확인된다.

둘째 **삼성대왕(三聖大王)은 주로 '삼제군(三帝君)' 신앙과 관련하여 전승되기도 한다.** 여기서 '삼제'란 관성제군(關聖帝君)[65], 문창제군(文昌帝君)[66], 부우제군(孚佑帝君)[67]으로서의 삼성(三聖)을 말한다. 이 삼제군은 "신선이 되어 천궁으로 올라가 제군의 자리에 앉아서 하계 인간의 선악을 감시하여 화복을 내리는 존재로 받아들여졌는데 그 중 관우를 지상지존(至上至尊)으로 섬겨 '삼계복마대성관성제군(三界伏魔大聖關聖帝君)'으로 불렀다. 장아는 과거(科擧)의 사부신(司部神)으로서 '사록직공거진군(司祿職貢擧眞君)'이라고도 하였으며, 여순양은 모든 소원을 성취시키는 '사생육도(四生六道)'라 하였다."[68]

---

63) 『성종실록』 권15, 성종 3년 2월 6일 7번째 기사, "諺傳檀君初爲神 入九月山 祠宇在貝葉寺西大甑山 臨佛刹 後自移于寺下小峯 又移于小甑山 卽今之三聖堂 … 三聖堂西夾室 九月山大王居中…."

64) 『선조실록』 권89, 선조 30년 6월 11일 2번째 기사, "三聖祠亦在文化 九月山 卽桓因桓雄 檀君之祠 春秋降香祝致祭 又水旱 祈禱輒應云 本曹據本道粘移 來秋爲始 依例擧行事 已爲啓下而桓因 桓雄 檀君三聖."

65) 『世祖章皇帝實錄』 권16, 順治二年 五月 十二日 3번째 기사, "遣官祭 關聖帝君." 정실록에는 촉한(蜀漢)의 관우(關羽)를 모신 관제의 기록만도 116건을 찾아볼 수 있다.

66) 『仁宗睿皇帝實錄』 권83, 嘉慶六年 五月 九日 1번째 기사, "甲申 上詣 文昌帝君廟 行禮." 청실록에 274건의 기록이 보인다.

67) 『世宗肅皇帝實錄』 권39, 嘉靖二十五年(1546年) 三月 七日 1번째 기사, "甲子 以永禧仙宮懸額擧謝典九日停刑止封仍遣大臣成國公朱希忠等告朝天等宮祠大學士夏言告純陽孚佑帝君大學士嚴嵩工所祭告殿名滕禧門名滏沼橋名衆祥橋名衆祥."(필자 밑줄). 즉 당(唐)의 여순양(呂純陽)을 말한다.

68) 국사편찬위원회, 『신편 한국사』 권35(국사편찬위원회, 2002), 161-163면.

장아는 곧 문창제군이며, 여순양은 당의 선인 여동빈으로 부우제군
을 말한다.

우리나라에 삼제군 신앙이 발전한 것은 조선 중기 이후로 짐작된
다. 관성제군, 문창제군, 부우제군에 관한 경문을 기록하고 있는『삼
성훈경(三聖訓經)』이 고종 17년 1880년에 간행된 것으로 볼 때 조선
후기에는 삼제군 신앙이 적극적으로 발전하였고 관우를 모시는 도교
적 신앙은 임란 이후 본격적으로 발전하였을 것으로 추정된다. 관성
교는 관제(關帝) 즉 관우를 섬기는 종교로, 임진란 때 우리 나라에
온 명나라 장수들을 격려하기 위하여 관왕묘(關王廟)를 세우면서 전
해진 것[69]이다. 이로 보아 삼제군 신앙은 이미 조선 중기부터 있었던
것임을 알 수 있다. 뿐만 아니라 18세기 중엽 '문창제군도'[70]라는 그
림이 그려진 것으로 보더라도 삼성 신앙의 발전은 조선 후기 훨씬
이전부터 있었던 것으로 보아야 할 것이다. '고종실록'에 의하면 궁내
부에서 대사 중사 소사에 관한 별지를 개록하여 상주한다고 하였는
데 중사(中祀)에 경칩, 상강 시 관왕묘에도 제의을 했던 내용[71]이 있
어 조선 후기에는 국가 주도의 민속제의 형태로도 존재하였을 것으
로 짐작된다.

중국에서는 '삼성(三聖)'을 모시는 도교 신앙이 지금도 전해지고 있

---

69) 홍윤표, 「三聖訓經」, 『國語史 文獻資料 硏究(近代篇 I)』(태학사, 1993), 181-187면.

70) 김덕성(金德成, 1729-1797)에 의해 그려진 국립중앙박물관 소장 '문창제군도'로
    미루어 짐작해 볼 때 조선조에서 문창제군의 유행은 18세기 중엽에도 여전했던 것으
    로 추정된다.

71)『고종실록』권34, 고종 33년 8월 14일 양력 1번째 기사 참조. 관양묘는 경칩과
    상강 때 중사(中祀)에 속한다.

는데 북제(北帝) 문창 송제(宋帝)를 삼성으로 모시는 풍습이 남아 있다. 북제는 일명 현천상제로 3000년 전 상(商)나라 시대 왕자였다고도 하는데 그 신앙의 효능은 구제역병(驅除疫病)을 퇴치시키는 것이다.[72] 1783년 청조에 건립된 장주(長州)의 '옥허궁(玉虛宮)'이 일명 '북제묘(北帝廟)'라고 하여 남아 있는 것을 보면 명나라 이후 지금까지도 숭앙되고 있음을 확인할 수 있다.

문창제군 역시 관우를 모시는 관성제군과 더불어 조선조에서 숭앙되었듯이 중국에서도 명청 시대에 인기가 있던 신격[73]으로서 사마천의 『사기』 천관서[74]에 문창성이 북두칠성 주변 별좌로 그려진 것으로 보아 그 유래는 오래된 것이다. 지금도 홍콩에서는 관성제군과 문창제군을 모시고 있는데 관우는 무(武)를 상징하는 신으로, 문창은 문(文)을 상징하는 신으로 남아 전하는 것[75]을 보더라도 도교 신앙으로서 오늘날까지 이어지고 있는 모습을 살펴볼 수 있다.

우리나라에서는 삼성 신앙의 하나로 '부우제군'에 비중을 두었다면 중국에서는 송제가 삼성 신앙의 하나로 비중 있게 자리 잡고 있었던 것으로 추정된다. 송제는 불경에서 모습을 확인할 수 있는데 『불설예수시왕생칠경(佛說預修十王生七經)』[76]에 의하면 선악에 따라 사

---

72) 香港廟祝, 『入屋叫人·跟廟拜神』(香港:超媒體出版有限公社, 2015), 157면, '長州玉虛宮 充滿伝琦色彩' 참조.

73) 『仁宗睿皇帝實錄』 권83, 嘉慶六年 5월 9일 1801년 1번째 기사, "甲申 上詣 文昌帝君廟行禮." 명청실록에만도 275건의 기록이 보인다.

74) 司馬遷, 『史記』 권27, 「天官書5」, "斗魁戴匡六星曰文昌宮一曰上將二曰次將三曰貴相四曰司命五曰司中六曰司祿."

75) 1847년 지어진 것으로서 홍콩에서 가장 오래된 도교사당 '만모사원'을 볼 때 19세기 중엽에도 문창제군의 인기는 여전했던 것으로 짐작된다.

후 심판을 받는 시왕으로 그려지는데 우리나라에서도 숭앙되었다.[77)
죽은 자가 명부에서 세 번째로 만나는 시왕이 바로 '송제 대왕'으로
염라대왕과 함께 고려조부터 조선조까지 이어지던 지장신앙에서 그
모습을 확인할 수 있고[78) 중국 등 홍콩에서도 지금까지 송제와 관련
한 문화가 남아 있는 것을 보면 **삼성대왕을 '북제 문창 송제'로 보는**
관점도 가능하다. 게다가 송제 대왕은 중국뿐만 아니라 한국이나 일
본 등 동아시아권의 불교문화에서도 지속적으로 전승되고 있기 때문
에 삼성 신앙에서 비중 있게 등장하는 신격이라 할 수 있다. 이와
같이 불교와 무속 도교적 신앙의 혼합적 양상으로 인해 삼성 신앙의
양상은 매우 복잡 다기(多岐)한 모습으로 진행되었음을 알 수 있다.

여기서 우리가 삼성대왕과 관련하여 살펴보아야 할 네 번째 용례
가 바로 **우리나라 불교 문화권에서 전승되고 있는 삼성신앙이다.** 지
금도 전통 사찰에는 산신각, 삼성각이라고 하는 전각이 남아 있고
여기에는 사찰에 따라 여러 신이 모셔져 있는데 흔히 불교와 무속이
혼합하여 남겨진 문화로 이해되고 있다. 그러나 산신각이나 삼성각
등을 과연 무속적인 문화의 잔재로 보아야 하는가에 대해서는 의문
이 아닐 수 없다.

삼성각은 일반적으로 산신, 칠성, 독성을 함께 모시는 당우를 말하

---

76) 藏川 述, 『佛說預修十王生七經』 권1(『卍續藏』 1,409b), "第三七日過宋帝王讚曰亡
人三七轉恓惶始覺冥途險路長各各點名知所在罣罣驅送五官王."

77) 우리나라에서는 송당대우(松堂大愚)의 저서 『예수시왕생칠재의찬요』가 조선 효종
7년인 1656년에 영암군 도갑사에서 개간된 것으로 보아 17세기 중엽에는 이미 성행
한 것으로 추정된다.

78) 實叉難陀 譯, 『地藏菩薩本願經』 권8(『大正藏』 13), 閻羅王衆讚歎品.; 藏川述, 『佛
說地藏菩薩發心因緣十王經』 권1(『卍續藏』 1, 406c), 第五 閻魔王國.

는데 사찰에 따라 삼성의 종류도 달라지고 산신각이 별도로 모셔지기도 한다. 산신에 대해서는 민간신앙이 습합된 존재로 언급하는 것이 일반적이다. 하지만 이미 언급했듯이 산신은 불경에 등장하는 신격으로서 부처의 설법을 듣고 부처를 모시는 신격으로 나타난다. 『화엄경』이나 『지장보살본원경』에서도 드러나듯이 부처의 설법을 듣는 존재의 하나로서 '산신'이나 '지신'은 불교 문화권역에서 보편적으로 존재해 왔던 수호신격이다.[79] 따라서 산신각에 모신 산신을 무조건 무속이 습합된 양태로 일반화하여 보는 시각에는 문제가 있다. 사찰의 권역에 따라 그 지역의 산신을 모시기 위해 민간 신앙이나 고유 신앙이 습합된 모습을 보이는 것도 사실이지만 전통 사찰에서 산신을 모시는 본래의 개념적 의미는 이미 불경에도 나타나 있듯이 불교 문화에서 유래하여 전승되어 온 것이다.

사찰 연기 설화를 기록한 『삼국유사』처용랑 망해사조[80]에도 나라가 망할 조짐을 '산신'을 통해 알려 주고 있어 일연스님이 살았던 13세기에도 이미 우리나라 불교 문화권역에서의 산신 신앙은 친숙하게 존재하였음을 확인할 수 있다. 산신이 무속화 된 양상을 나타내는 공식적인 기록은 『고려사』에서 찾을 수 있다. 나주 금성 산신을 정령

---

79) 각주 57 참조.

80) 『삼국유사』권2, 紀異, 處容郎 望海寺, "又幸鮑石亭 南山神現舞扵御前 左右不見王 獨見之 有人現舞扵前 王自作舞以像示之 神之名或曰祥審 故至今國人傳此舞曰御舞祥審 或曰御舞山神 或云旣神出舞 審象其皃命工摹刻以示後代 故云象審 或云霜髥舞 此乃以其形稱之 又幸扵金剛嶺時 北岳神呈舞 名玉刀鈐 又同禮殿宴時 地神出舞 名地伯級干 語法集云 于時山神獻舞唱歌云 智理多都波都波 等者 盖言以智理國者 知而多逃 都邑將破云謂也 乃地神山神知國將亡故作舞以警之 國人不悟謂爲現瑞 耽樂滋甚故國終亡."

공으로 봉하였던 내용[81]으로 보건대 적어도 1277년 무렵에는 무속적인 산신 신앙이 불교와 혼효화 되었음을 추정할 수 있다.

　그 외 '독성'이나 '칠성'과 관련해서도 좀 더 면밀하게 다루어져야 할 필요가 있다. '칠성' 역시 도교와 관련하여 언급되기도 하지만 대승경전에는 '칠성'과 관련한 내용이 다수 나타난다. 특히 『불본행경(佛本行經)』에는 칠성이 보살의 발자취에 비유되기도 한다.[82] 또는 숨어살며 신선을 배우던 보살이 이채롭게도 북두칠성의 여덟째로서 '복덕의 신(神)'으로 혹은 일천자(日天子) 혹은 월천자(月天子)가 하강한 존재로 묘사되기도 한다.[83] 이는 칠성 신앙 역시 무조건 도교나 민간신앙으로만 치부될 수 없다는 점을 보여주는 명백한 근거인바 불교 문화권역에서도 이미 존재하였던 칠성 신앙의 모습을 확인시켜 준다.

　독성(獨聖)은 또는 '독수성(獨修聖)'으로 '나반존자(那畔尊者)'라고도 불리는데 우리나라에서는 말세의 복밭으로 신앙하는 나한(羅漢)으로서 머리카락이 희고 눈썹이 긴 모양을 나타내는 존재로 빈두로존자(賓頭盧尊者)를 가리키는 것[84]으로 이해되기도 한다. 『잡아함경』에는 빈두로존자가 큰 아라한으로서 상좌에 앉는 분으로 묘사되고 있는데 내용에 따라 독성을 빈두로존자로 추정하는 것은 비교적 설득

---

81) 『高麗史節要』 권19, 忠烈王 3년 5월, "五月 封羅州錦城山神爲定寧公."
82) 曇無讖 譯, 『佛本行經』1(『大正藏』1, 59a), "北斗七星亦如稱歎現七覺意消七勞垢 故行七步如師子起足迹印現喩如七星."
83) 曇無讖 譯, 『佛本行經』2(『大正藏』4. 70b), "得無是北斗 七星第八者 或云乘馬宿 下行視世間 或云觀其形 將是德神願 或名日天子 或言月天降." 예시문의 앞부분에서 보살은 곧 범천왕이라고 하는데 분량이 많아 생략한다.
84) 『불교사전』(동국대학교 전자불전연구소, 2012).

력이 있지만 확정된 견해는 아니다. 독성(獨聖)은 말 그대로 다른 사람의 가르침이나 수행 방법을 따르지 않고 독자적인 방법으로 깨달음을 이룬 성현으로서 불교 교리에 따라 살펴보면 깨달은 아라한으로 정의하는 데에는 이론의 여지가 없다. 다만 『환단고기(桓檀古記)』 '삼성기'[85]에 인류의 조상을 '나반(那般)'이라고 한 언급이 있는 것을 보면 '나반존자'라는 독성(獨聖)은 불교적 수행자의 모습에 우리 고유의 민속 신격이 투영되어 자리 잡은 것으로 추정된다.

오늘날 산신각이나 삼성각 등에서 무속과 불교가 습합된 모습을 보인다고 막연하게 여기는 것은 예외가 있기는 하나 인상적인 추론에 불과하다. 대승경전과의 관련성 속에서 전통 사찰의 전각에 모셔져 있는 '삼성(三聖)'을 살펴보면 '나반존자'를 제외하고는 대부분 불경의 내용에서 부처의 설법을 듣기 위해 등장하는 신격들로서 이미 불교문화권역에서 존재하였던 신들이다. 그러한 존재들은 민중들과 쉽게 친화력을 가질 수 있는데다가 산지가 많은 우리나라의 특성상 고유의 산신 신앙 등 민간 신앙과도 쉽게 습합될 수 있었을 것이다. 불교 문화권에서의 삼성(三聖)에는 산신, 독성, 칠성 등외에도 여러 사례가 있고 사찰에 따라 조사를 삼성으로 모시는 경우도 있다. 예를 들면 양산 통도사의 경우에는 지공 나옹 무학 이렇게 세 분 조사를 삼성각에 모시고 있어 삼성의 또 다른 면모를 엿보게 한다.

다음으로 다섯 번째 용례는 **고려 시대부터 왕실에 전해 온 '삼성**

---

85) 임승국 역, 『한단고기』(정신세계사, 1991), 25면, "人類之祖曰那般-下略." 본고에서 주해로 삼은 내용은 1911년 계연수 편찬 『환단고기(桓檀古記)』의 번역본이다. 원전에 대한 서지적 논란이 있기는 하나 적어도 19세기 말에는 '나반'이 우리 고유의 신격으로서 불교와 결합되어 있었음을 추정할 수 있다.

(三聖)' 신앙이다. 고려에는 국가의례로서 산천에 제사를 지냈는데 그러한 기복제 외에도 왕실에서 사사로이 별기은(別祈恩)이라 하는 기복 행사를 지내기도 하였다. 별기은이 행해지던 13곳이 모두 밝혀진 것은 아니나 그중 8곳은 조선왕조실록[86]에서 확인된다. 덕적(德積)·백악(白岳)·송악(松岳)·목멱(木覓)·감악(紺岳)·개성대정(開城大井)·삼성(三聖)·주작(朱雀)이 그것인데 여기서 '삼성'이란 몽고압제기에 중국에서 전래된 수도(水道)와 화복(禍福)을 주재하는 신에게 제사하는 곳으로 다양한 신격들이 의례의 대상이 되었다.[87] 특히 고려 후기에는 충렬왕이 원나라 세조의 딸과 결혼함에 따라 중국의 남쪽에 있으면서 수도와 화복을 주재한다는 삼성신(三聖神)과 그 북방에 있다는 대국신(大國神)도 청하여 제사하게 되었는데, 이것들이 모두 고려의 사전에 올라 있었다.[88] 그런데 『시용향악보』 소재 작품 중 〈삼성대왕〉과 〈대국〉이란 작품이 이와 연관성을 갖고 있어서 주목된다.

'삼성신과 대국신이라는 두 신(神)이 비록 바른 신은 아니나 사전에 실려 있으니 폐할 수 없다.'[89]고 한 태조실록의 기록을 보면 적어도 조선 전기에 존재하던 삼성신이나 대국신이란 바로 충렬왕조에 제사하던 즉 중국 남방과 북방에서 유래된 신이었음을 알 수 있다.[90] 대국

---

86) 『태종실록』 권22, 태종 11년 7월 15일 갑술 1번째 기사.

87) 국사편찬위원회, 앞의 책(권16), 372면.

88) 국사편찬위원회, 위의 책, 226면.

89) 『태종실록』 권22, 태종 11년 7월 15일 갑술 4번째 기사, "右二神 雖非其正 載在祀典 不可廢也."

90) 『태종실록』 권22, 태종 11년 7월 15일 갑술 4번째 기사, "三聖則前朝忠烈王尚世祖皇帝女 請中國在南之神祭焉 蓋主水道禍福也 大國則中國北方之神 忠烈王亦請祀之…."

삼성 주작은 모두 '여제(厲祭)'의 뜻을 모방하여 지낸 제[91]라고 한 점
으로 보아 『시용향악보』에 등장하는 노래 〈대국〉도 바로 대국신께
바치는 '여제(厲祭)'[92]와 관련된 노래라는 것을 알 수 있다.

그런데 〈대국〉의 노래 내용과 〈삼성대왕〉의 노래 내용에는 공통적
으로 등장하는 대목이 있어 눈길을 끈다. 그것은 곧 '장난을 제거하고
자 하는 발원'이다. 〈대국〉의 노래 내용[93]을 소개하면 다음과 같다.

> 술도 됴뎌라 드로라
> 고기도 됴뎌라 드로라
> 엇더타 別大王 들러신듸
> 사백장난을 아니져차실가
> 　얄리 얄리 얄라셩얄라　　−〈대국 一〉

대상 신격은 다르지만 〈삼성대왕〉에서와 마찬가지로 〈대국〉에서
도 장난을 제거해 달라고 발원하는 것을 볼 때 이들 노래의 상관관계
를 유추해 볼 수 있다. 중국으로부터 유래한 '삼성신'과 '대국신'에게
제의를 지냈다는 사실관계 그리고 〈삼성대왕〉과 〈대국〉이라는 작품

---

91) 『태종실록』권22, 태종 11년 7월 15일 갑술 4번째 기사, "上曰 朱雀 新設位於時坐宮
南 三聖亦倣厲祭之意 仍舊祀之."

92) '여제(厲祭)'란 경중(京中)과 외방(外方) 각관(各官)에서 매년 봄 청명일(淸明日)과
가을 7월 15일, 겨울 10월 초1일에 제사(祭祀)가 없는 귀신(鬼神)에게 제사하는 것을
말한다.

93) 〈대국〉의 나머지 두 수는 다음과 같다. "오부샹셔 비샹셔 슈여천자 천자대왕 경상어
보허리허 천자대왕 오시는 나레ㅅ랑 대왕인들 아니오시리 양분이 오시는 나레 명엣
복을 져미쇼셔 얄리 얄리 얄라셩얄라"〈대국 二〉. "대국도 소국이로다 소국도 대국이
로다 소반의 다믄산 홍목단 섯디여 노니져 얄리 얄리 얄라셩얄라"〈대국 三〉.

에 공통적으로 들어가는 '장난의 제거 발원'이라는 대목이 있다는 점은 이들 노래의 유기적 관련성을 생각해 보게 한다. 하지만 〈삼성대왕〉에서의 '삼성(三城)'이란 한자와 중국 남방에서 유래한 '삼성(三聖)'의 한자가 달라 양자 간의 연관성을 직접적으로 단정하는 것에는 한계가 있다.

그러나 〈삼성대왕(三城大王)〉이라는 노래의 내용 가운데 '장난(瘴難)'의 '장(瘴)'이라는 한자가 앞에서도 언급했듯 그 연원이 중국 남방의 더운 열기 속에서 파생한 병의 기운을 말할 때 쓰이는 글자라는 점에서 충렬왕조 '삼성'과의 상관성을 고려해 보지 않을 수 없다. 게다가 충렬왕 때 들어온 중국 기원의 삼성 숭배가 조선 전기 이후 여제를 지내면서 이어지다가 중국의 남방신이나 북방신에게 제사하던 전통은 자연스럽게 우리 고유의 풍속에 맞게 변형되었던 모습은 확인한 바와 같다.[94] 따라서 남방신 '삼성'은 조선 전기 이후 3개의 성을 수호하는 '삼성대왕'이라는 호국적 신격으로 대체 되었을 가능성이 크다.[95] 태종 11년 삼성신과 대국신을 여전히 제의하라던 기록[96]으로 보아 당시까지는 중국에서 기원한 '삼성'에 대한 제의가 있었지만 그 이후 이와 관련한 내용이 실록에서 사라지는 점을 보더라도 세종 조 이후의 여제에서는 우리의 토속적인 신격으로 대치되어 나갔던 상황을 살펴볼 수 있다. 실제로 세종 대에 이르러 국가적인 제의를 정비하였던 양상도 이를 뒷받침한다. 뿐만 아니라 노래 내용에서 '녜라와괴

---

94) 각주 90, 각주 91 참조.

95) 북방신 대국도 또한 본래의 의미가 달라졌을 것으로 추정되는데 그에 대해서는 다음 장에서 상론할 것이다.

96) 각주 91 참조.

쇼셔'라고 하여 굳이 '옛날'보다 '지금'에 더욱 사랑해달라고 발원하
는 비교의 내용도 이러한 추정에 신빙성을 더한다.

조선 전기 태조 조에는 전국의 명산·대천·성황·해도의 신에게 봉
작을 내리며 산천제를 지냈고 정종 대 이후 불사를 반대하는 상소가
간간히 있기도 하였지만 조선 전기에는 지속적으로 명산대천에 기도
를 드리는 일이 지속적으로 이어졌다.[97] 전통적으로 이어진 자연신
숭배는 조선 전기에 이르러 일정한 정비를 거치게 되는데 유교문화
권이었음에도 불구하고 기은이나 기복을 위한 국가적 제의는 성리학
적 사신관(祀神觀)과 별도로 실행되었다. 조선 왕조에서 자연신에 대
한 국가제사는 역대 중국의 예제를 면밀히 검토하고, 한편으로는 전
통적 제례들을 참작하여 정비해 간 것이었다. "전대에 비해 잡다한
자연신에 대한 몰입적 신앙의 관념을 어느 정도 지양하여 그 왕토
위에 존재하는 모든 자연현상을 어루만지고 예우하는 치제 관념의
표현 형태로 제도화되었다. 가령 전대에는 없었던 여제(厲祭)라는 것
을 신설하여 의탁할 데 없는 백신(百神)에 대한 제사가 제도화하게
되었다는 사실"[98]도 그 같은 사례에 속하는 것이다.

'여제(厲祭)'가 정확하게 언제부터 거행되었는지는 기록상 명확하
지 않지만, 태종 원년(1401)에 『홍무예제』를 따라 이를 설행할 것이
건의되었으며[99] 세종 12년(1430)에는 이미 성황단과 동시에 여제단의

---

97) 『조선왕조실록』에서 태조 태종 세종 대에 지속적으로 명산대천에 기도드리는 일이
   이어졌음을 확인할 수 있다.

98) 국사편찬위원회, 앞의 책(권26), 228면.

99) 『태종실록』 권1, 태종 1년 1월 14일 갑술 3번째 기사, "自古凡有功於民及以死勤事
   之人 無不致祭 無祀之鬼 亦有泰厲國厲之法 今洪武禮制 其法甚備."

제도가 논의되었다. 즉 "고려 시대에는 도교·불교류의 여러 잡사를 통하여 임시로 그 같은 원혼을 달래는 관행을 지속해 왔으나, 조선 초기에는 여제를 소사로 규정하여 정식 사전에 등재하고 정기적으로 향사하도록 하였던 것이다. 특히 조선왕조에서는 사직단·성황단·여단을 중앙은 물론 지방 각 군현에서도 이른바 '삼단(三壇)'이라 하여 정기적으로 치제하도록 제도화하였다. 토지신·곡신·국토수호신뿐 아니라 왕토 안의 어떠한 무주백신(無主百神)도 국가제사에서 빠지는 일이 없도록 전국적으로 제도화하기에 이르렀다."[100]

그런데 조선 전기에 여제를 했던 이유는 복을 구하는데 있었다기 보다는 병과 관련된 악질 즉 전염병의 위기 등에서 벗어나기 위함이 가장 큰 목적이었다. 여제나 수륙재(水陸齋) 등 벽사를 했던 이유가 단지 백성들의 병을 막기 위함이었음은 실록의 기록에도 그대로 나타난다.[101] 수륙재도 여제의 일종이었다는 사실은 세종실록을 통해서도 명확히 알 수 있다.[102]

> 황해도 관찰사에게 전지하기를, "지금 경이 아뢰기를, '도내(道內)의 나쁜 병에 걸린 사람들은 모두 봉산(鳳山)·극성(棘城)의 해골

---

100) 국사편찬위원회, 앞의 책, 233면.

101) 『문종실록』 권9, 문종 1년 9월 5일 경자 7번째 기사, "聚合辟邪之藥 晝夜燒之 雖或有其氣消敬之理 然辟邪之藥難繼 安能家家晝夜消之乎 水陸之事 固非求福 只爲民病 然事涉怪誕 大臣等必有駁議厲祭之事 依已成格例 行之爲便."; 『단종실록』 5권, 단종 1년 1월 21일 기묘 2번째 기사 참조.

102) 『세종실록』 권97, 세종 24년 8월 4일 신묘 3번째 기사, "傳旨黃海道觀察使 今卿啓云 道內惡病人 皆以爲鳳山棘城髑髏爲祟 邪疑滿腹 漸成勞瘵 自至死亡必矣 須募僧 拾骨燒之 以解疑惑 且水陸齋 乃癘祭之例 亦是救民之事 姑從民願 依戊午年例復行 何如 卿隨宜便易布置."

이 빌미인 것으로 생각하여 요사(妖邪)한 의심이 마음속에 가득하게 되므로, 점차 심노(心勞)의 병을 일으켜서 스스로 죽기에 이르게 되는 것이 틀림없습니다.'고 하니, 모름지기 중을 모아 해골을 주어 태워버리어 의혹(疑惑)을 풀어 주라. 또 수륙재(水陸齋)는 여제(癘祭)의 한 예(例)로서 또한 백성을 구제하는 일이니, 우선 백성들의 소원에 좇아 무오년의 전례(前例)에 의하여 다시 거행하는 것이 어떻겠는가. 경은 사의(事宜)에 좇아 편의대로 조처하라."고 하였다. (필자 밑줄)

다만 산천의 소치, 혹은 풍기의 감염, 혹은 전쟁으로 인하여 수없이 죽은 억울한 기운들의 축적으로 인해 생긴 억울한 넋의 위로 등[103] 여제가 행해진 이유는 당대에도 여러 가지로 언급되었다.

이렇게 볼 때 『시용향악보』 소재의 시가는 국가적 의식에서 공양을 올리며 제의를 지냈던 모습과 관련되어 있음을 알 수 있다. 제목만 보더라도 〈성황반〉이나 〈대왕반〉 등에서는 '반(飯)'이라고 하여 귀신에게 음식을 먹이는 것임을 분명히 보여주고 있다. 뿐만 아니라 〈대국〉이란 작품의 내용에서도 나타나듯이 '술'과 음식을 바치는 모습을 보여 주고 있어 '대국'이라는 여제와 〈대국〉이라는 작품은 명확히 관련된 것임을 알 수 있다. 그런 점에서 〈삼성대왕〉도 삼성을 지키는 신에게 발원하는 '여제'와 관련된 노래라는 사실을 유추해 볼 수 있다.

하지만 이 노래들이 여제와 관련된 것임은 분명하나 여제를 지내는 가운데 부른 노래라고 섣부르게 단정할 수는 없다. 제의성을 지니기는 하되 궁중 악가로 존재했던 것이기 때문에 여제와 동반되었던

---

103) 『성종실록』 권174, 성종 16년 1월 15일 무술 4번째 기사 등에서 찾을 수 있다.

궁중 악가였을 것으로 추정된다. 연희성의 문제는 『시용향악보』 소
재 시가의 전반적 내용이 검토된 연후 상론하여야 마땅할 것이다.[104]

3) 〈삼성대왕〉과 불교의 상관성

그렇다면 삼성을 지키는 '삼성대왕'에게 발원했던 핵심 내용 즉 '장
난(瘴難)'을 없애 달라고 하는 발원내용은 무엇을 의미하는지 살펴볼
필요가 있다. 일반적으로 대부분의 학자는 여기서 장난을 없애고자
발원하는 내용에 대하여 무속적으로 접근하였다. 〈대국〉 등에서 술
이나 고기 등의 음식이 나타난다는 점에서도 무속적인 성격과의 연
관성을 배제할 수는 없다. 그러나 장난을 없애는 기능은 불경에 등장
하는 주요한 대목의 하나라는 사실에 주목해야 한다. 불경에서는 여
러 가지 장애가 되는 액난을 '장난' 등으로 표현하고 있다. 불경에
등장하는 장난의 한자는 '障難'이고 〈삼성대왕〉에 등장하는 장난의
한자는 '瘴難'이지만 다수의 불경 관련 역주에서는 '장(障)'과 '장(瘴)'
을 동일한 어휘로 간주하되[105] 시대에 따라 다르게 사용된 것으로 보
기도 한다. 〈삼성대왕〉에 사용된 '장난'이라는 어휘는 불경 관련 주
해[106]에 의하면 주로 원(元) 명(明) 이후에 쓰인 것이다. 고려 〈처용
가〉에 등장하는 '삼재팔난'도 불경에서 언급하고 있는 장난의 부류인

---

104) 이 문제는 다음 장에서 〈대국〉·〈대왕반〉의 논의를 살펴본 이후 정리되어야 한다.

105) 日稱 譯, 『諸法集要經』 6(『大正藏』 17, 491a), "五欲爲重瘴…." 이 부분의 각주에
　　서 '瘴忍澂師校刻本作障'으로 풀이되어 있다.

106) 道世 撰, 『法苑珠林』 28(『大正藏』 53, 495a), "但有障…." 이 부분의 각주에서 '障
　　=瘴〈元〉〈明〉'으로 설명하고 있다.

데 불경에서는 장난의 종류를 여덟 장난에서부터, 백만 장난[107] 등의 부류로 표현하기도 한다.

대다수 불경이 그러하지만 특히 『금광명경』에서는 수지독송의 주요한 기능이 '장애와 액난을 없애는 것'[108]이라는 점을 명확히 밝히고 있는데 『금광명경』이 호국을 발원하는 내용으로서 고려조에도 유통되었던 점[109]을 생각해보면 그 관련성을 충분히 짐작해 볼 수 있다. '장난을 없애는 기능'이 『금광명경』에만 있었던 것은 아니다. 고려조에는 『금광명경』보다는 오히려 백고좌회(百高座會)에서 『인왕경』[110]이 가장 많이 강독[111]되었는데 『인왕경』에서도 『금광명경』과 마찬가지로 장애와 액난의 제거[112]가 수지 독송의 주요한 기능으로 명시되어 있다. 게다가 '중국정사 조선전'에 의하면 고려의 왕들이 거동할 적에 붉은 옷을 입은 사람들이 『호국인왕경(護國仁王經)』을 안고 움직일 정도로 소중하게 다루어졌던 모습[113]을 확인할 수 있고 세종실록

---

107) 實叉難陀 譯, 『大方廣佛華嚴經』 49(『大正藏』 10, 257c), "何等爲百萬障 所謂不見菩提障 不聞正法障 生不淨世界障 生諸惡趣障 生諸難處障 多諸疾病障…." (필자 밑줄)

108) 寶貴合曇無讖 譯, 『合部金光明經』 6(『大正藏』 16 386c), "惡神障難 除一切蠱呪咀 一切惡障 悉得除滅 是諸衆生若有聽 受是經法者 應當誦持此呪…." (필자 밑줄)

109) 『고려사』 권53, 志7, "十年三月癸丑 乾方 有赤氣如火 設大佛頂讀經於內殿 設金光明經法席於大安寺 以禳之."

110) 『인왕경』은 약칭이고 『호국인왕경』·『불설인왕반야바라밀경』 또는 『인왕호국반야바라밀다경』이라고도 한다. 내용상 거의 차이가 없다. 『금광명경』과 더불어 호국 경전으로 의미가 있다.

111) 『고려사』 권9, 世家 文宗 28年 4月, "乙酉 設百高座於內殿 講仁王經三日." 그 외 『인왕경』 강설 백고좌법회 도량이 수십 차례 열렸음을 확인할 수 있는데 나머지는 생략한다.

112) 不空 譯, 『仁王護國般若波羅蜜多經』 2(『大正藏』 8,840a), "若於是經受持讀誦… 疾疫厄難卽得除愈."

에도 『호국인왕경(護國仁王經)』이 등장하는 것으로 보아 고려부터 조선 전기까지 자주 강독되었던 경전임을 알 수 있다. 또한 세조 때까지 궁궐에서 설해졌던 『화엄경』에서도 '장난'에 관한 대목이 여러 군데 등장할 뿐만 아니라 삼재팔난부터 백만 장난까지 상세히 열거되어 있기도 하다.[114)

이는 장난의 제거에 대한 발원이 본질적으로 불경에 근거하여 생긴 것임을 보여주는 예시들이다.[115) 물론 장난을 없애고자 하는 염원은 인간에게는 기본적인 바람이기 때문에 고유 신앙 등에서도 필수적인 사항이었겠지만 우리나라에서 8세기 이후 유통되었던 불경에서 '장난의 제거'가 본질적으로 중요한 사항이었음을 확인할 수 있다는 것은 그것이 단순히 무속적이라고만 규정될 수 없다는 사실을 보여준다. 특히 궁중악가로서 남아 있는 『시용향악보』의 작품들이라는 점에서는 더욱 그러하다. 삼국시대에 불교가 전래된 이래 우리 문화에 내재된 불교문화는 오랜 시간 동안 습합의 측면으로 발전하였기에 무속과 불교가 혼효되어 있다는 점은 충분히 고려해야 할 사항이다. 『시용향악보』 소재의 작품들이 무속과 불교적 요소를 함께 지니고 있다는 것은 이미 〈성황반〉이나 〈나례가〉라는 작품을 통해서도 확인된 바 있고[116) 앞에서 살펴본 〈내당〉이란 작품에서도 나타나는바

---

113) 『中國正史朝鮮傳 譯註』(국사편찬위원회 한국사DB, 1989), 宋史(1) 外國列傳,高麗, "王出 乘車駕牛 歷山險乃騎 紫衣行 前捧護國仁王經以導."

114) 각주 107 참조, 『대방광불화엄경』에서 상세히 열거하고 있다.

115) 이러한 사정 때문에 고려 〈처용가〉에 등장하는 '삼재팔난(三災八難)' 관련 대목 역시 장난의 제거를 발원하는 내용으로서 불교적 관점에서 바라보아야 한다. 이 책의 4장에서 재론할 것이다.

116) 나정순, 앞의 글(2014), 209-235면; 이 책의 1장 참조.

『시용향악보』의 시가에서 불교문화의 모습을 찾아보는 것은 어려운 일이 아니다.

　〈삼성대왕〉에서 장난을 제거해 달라고 발원하는 내용이 무엇보다도 고려부터 조선 전기에 이르기까지 궁중에서 베풀었던 도량에서 핵심적으로 추구하였던 사항이었음을 뒷받침하는 근거는 바로 『고려사』에서도 확인할 수 있다.[117] 『금광명경』이나 『인왕경』은 고려조로부터 액막이를 하거나 천재지변을 물리치게 해주는 백고좌도량에서 강독하였던 필수적인 경전이다. 이들 경전의 내용에도 나타나듯이 수지 독송하면 장난을 제거하고 온갖 고통 이른바 원수의 대적·흉년·질병들을 소멸하여 없애게 된다고 하는 효능은 당대에 궁중 도량에서 강독한 『금광명경』이나 『인왕경』이 호국 경전으로서의 역할을 하였던 저간의 사정을 말해준다. 불교적인 도량을 설치하여 액막이를 하였다는 사실은 고려를 거쳐 조선 시대에도 실록의 여러 군데[118]에서 나타나는데 이것은 그 당시 불교문화 가운데 여전히 주술적 기능이 존재하였음을 보여주는 예시들이다. 당대에는 천재지변이나 전쟁 병고 등의 부정적 환경 등을 극복하기 위한 대처 방안으로서 제의를 지냈기 때문에 자연스럽게 종교의 기능에 주술성을 내포할 수밖에 없었다. 불교와 무속이 자연스럽게 이어질 수밖에 없는 지점이 여기에 있다.

---

117) 각주 109 참조; 『고려사』 권17, 世家 毅宗 4年 10월, "冬十月 癸卯朔 設仁王經道場 於明仁殿 以禳天災." 그 외 많은 자료들이 있으나 나머지는 생략한다.

118) 『태조실록』 권4, 태조 2년 10월 29일 신축 1번째 기사, "辛丑 以星變屢見 集僧徒於 時坐所 設消災道場 上與中宮 禮佛行香." 이후 여러 예시들은 생략한다.

4. 맺음말

이상에서 〈내당〉과 〈삼성대왕〉의 불교적 성격과 연원에 대하여 살펴보았다. 두 작품은 국가적 제의의 장소와 관련된다는 점에서 특이하다. 〈내당〉은 고려조 이후 조선조에까지 지속적으로 이어졌던 '내불당'과 연관되며 미륵신앙의 모습을 그리고 있는 점 그리고 〈삼성대왕〉은 중국 남방신을 모시던 삼성 신앙이 선초 이후 우리의 신격으로 변형된 모습을 간직한 가운데 불교 도량의 액막이 전통을 드러낸다는 점에서 호국적인 불교문화가 내재해 있음을 파악할 수 있다. 고려의 불교문화가 조선조에도 잔존하면서 국가적인 제의였던 '여제'와 상관된다거나 미륵신앙으로 이어나간 모습은 조선 전기 이후 민속신앙 및 불교 변모의 문화사적 의미를 보여 준다.

기왕의 연구에서는 『시용향악보』 소재 이른바 무가 계열의 작품에 대하여 무가나 연희적인 성격의 작품으로 대별하여 성격을 규정하였다. 하지만 『시용향악보』 소재 무가 류 작품을 검토해보면 오히려 불교적인 성격이 나타난다는 점에서 단순히 무가라고만 단정 짓기는 어렵다. 선초 이후 국가적으로 무속을 배척하려 했던 당대의 분위기를 보더라도 궁중 악가를 무속적인 것으로 대입시킬 수는 없었을 것이다. 그렇다고 연희적인 성격의 노래로만 단정하기에는 대상 작품들이 지니고 있는 불교적 성격의 기반을 염두에 두지 않을 수 없다.

게다가 단순히 무속적인 것이 아니라 고려부터 이어지던 불교적 주술성을 기반으로 한다는 점에서, 선초 이후에도 여전히 궁중에서는 유교가 해결할 수 없었던 벽사(辟邪)의 기능을 불교 쪽에서 담당하였다는 사실을 알 수 있다. 하지만 성리학자의 세계관에서 불교와 관련된 것 또한 무속과 마찬가지로 탐탁하지 않았을 것이기에 불교나 무속과 관련된 주술성은 시대가 흐름에 따라 자연스럽게 민속적인 연희성으로 대체되어 나아갈 수밖에 없었을 것이다. 그러한 시대적 조건을 함축적으로 보여주는 것이 '나례'[119)와 같은 무불 습합 의식이다. 이러한 성격은 선행 연구인『시용향악보』소재 〈성황반〉이나 〈나례가〉의 검토를 통해서도 확인되었던 바이다.[120) 그런 점에서『시용향악보』소재 이른바 무가 계열의 시가에 대하여 그동안 학계에서 논의하였던 제의성과 연희성의 측면에 대해서는 앞으로 여타 작품을 추가적으로 검토할 때 전모가 밝혀질 수 있을 것이다. 다만 이 장에서 살펴본 대상 작품은『시용향악보』소재 여타 작품에 비해 연희성의 모습을 작품 자체에서 발견하기에는 쉽지 않은 점이 있다. 굳이 발견해내자면 '다롱디리'와 같은 여음구를 통해 유추해 볼 수 있을 뿐이다.

『시용향악보』에는 〈대왕반〉이란 제목 아래 〈내당〉의 악곡이 〈대왕반〉과 동일하다[121)는 대목을 첨기하고 있다. 〈대왕반〉이란 노래가 연희성을 적극적으로 반영하고 있는 것으로 보아 〈내당〉도 〈대왕반〉과 마찬가지로 궁중 악가로서 연희성을 바탕으로 통용되었을 것이라는 사실을 간접적으로 유추해 볼 수는 있다. 또한 〈삼성대왕〉이 〈한림별곡〉의 악곡을 발췌 축소하였다고 보는 관점[122)에 기대어 볼 때도

---

119) 나례는 시대의 흐름에 따라 벽사적 기능이 연희적으로 변모하게 된 모습을 잘 보여주는 민속 행사이다.

120) 이 책의 1장 참조; 나정순, 앞의 글(2014), 209-235면.

121) 〈대왕반〉이라는 작품명 아래 'ㄱㄹ와디 平調 〈내당〉 ㄱㄹ와디 樂同'이라고 표기되어 있다.

122) 최용수, 앞의 글, 274-275면.

연희적 성격을 추정해 볼 수 있다. 그런 점에서 『시용향악보』 소재 이른바 무가류 시가는 궁중악으로서 불교적 주술성과 연희성을 겸비했던 향악의 노랫말일 가능성이 크다.

『시용향악보』 소재 시가에 대한 기왕의 연구는 대개 대상작품에 대하여 무속적인 차원의 관점에서만 접근하였다는 공통점을 지니고 있다. 선행 연구의 면면을 볼 때 각기 독자적인 시각과 논거를 확보하고 있지만 기왕의 연구는 대부분 고려조에서 조선 전기로 넘어가는 궁중 향악에 불교문화가 여전히 남아 있었다는 사실을 간과하고 있어 아쉬움을 남긴다.

본 연구의 대상 작품이 불교적 성격을 지니고 있음에도 불구하고 그동안 무속적인 차원에서만 논의되었다는 것은 조선의 문화에서 불교는 사라졌다고 보는 시가 연구 학자들의 선험적인 시각을 반증하고 있다. 그러나 고려 말 신흥 사대부에 의해 유입된 성리학적인 세계관이 조선 전기의 궁중 문화까지 지배하였던 것은 아니다.

'조선왕조실록'을 확인해 보아도 알 수 있듯이 조선 전기에는 지속적으로 왕실에서 불교가 성행하였고 불경언해 등의 작업이나 불경의 독송 등이 이루어지는 등 불교문화의 잔존은 여전했다. 조선 전기 향악에 불찬이 여럿 등장한다는 점, 『악장가사』나 『악학궤범』 등에 불교 관련 노래가 등장하는 점 등도 이를 뒷받침한다. 게다가 『시용향악보』 소재 다수의 시가에서도 불교적 성격을 찾아볼 수 있다는 것은 조선 전기의 궁중 향악에도 불교문화의 전통이 지속적으로 작용하였던 점을 시사한다.

제3장

/

『시용향악보』 소재 〈대왕반〉·〈대국〉에 나타난
불교적 성격과 연원

1. 머리말

앞 장에서 『시용향악보』 소재 이른바 무가 계열의 작품이 궁중 악가로서 호국적인 염원을 바탕으로 한 불교적 주술성과 연희성을 드러낸다는 점은 살펴 본 바와 같다. 〈성황반〉·〈나례가〉뿐만 아니라 〈삼성대왕〉·〈대국〉 등의 노래 기원을 무속적 신앙에서 찾는 것은 기존 연구의 일반적 견해였으나, 실상 이 부류 작품의 연원이 불교문화와 관련된다는 점에서 이에 대한 문제는 지속적으로 점검되어야 할 필요가 있다.

여기에서 살펴볼 〈대왕반〉이라는 작품의 핵심 제재인 '팔위성황'이나 〈대국〉에 나타난 '사백장난의 퇴치' 등도 호국 불교의 이념을 바탕으로 한 주술적 성격을 지닌다는 점에서 이 부류 작품에 대한 불교적인 시각의 분석과 검토는 여전히 유효하다.

〈대왕반〉·〈대국〉 등이 수록된 『시용향악보』라는 가집이 언제 만들어졌는지 정확히 알 수 없으나 고려 시대의 노랫말이 수록된 점과 조선조 궁중악의 악가로 사용된 점 그리고 세종 대 이후의 정간보로 이루어진 점 등을 보건대 조선 전기 성종 대 이후 연산군 대에서 중종 대 무렵이나 혹은 명종 선조 대에 만들어졌을 것이라고 보는 견해[1]가 중론이다. 이렇게 볼 때 고려 이후 조선 전기에 이르러 이른바 무가 계열 시가[2]는 다층적 변화를 거쳐 악보에 수록되었을 것이라는 점에서 대상 작품의 중층적 의미를 분석해내는 기본적 틀이 마련되어야 할 것이다. 이른바 무가 계열 시가에 나타난 불교적 성격을 살피는 것은 고려의 불교문화가 조선 전기 향악의 악가로 정착화 된 전개 과정을 찾아낸다는 점에서도 의미 있는 일이다.

〈대왕반〉의 경우 '팔위성황' 등 주요 제재에 대한 파악이 선행되어야 작품의 실체가 드러날 수 있을 것이다. 일반적으로 '성황'이라고 하면 무속과 관련된 것으로 치부하지만 실제로는 여러 불경 및 불교 관련 자료에 '성황'과 '성황신'이 등장하기 때문에 이에 대한 고찰이 필수적이다.[3] 필자 역시 선행 연구에서 '성황'을 무속적으로도 보았

---

1) 이와 관련한 년도 추정에 대해서는 다양한 견해가 있다. 이병기, 「시용향악보의 한 고찰」, 『한글』 113호(한글학회, 1955), 367-393면; 김동욱, 「시용향악보 가사의 배경적 연구」, 『한국가요의 연구』(을유문화사, 1961), 169-272면; 장사훈, 『국악논고』(서울대출판부, 1966), 1-690면 참조.

2) 기왕의 연구에서 이 부류 작품에 대해 '무가'라고 규정했기에 학계에서 통용된 용어를 편의상 그대로 빌어다 쓴다. 하지만 지금까지 필자의 선행 연구와 이 장에서 제시한 연구 결과를 토대로 보자면 이 부류의 시가는 오히려 불교에 그 연원을 두었음을 알 수 있다. 따라서 앞으로 학계에서는 '불교계 시가'라고 명명되어야 할 것이다.

3) 필자가 앞의 글(나정순, 「『시용향악보』 소재 〈성황반〉·〈나례가〉의 무불 습합적 성격과 연원」, 『대동문화연구』 87(성균관대학교 동아시아학술원, 2014), 207-240

지만 이 부분에 대해서는 재고해 보아야 할 여지가 있다.

　『능엄경』이나『대방광보살장문수사리근본의궤경』등의 불경에 '성황신'이나 '성황주자'가 나타나는 것으로 보더라도 '성황'은 본래 불교와 무관한 신격이 아니었음을 알 수 있다. 게다가 '팔위성황'은 작품에서 '대왕'으로 일컬어지는데 '대왕'이란 제재 역시 '대귀(大鬼)'로서『한전(漢典)』에 풀이되어 있지만 보다 정밀히 살펴보면 여러 불경에서 부처를 호종하는 '호법신중'으로 등장하기 때문에 불교적 성격을 말해주는 주요한 제재라 할 수 있다.

　고려 시대의 불교문화와 관련하여 보면 우리가 일반적으로 알고 있는 '무속적'이라고 하는 많은 것들이 실제로는 불교와 연관된 것이기 때문에 이에 대한 올바른 연원의 문제를 찾아보는 것은 전통문화 연구에서 필수적인 과제이다. 이는 앞 장에서 지속적으로 제기했던 문제와도 상통하는 것이다.

　〈대국〉이라는 작품에서도 '사백장난을 젖히고자' 하는 염원이 나타나는데 이 역시 불경에서 흔히 발견되는 제재임은 이미 살펴본 바와 같다. '장난의 제거'는 불교 경전을 독송할 때 나타나는 공덕의 하나로서 인간이 괴로움의 상황에서 벗어나 이익을 얻고자 하는 발원이기 때문에 불경에서 흔히 발견할 수 있는 대목이다. 고려 시대에 유행했던『금광명경』에서도 수지 독송할 때 얻을 수 있는 효용적 기능이 바로 장난을 없애는 것이라는 점에서, '장난의 제거'를 주된 내용으로 삼고 있는 〈대국〉이란 작품 역시 무속적으로 일반화해 버릴

면.)을 쓸 당시에는 성황신과 불교의 상관성에 관하여 구체적으로 언급하지 못했다. 하지만 성황이나 성황신은 불경에도 등장하는 신격이라는 점에서 이에 대한 보충 설명이 필요한 까닭에 이 장에서 추가적으로 언급하고자 한다.

수 없는 면이 있다. 이 점 역시 살펴본 바와 같으나[4] 보충적 논의가
필요하다.

그밖에 〈대왕반〉·〈대국〉 등에서는 지금까지 해결되지 않은 어석
문제들이 있다. 예를 들어 '흑목단'이나 '홍목단' 등 꽃을 상징하는
어휘들이 그것인데 지금까지 이는 성황신을 따르는 여인들과 노는
노앙으로 파악되기도 하였다.[5] 이렇게 볼 때 작품의 성격은 성적(性
的)인 측면 혹은 막연하게 무속적인 면으로 부각되었다. 하지만 이
문제에 대해서는 좀 더 면밀한 분석이 필요하다. 편년체 자료와 불경
관련 기록을 토대로 작품의 문맥을 파악해보면 여기서 '흑목단' 꽃은
여인이나 성적 표현과는 관계가 없는 것들이다. 그런 점에서 고전
원전 기록의 검토가 상세하게 이루어져야 할 것이다.

게다가 〈대국 1, 2, 3〉은 3연의 형태를 취하면서 불교적으로도 여
러 가지 해석의 여지가 있어서 그 실체를 파악하기에 모호한 점이
있기 때문에 다양한 접근을 고려한 검토가 요구된다.

2. 〈대왕반〉의 의미 층위

1) 〈대왕반〉에 나타난 '팔위성황'의 실체

〈대왕반〉의 작품 내용을 제시해보면 다음과 같다.

---

4) 이 책의 2장 참조; 나정순, 「『시용향악보』 소재 〈내당〉·〈삼성대왕〉의 불교적 성격
과 연원」, 『선문화연구』 20(한국불교선리연구원, 2016), 133-178면.
5) 박병채, 『고려가요의 어석연구』(이우출판사, 1980), 364면.

八位城隍 여듧位런 놀오쉬오
뭇곳가ᄉ리 장화새라
當時에 黑牧丹고리
坊廂애 ᄀ드가리
노니실 大王아
　디러링다리 다리러디러리　　－〈대왕반〉

　여기서 전반적 맥락의 기저를 밝힐 수 있는 핵심적 어휘는 '팔위성황'·'대왕'·'대왕반'·'흑목단(黑牧丹)'·'방상(坊廂)' 등이다. 무엇보다도 이 작품의 의미를 풀 수 있는 단초는 '팔위성황'에 있다. 작품의 첫머리에서부터 '팔위성황(八位城隍)'을 불러 '노는' 모습에서 외견상 '청신(請神)' 계통의 무가적 속성과 연희적 성격도 엿볼 수 있으나 이러한 분석은 실상 인상적인 흐름에 근거한 것일 뿐이기 때문에 논거에 의해 그 실체적 의미를 조명해 볼 필요가 있다.

　'성황'에 대해서는 『시용향악보』 소재 〈성황반〉이라는 작품의 해석에서도 앞서 주목한 바 있지만 고려 시대에 성행하였던 '사천왕' 신앙이 조선 전기 이후 '성황' 신앙으로 치환되어 나갔던 모습을 통해 불교 관련 양상을 확인할 수 있었다. 그러나 〈대왕반〉에 나타난 '성황'과 〈성황반〉에 나타난 '성황'에 대해서는 섬세한 변별이 요구된다. 작품 〈성황반〉에서는 제목에 '성황'이 나타나지만 정작 작품의 내용에서는 '성황'이 나타나지 않고 대신 '사천왕'이 나타나는 모습을 볼 수 있었다. 이는 '사천왕'이 '성황'으로 치환되었던 조선 전기의 시대적 모습을 간접적으로 반영한 것으로 앞 장에서 다루었으므로 더 이상의 언급은 생략한다.[6) 다만 작품 〈성황반〉의 불교적 성격에 대해서는 보충하여 다음 장에서 다시 거론될 것이다.

하지만 〈대왕반〉에 등장하는 '성황'에 대해서는 보다 상세하게 살펴볼 필요가 있다. 『고려사』와 『조선왕조실록』에 남아 있는 '성황'에 대한 다양한 모습과 그 변화의 추이에서 발견할 수 있는 특이점이 있다면 고려와 조선에서는 각기 '성황'에 대한 제의적 태도를 달리하고 있었다는 점이다. 명나라의 예제에 따라 산천 성황을 모셔 자연신에 대하여 의존적이었던 고려 시대의 제의는 조선에 이르게 되면 보다 독자적인 방식으로 바뀌게 된다. "조선 왕조 초기에 이르면 경내의 자연신을 분봉한 것이 그 자연현상에 의존하고 기도하려는 특수한 목적에서가 아니라, 전 국토를 지배하는 왕권이 경내의 자연신을 우우(優遇)한다는 보편적 의례로써 실행된 것이었다."[7]

그러한 변화 속에서 조선 전기에 이르러 '성황'에 지내는 예식 가운데 달라지는 것이 바로 신주를 모시는 '위판'의 등장이다. 조선 전기에 이르게 되면 성황의 위판이 등장하는데 세종 조 이전 까지는 성황의 신상과 위판이 함께 존재하다가 세종 대에 이르면 그 제도를 다시 검토함으로써 신상은 사라지고 위판을 설치하는 방향으로 자리를 잡게 된다.

여기서 새삼스럽게 '위판'을 언급하는 까닭은 본 연구의 내용과 연관하여 의미 있는 단서가 발견되기 때문이다. 위 예시에서도 보듯이 〈대왕반〉이란 작품에서 여덟 성황을 언급하는 가운데 **팔위성황(八**

---

6) 나정순, 「『시용향악보』 소재 〈성황반〉·〈나례가〉의 무불 습합적 성격과 연원」, 『대동문화 연구』 87(성균관대학교 동아시아학술원, 2014), 207-240면 참조.

7) 국사편찬위원회, 『신편 한국사』 26(국사편찬위원회, 2002), 226면.

位城隍)'이라고 하여 '팔성황'이 아닌 '위(位)'를 첨가시키고 있는 표현에 주목을 요한다. 작품에서 '팔위'라는 말을 사용하고 있는 것은 바로 '여덟 위패를 모신 성황'의 묘사를 의미한다. 조선 초기에 위판이 언급되기 시작하고 본격적으로 세종 대에 이르게 되면 성황신이 위판으로 모셔지는 가운데 풍운뇌우를 가운데에 모시고 좌측에 산천, 우측에 성황을 모시는 제의를 행하게 된다.[8] 이러한 사정을 감안해 볼 때 〈대왕반〉에서의 '**팔위성황**'이란 '**여덟 위패를 모신 성황**'을 뜻하는 것임을 알 수 있다.

게다가 선초에는 고려의 행정 구역 체제를 그대로 이어 쓰는 가운데 경기, 강원, 함길, 충청, 전라, 경상, 황해, 평안으로 나누어 오늘날과 유사한 행정 구획을 쓰고 있었다. 세종 대에 이르면 예조에서 악·해·독·산천의 단묘와 신패의 제도를 상정하는 가운데 팔도로 나눈 모습[9]을 제시하고 있어 8위 성황이란 곧 팔도의 성황임을 명확히 알 수 있다. 그런 점에서 볼 때 〈대왕반〉에서 팔위 성황을 모시는 내용은 곧 우리나라 전체를 수호하는 신격 대상으로서의 성황신께 공양하는 모습을 그린 것으로 추정된다.

성황신에 대한 의례는 대개 발고제와 여제로 대별한다. 선초에는 여제를 지내기 전 성황신에게 발고제를 지낸 후 사흘 뒤 여제를 지냈는데 조선 중기 이후에도 나라에 전염병이 심해지자 산천과 성황에 여제를 지냈던 기록이 다수 등장한다. 실록에서는 여제에 대해 구체적으로 제사(祭祀)가 없는 귀신(鬼神)에게 제사하는 것[10]이라고 규정

---

8)『세종실록』128권, 오례 길례 서례 신위.
9)『세종실록』76권, 세종 19년 3월 13일 癸卯 2번째 기사.

하였다. 이에 대해서는 〈삼성대왕〉과 관련하여 이미 앞 장에서도 언급한 바 있어 생략한다.

〈대왕반〉의 내용 가운데 '팔위성황'이 나타나고 제목에는 '대왕'이라 하여 성황이 대왕으로도 함께 사용되었던 것으로 볼 때 성황은 곧 '대왕신'으로도 대접받았음[11]을 알 수 있다. 일반적으로 대왕은 한 나라의 임금을 지칭하는 용어이지만 '대귀'를 이를 때도 '대왕'이라는 어휘가 사용되었다. '대귀'는 초기 불경인 『아함경』[12]에서부터 보이는데 불교 경전에서는 흔히 등장하는 호법신중인 천룡팔부나 사천왕을 가리킬 때[13] 경전에 따라 '대왕' 혹은 '귀왕' 등으로 표기되고 있어 '대왕'이 신격 존재로서 부처를 호종하는 존재로 그려지고 있는 모습을 확인할 수 있다. 실제로 『대방등다라니경』과 같은 불경에서는 사천왕의 하나인 '비사문천왕(毘沙門天王)'을 '귀신대왕(鬼神大王)'으로도 호칭하고 있어서 귀신을 대왕으로 일컬었던 용례를 쉽게 확인할 수 있다. 오늘날 일반적으로 '대왕'이라고 하면 무조건 무속적인 속성으로 이해하지만 정작 '대왕'은 불경에서 '사천왕'이나 '호법귀신'을 가리키는 어휘로 사용되었던 것임은 앞 장에서 역시 언급했던 바와 같다.[14]

---

10) 경중(京中)과 외방(外方) 각관(各官)에서 매년 봄 청명일(淸明日)과 가을 7월 15일, 겨울 10월 초1일에 행해진다.

11) 이규보, 『동국이상국집』, 「제신문」에서도 '성황대왕'이라고 말하고 있다.

12) 『장아함경(長阿含經)』·『잡아함경(雜阿含經)』·『증일아함경(增一阿含經)』 등 기타 다수의 원시 경전에서부터 확인된다.

13) 이 책의 2장 참조. '사천대왕(四天大王)', '천룡귀신팔부대왕(天龍鬼神八部大王)' 등의 명칭에도 나타나듯이 '대왕'이라는 용어는 본래 불교 경전에서도 존재하였던 것임을 알 수 있다. 나정순, 앞의 논문(2016)에서 각주 55, 56 참조.

본래 성황(城隍)이란 성벽을 둘러싼 해자인데 그 성을 지키는 신이 성황신이다. 중국의 경우 6세기 무렵 양자강 유역을 중심으로 성황신 신앙이 발생하여 10세기경에는 전국적으로 확산되어 갔고, 마침내 국가 제사의 대상이 되기까지 하였다.[15] 중국에서는 성황 신앙이 일반적으로 도교의 종교적 관념에서 전해 오다가 유교와 결합하여 상호 영향을 준 것으로 인식되고 있다. 주로 가뭄이나 역질에는 반드시 성황신에게 기도하여 공경하고 민간 신앙으로까지 이어진 것으로 이해된다.[16]

반면 우리나라에서는 성황신에 대하여 우리 고유의 신앙에서 파생하였다고 보기도 하고[17] 중국의 성황이 이입되어 형성된 것으로 보기도 한다.[18] 다만 『시용향악보』 소재 시가와 관련하여 보면 고려 중기 이후 조선 전기에 이르는 성황 신앙은 불교문화에서 유래한 것으로 추정된다. 일반적으로 '성황' 신앙이라고 하면 무속적이라고 단정하지만 고려의 불교 문화권에서 성행하였던 점을 찾아볼 수 있고 당송

---

14) 이 책의 2장과 4장 참조할 것. 앞 장에서도 언급한 바 있으나 논의 전개의 흐름을 위해 재수록함을 알려 둔다. 나정순, 앞의 논문(2016), 각주 57, 58 참조.

15) 국사편찬위원회, 『신편 한국사』 16(2002), 342면.

16) 『維基百科』(https://zh.wikipedia.org/wiki/), "城隍的宗教觀念源自道教其後與 儒教結合相互影響 最早記載城隍的是『周易』:「城復于隍 勿用師」最早祭城隍只築 土壇 無廟無像 正如『鳳山縣志·祀典志』所載:「城隍廟無專祭而水旱 疾疫必禱之 致 敬 宿齋必告之: 故立之廟 使神有所憑依也.」設置城隍廟祭祀 大抵從道敎成爲民間 信仰才出現."

17) 박경신, 『한국의 오구굿 무가』 1(국학자료원, 2010), 68면. 여기에서 성황을 '처낭' ·'천왕'의 와음으로 보고 불교의 '천왕'에서 유래한 것으로 해석할 수도 있다고 했다. 불교와의 관련성 언급이 주목된다.

18) 최종석, 「역사학의 시각으로 본 한국 중세 성황(신앙)」, 역사연구소 33차 학술세미 나(서울대학교 역사연구소, 2009), 155-182면.

시대에 번역된 불경에서도 유래된 연원을 확인할 수 있기 때문이다. 이와 관련된 몇 가지 예시를 살펴보자.

먼저 '성황신'이 등장하는 근거는 불경이나 불교 제식집 등에서 찾을 수 있다.[19] 『대방광보살장문수사리근본의궤경』[20]이나 『능엄경』[21]에는 부처의 설법을 듣기 위하여 모였던 신격을 열거하는 내용 중 여러 천신 다음으로 산신들이 거론되는데 그 중 하나가 '성황신'이다. 이러한 불경의 내용으로 보아 당 송 대에는 이미 성황신(城隍神)이 불교권역에서 존재하였던 사실을 알 수 있다. 이 같은 추정이 가능한 이유는 송대의 제식을 기록한 『치성광도량염송의』 등에서도 가람신(伽藍神) 다음으로 기도를 올리는 대상에 성황신이 포함되어 있기 때문이다.[22] 또한 성황신이 나타나는 『능엄경』은 고려대장경에서도 그 모습을 확인할 수 있을 뿐만 아니라 보환(普幻)의 『능엄경신료』·『능엄환해산보기(楞嚴環解刪補記)』 등의 저서가 존재하는 것으로 보더라도 당송 시대의 불경이 고려로 유입되면서 '성황' 신앙이 불교문화로 전승되었던 모습은 쉽게 발견된다.[23]

---

19) 天息災 譯, 『大方廣菩薩藏文殊師利根本儀軌經』 3(『大正藏』 20), "或有 山上住者 巖嶺住者 峯頂住者 曠野住者 城隍住者 虛空住者 中間住者 地上住者 林間住者 屋舍住者."(필자 밑줄)

20) 북송(北宋)시대에 천식재(天息災)가 983년에 태평흥국사(太平興國寺)에서 번역하였다. 줄여서 『문수사리근본의궤경』·『문수의궤』라 한다. 문수보살, 즉 묘길상 동자를 중심으로 하여 부처님 법과 밀교 수행의 절차에 대해 설한다.

21) '대불정여래밀인수증료의제보살만행수능엄경(大佛頂如來密因修證了義諸菩薩萬行首楞嚴經)'의 약자이다. 이후 약자로 '능엄경'으로 표기한다.

22) 遵式 撰, 『熾盛光道場念誦儀』 2(『大正藏』 46), "一心奉請 此一境邑靈壇社廟五聖王子城隍神等一切聖衆."(필자 밑줄)

23) 조선 세조 대에 『능엄경』이 유통되었고 『능엄경』을 바탕으로 한 〈능엄찬〉이란 노래가 『악장가사』에 남아 있는 점을 보더라도 그 가능성을 충분히 짐작할 수 있다.

고려 충숙왕 대를 기록한『동국통감』이나『고려사』에는 호승 지공을 언급하고 이어서 '무생계'[24]를 받은 인물이 불교문화에 입각하여 성황에 제사를 지냈던 모습[25]이 그려져 있다. 이는 우리나라에서도 이미 고려 시대부터 '성황'이 불교권과 관련되어 있음을 말해주는 또 다른 예시라 할 수 있다. 게다가 1661년 조선의 지선(智禪)이 편한 『오종범음집(五種梵音集)』[26]에도 성황신이 봉청의 대상으로 나타나고 있어서 성황 신앙은 오랜 전승을 거쳐 조선 중기 이후 불교 문화권에서도 여전히 전승되었음을 알 수 있다. 이상의 예시를 볼 때〈대왕반〉에 나타나는 '팔위 성황'이 기본적으로 불교문화에서 유래되었던 양상은 확인되는 셈이다.

특히 '송악'의 성황지신 등은 고려부터 조선에 이르기까지 지속적으로 숭앙되었기에 그 불교적 전통을 명확히 보여주는 예시라 할 수 있다. 다음에서『고려사』열전[27]의 기록을 통해 관련 논거를 살펴보자.[28]

묘청은 왕에게 권하여 임원궁성(林原宮城)을 축성하고 궁중에 팔

---

24) 동국대학교 전자불전연구소,『불교사전』참조. 여기서 '무생'이란 모든 법의 실상은 생멸이 없다는 것으로 아라한·열반의 뜻을 번역한 것이다. 혹은 다시 미계(迷界)의 생을 받지 않는다는 뜻으로도 통용된다.

25)『동국통감』, 고려 충숙왕 무진년(戊辰年, 1328), "호승(胡僧) 지공(指空)이 연복정(延福亭)에서 계율(戒律)을 설교(說敎)하니, 사녀(士女)가 분주하게 가서 들었다. 계림 사록(鷄林司錄) 이광순(李光順)도 또한 무생계(無生戒)를 받고는 주민(州民)으로 하여금 성황(城隍)에 제사 지낼 때에 고기를 쓰지 못하게 하고, 백성에게 돼지 기르는 것을 매우 엄격하게 금지하니, 고을 사람들이 하루 동안에 기르던 돼지를 모두 죽였다."(필자 밑줄)

26) 동국대학교 출판부,『한국불교전서』24(1996), 156-187면.

27)『고려사』권127, 列傳40.

28)『고려사절요』에도 '팔성당'과 관련한 내용이 간략하게 정리되어 있다.

성당(八聖堂)을 설치했는데 팔성(八聖)이란 첫째는 호국 백두악 태백선인(護國白頭嶽太白仙人)인바 실체는 문수사리 보살이요, 둘째는 용위악 육통 존자(龍圍嶽六通尊者)인바 실체는 석가불이요, 셋째는 월성악 천선(月城嶽天仙)인바 실체는 대변천신(大辨天神)이요, 넷째는 구려평양선인(駒麗平壤仙人)인바 실체는 연등불(燃燈佛)이요, 다섯째는 구려목멱선인(駒麗木覓仙人)인바 실체는 비파시불(毗婆尸佛)이요, 여섯째는 송악 진주거사(松嶽震主居士)인바 실체는 금강삭보살(金剛索菩薩)이요, 일곱째는 증성악신인(甑城嶽神人)인 무생멸(無生滅)·무생무멸(無生無滅)과 같은바 실체는 늑차천왕(勒叉天王)이요, 여덟째는 두악 천녀(頭嶽天女)인바 실체는 부동우파이(不動優婆夷)이며 모두 화상을 설치하였다. 이중부, 정지상 등은 이것을 성인의 법이며 국운을 연장하는 술(術)이라고 인정하면서 또 왕에게 팔성(八聖)에 제사를 지낼 것을 청원했으며 정지상이 축문을 지었는데 그 글에 이르기를…[29] (필자 밑줄)

---

29) 앞의 책(『고려사』 권127, 列傳40), "明年 西京 重興寺塔災 或問妙淸曰 師之請幸西都 爲鎭災也 何故有此大災 妙淸慚赧 不能答 俛首良久 抽拳擧顔曰 上若在上京 則災變有大於此 今移幸於此 故災發於外 而望躬安安 信妙淸者曰 如是 豈可不信也 又明年 金安奏 請以所奏天地人三庭事宜狀 傳示侍從官 書三本 一付省 一付臺 一付諸司 知制誥 令各論奏 妙淸又說王 築林原宮城 置八聖堂於宮中 八聖 一曰護國白頭嶽太白仙人 實德文殊師利菩薩 二曰龍圍嶽六通尊者 實德釋迦佛 三曰月城嶽天仙 實德大辨天神 四曰駒麗平壤仙人 實德燃燈佛 五曰駒麗木覓仙人 實德毗婆尸佛 六曰松嶽震主居士 實德金剛索菩薩 七曰甑城嶽神人 實德勒叉天王 八曰頭嶽天女 實德不動優婆夷 皆繪像 安仲孚知常等以爲 此聖人之法 利國延基之術 安等又奏 請祭八聖 知常撰其文曰 不疾而速 不行而至 是名得一之靈 卽無而有 卽實而虛 盖謂本來之佛 惟天命 可以制萬物 惟土德 可以王四方 肆於平壤之中 卜此大華之勢 創開宮闕 祇若陰陽 安八仙於其間 奉白頭而爲始 想耿光之如在 欲妙用之現前 恍矣 至眞雖不可象 靜惟實德卽是如來 命繪事以莊嚴 叩玄關而祈嚮 其飾誣說如此 有武人崔逢深 與知常密契 師事妙淸 嘗上言 陛下欲平治三韓 則舍西京三聖人 無與共之 卽指妙淸 壽翰 知常也."

묘청이 풍수설에 의거해 서경천도를 피력할 때 정지상 등과 주장
한 내용에는 '팔성당'에서 모시는 '팔성(八聖)'이 있었는데, 곧 여덟
곳의 산지와 관련하여 상징하는 신명을 불보살과 결합시켜 '팔성'으
로 언급한 것이었다. 그 각각을 살펴보면 모두 앞에는 산의 이름이나
지명이 등장하고 그 다음으로 신명이 등장한 후 그 다음에 불보살의
명칭이 덧붙여지는 형식이다. 예를 들어 '호국백두악'에 '태백선인'이
붙여지고 그것이 즉 '문수사리보살'이라는 식이다. 예시문에 나타난
8성의 이름을 알기 쉽게 각각 분류해보면 다음과 같다.

〈표 1〉 팔성의 명칭 세분화

	지명	토속신명	불보살
1	호국백두악	태백선인	문수사리보살
2	용위악	육통존자	석가불
3	월성악	천신	대변천신
4	구려평양	선인	연등불
5	구려목멱	선인	비바시불
6	송악진주	거사	금강삭보살
7	증성악	신인	늑차천왕
8	두악	천녀	부동우바이

위 팔성의 지명에는 백두산을 비롯하여 평북 용천의 용위악, 월성
악[30], 고구려의 도읍지였던 평양의 진산, 평양의 목멱산, 송도의 송
악, 평양 인근 증성악, 두악[31]이 있다. 이 지명에는 토속신명에 이어

---

30) 고려 인종 때 송도에 속했던 토산(兎山).
31) 경기도 강화의 마니산(摩利山).

불보살의 명칭이 덧붙여 있는데 첫째는 지혜가 매우 뛰어나서 묘한 공덕을 지녔다는 뜻의 문수사리보살[32]을 시작으로 하여 둘째는 석가여래가 등장하고 셋째 '대변천신'[33], 넷째 연등불[34], 다섯째 비바시불[35], 여섯째 금강삭보살[36], 일곱째 늑차천왕[37], 여덟째 부동우바

---

32) 만주슈리(Manjushri)의 음역으로 대표적인 보살의 이름이다. 만주(maju) 즉 문수는 달다(甘) 묘(妙)하다 훌륭하다는 뜻이고 슈리(ri) 즉 사리란 두(頭), 복덕(德), 길상(吉祥)을 뜻한다. 합하여 훌륭한 복덕을 지닌 분, 묘길상(妙吉祥)으로 표상된다.

33) 『금광명경』(K.1465(40~626)), 제7 대변천신품(大辯天神品)에 의하면 복덕과 지혜를 관장하는 천신이다. 대변천(大辯天)·대변재천녀(大辯才天女)·대변재공덕천(大辯才功德天)·대성변재천신(大聖辯才天神)·변재천(辯才天)이라고도 한다. 약칭 변천(辯天)이다.

34) 『증일아함경(增一阿含經)』(K.649(18~313)), 『불본행집경』(K.802(20~586)) 등 참조. 일명 정광불로서 연등불(燃燈佛)이라고도 한다. 옛날에 정광불의 출세를 만나한 수행자 다섯 줄기의 연화를 사서 정광불에게 공양하고 스스로 머리카락을 풀어니토(泥土)에 깔고 정광불로 하여금 그 머리카락을 밟으시게 하여 미래 성불의 수기(授記)를 받았는데 그 수행자가 바로 석가모니 부처이다.

35) 비바시불(毘婆尸佛)은 범어로 비파쓰인(Vipasyin) 팔리어는 비파씬(Vipassin)이며, 비발시(毘鉢尸) 비바시(比婆尸) 빈바시(頻婆尸) 등으로 음역한다. 의역으로는 승관불(勝觀佛) 정관불(淨觀佛) 변견불(遍見佛) 종종견불(種種見佛)이라고 하는데 과거 칠불의 하나이다. 고려나 조선의 불교문화와 관련하여 생각해보면 그 대중적 효능에 대해서는 『지장보살본원경』 제9 '칭불명호품'의 내용을 토대로 추정해 볼 수 있다. '옛적에 부처님이 세상에 출현하셨으니 호를 비바시불이라 하였다. 만약 어떤 남자나 여인이 이 부처님의 명호를 들으면 길이 악도에 떨어지지 않고 항상 인간이나 천상에 태어나 아주 묘한 낙을 받을 것이다.'라는 대목에서 알 수 있듯이 이러한 효용론은 당대에 강한 파급력을 지녔을 것으로 추정된다.

36) 금강삭(金剛索)보살은 줄[索]로 잡은 물고기를 꿰듯이 중생을 거둔다는 뜻을 지닌다. 밀교 금강계만다라 37존(尊) 중에서 사섭보살(四攝菩薩)의 하나이다.

37) 『보현보살설증명경(普賢菩薩說證明經)』1(『大正藏』85), "憐愍一切病困衆生故 復稱四天下王名字 南無東方提頭賴吒天王 南方鞞樓勒叉天王 西方鞞樓博叉天王 北方毘沙門天王.", 사천왕의 하나로서 남방을 관장하는 천왕으로 일명 비루륵, 혹은 비루륵차천왕이라고도 하는데 곧 남방증장(增長) 천왕을 말하는 것이다. 『대방등대집경』(K.56(7~1)12) 비루륵차천왕품(毘樓勒叉天王品) 외 다수 경전에서 찾아볼 수 있다.

이[38]가 등장한다. 이와 같이 여덟 불보살은 석가를 비롯하여 모두 불교 권역에서 비중 있게 여겨지는 신격인데 산의 명칭 하나하나에 복합적인 요소들을 결합시켜 놓은 이러한 도식적 구조만 보더라도 '팔성'[39]은 토속적인 선가의 신앙과 불교적 요소 등이 결합하여 이루어진 것임을 알 수 있다.

여기서 '팔성'이 설치되었던 '지명'과 연관하여 주목해 보아야 할 것이 바로 '성황' 관련 기록이다. 우리 문화 가운데 '성황'은 기록상 10세기에도 존재하였고[40] 이후 고려 후기에도 여전히 나타나는데 고려 시대에는 물론이고 조선 초기에 이르러서도 국가적 차원에서 그 신격화가 이루어졌다.

『고려사』에는 명나라에 의해 성황이 덕호를 받게 되는 내용[41]을 기록하였고 조선 전기 태조실록에 의하면 '원구(圜丘)는 천자(天子)가 하늘에 제사 지내는 예절이기에 폐하기를 청하나 여러 신묘(神廟)와

---

38) 『신화엄경론』(K.1263(36-230))에 의하면 우바이란 청신녀(淸信女)이니, 나이가 이미 차서 스무 살 이상인데도 시집가지 않고 스스로 거처해 덕을 닦음으로써 세속을 여의고 오염이 없어 청결하기 때문에 명호가 우바이이며, 부동(不動)이라고 이름 붙인 것은 발심한 이래로 염부제의 미진수겁을 거치면서 태어난 가운데 세간의 오욕과 성냄이나 원한에 다시 움직이는 바가 없기 때문에 그 명칭을 부동이라 한 것이다. 『화엄경』 입법계품에는 선재동자가 찾은 스무 번째의 선지식으로 등장한다.

39) 한국학중앙연구원, 『한국민족문화대백과』(1991), 〈팔성당〉 참조. 고려 때의 선파 인물이었던 이명(李茗)의 『진역유기(震域遺紀)』에 의하면 '팔성'은 모두 일대주신(一大主神)인 환인의 지시 하에서 천하의 모든 일을 맡아 다스리는 신들이다. 우리 고유의 토속 신앙인 선가적(仙家的)인 신들이 12세기 묘청에 의해 불보살의 명칭과 합쳐져 팔성 신앙이 되면서 12세기 불교문화에는 이미 선가적 요소와 불교적 요소가 습합되어 새롭게 재창조된 호국 신앙의 면모를 동반하고 있었다는 사실을 미루어 알 수 있다.

40) 『高麗史』 권90, 列傳 3, 安宗 郁.

41) 『高麗史』 권42, 세가, 공민왕(恭愍王) 19년 7월.

여러 주군(州郡)의 성황(城隍)은 나라의 제소(祭所)이기 때문에 다만 모주(某州), 모군(某郡) 성황(城隍)의 신(神)이라 일컫고, 위판(位板)을 설치하여, 각기 그 고을 수령(守令)에게 매양 봄·가을에 제사를 지내 도록'⁴²⁾하라는 건의가 이루어진다.

특히 '성황'은 성황신으로서의 칭호를 받고 '호국의 신'⁴³⁾으로 받들 어지는데 조선 태조 대에는 '송악' 등 명산에 모두 성황신의 칭호를 붙이게 된다. 팔성에 속했던 '송악'이 여전히 조선에 이르러서도 '진 국공(鎭國公)'⁴⁴⁾이라는 성황의 호칭을 받으며 이어 나갔던 면모를 보 더라도 〈대왕반〉이란 작품에 나타난 '8위 성황'은 곧 '호국의 신'으로 서 고려조의 '팔성'과도 연관되어 있었음을 알 수 있다. 묘청이 말한 '팔성'은 서경을 중심으로 한 지명이고 조선 전기 실록에 등장하는 '성황신'은 전국 명산을 중심으로 한 지명이기에 '팔성'과 '팔위성황' 을 정확히 일대일 대응으로 연결시켜 동일한 것으로 결부시킬 수는

---

42) 『태조실록』 1권, 태조 1년 8월 11일 경신 2번째 기사, " 臣等伏覩歷代祀典 宗廟籍田 社稷山川城隍文宣王釋奠祭 古今通行 有國常典 今將月令規式 具錄于後 請下攸司 以時擧行 圓丘 天子祭天之禮 請罷之 諸神廟及諸州郡城隍 國祭所請許 只稱某州某 郡城隍之神 設置位板 各其守令 每於春秋行祭 奠物祭器酌獻之禮 一依朝廷禮制."

43) 전국의 명산·대천·성황·해도의 신에게 봉작을 내리고 송악(松岳)의 성황(城隍)은 진국공(鎭國公)이라 하고, 화령(和寧)·안변(安邊)·완산(完山)의 성황(城隍)은 계국 백(啓國伯)이라 하고, 지리산(智異山)·무등산(無等山)·금성산(錦城山)·계룡산(鷄 龍山)·감악산(紺嶽山)·삼각산(三角山)·백악(白嶽)의 여러 산과 진주(晉州)의 성황 (城隍)은 호국백(護國伯)이라 하고, 그 나머지는 호국(護國)의 신(神)이라 하였다. 원문은 각주 44 참조.

44) 『태조실록』 3권, 태조 2년 1월 21일 정묘 2번째 기사, "吏曹請封境內名山大川城 隍海島之神 松岳城隍曰鎭國公 和寧安邊完山城隍曰啓國伯 智異無等錦城雞龍紺嶽 三角白嶽諸山晋州城隍曰護國伯 其餘皆曰護國之神 蓋因大司成劉敬陳言 命禮曹詳 定也."

없다. 다만 송악이나 백두[45] 마니산 등이 고려와 조선의 기록에서 공통적으로 발견되는 양상으로 볼 때 조선에서도 여전히 산천 지명에 붙여진 호국의 신은 고려의 불교 문화적 전통에 따라 이어져 온 것임을 알 수 있다.

『세종실록』 지리지에는 송나라 서긍이 고려의 모습을 기록했던 『봉사도경(奉使圖經)』의 내용을 싣고 있는데 '송악에 성황당 대왕당(大王堂) 국사당이 있었고 그곳에서 제사를 지냈다.'[46]는 기록이 있다. 고려 인종 즉위년 무렵에는 나라에서 '성황당'에 제사를 지내었고 이후 조선조 태조가 성황의 신을 '호국의 신'으로 받들다가 점차 후대로 갈수록 왕조에 따라 호국의 신으로 받드는 예를 없애기도 하는 등[47] 여러 가지 변화가 일어났지만 고려 때의 신앙 대상이었던 성황신이 조선 전기에도 여전히 호국신으로서 경배의 대상으로 이어져 나갔던 모습은 쉽게 확인되는 사실이다. 다만 성황신을 모시는 양태가 시기별로 달라졌을 뿐이다.

2) 〈대왕반〉의 호국 불교적 성격과 연희성

〈대왕반〉이라는 작품의 제목에서 ㅣ타나듯이 '빈(飯)'이라고 하여 음식을 바치며 공양하고 팔위성황을 청신하는 모습에는 8위 성황이

---

45) 『세종실록』 76권, 세종 19년 3월 13일 癸卯 2번째 기사 참조. 백두산지신은 1437년에 이르러 사전에서 사라진다.

46) 『세종실록』 148권, 「地理志 舊都開城留後司」, "鎭山曰松嶽【一名崧嶽 宋徐兢奉使圖經云 京城之鎭曰崧山 巓有祠宇三 春秋行國祭 載中祀 一曰城隍堂 二曰大王堂 三曰國師堂.】"

47) 『명종실록』 32권, 명종 21년 1월 24일 병진 1번째 기사 참조.

나라를 보호해준다고 여겼던 불교의 호국적 관념이 반영되어 있다. 이러한 호국적 관념은 우리나라의 경우 『인왕경』이나 『지장보살본원경』 등과 밀접한 영향력 아래에서 유래했을 것으로 추정된다. 이 같은 추정이 가능한 이유는 두 가지 측면 때문이다. 첫째 고려와 조선에서 흔히 유통되었던 『인왕경』이나 『지장보살본원경』에는 내용의 문맥에 '호국'이라는 어휘가 그대로 나타나기 때문이다. 둘째는 '음식공양'을 할 경우 대중의 소원이 속히 해결된다고 하는 불경의 내용도 이를 뒷받침하기 때문이다.[48] 〈대왕반〉이나 〈성황반〉처럼 성황이나 대왕에게 음식을 바쳐 공양하는 모습은 초기 경전에서부터 등장하는 오랜 불교적 전통이었는데 『인왕경』이나 『지장경』[49]에서는 호국 사상과 더불어 음식공양을 할 때 대중이 얻을 수 있는 이익을 명확히 명시하고 있어서 당시에 그 효능적 파급력은 상당했을 것으로 추정된다. 이 문제는 앞으로 거론할 〈대국〉이라는 작품과 관련해서도 공통적으로 적용되는 바이므로 뒤에서 다시 구체적으로 살펴보고자 한다.

〈대왕반〉이라는 노래가 고려 이후 이행기의 과정을 거쳐 조선 전기 궁중 악가로서 정착되는 가운데 호국적인 성격을 투영하면서도 연희적 성격을 지니고 있었던 측면은 단순히 대왕을 불러 '놀이'를 하는 대목에서만 발견되는 것은 아니다. 기왕의 연구에서는 '흑목단'을 꽃에 비유하여 대부분 귀신에 홀린 여성의 상징으로 보았는데[50] 팔성황을 청신하는 신성한 분위기에서 '물가의 계집질'이나 '귀신에

---

48) 實叉難陀 譯, 『地藏菩薩本願經』 11(『大正藏』 13), "至心歸依或以 香華衣服寶貝飮食供養瞻禮 是善男女等 所願速成永無障礙."
49) 본래 『지장보살본원경』이나 편의상 『지장경』으로 통칭한다. 각주 48 참조.
50) 박병채, 366-367면.

홀린 여성들'이 등장하는 것으로 해석하는 것은 작품의 전반적 맥락
과 관련하여 볼 때 자연스럽지 못하다. 뿐만 아니라 앞 장에서 지속적
으로 살펴보았듯이 『시용향악보』라는 악보의 전체 체제 상 그러한
분위기의 노래는 어울리지 않는다. 오히려 '흑목단'은 '방상'⁵¹⁾과 연
결 지어 다른 측면에서 재고해 볼 필요가 있다.

〈대왕반〉의 내용 중 '흑목단고리 방상에 가득하다'고 하는 3, 4행
의 내용에 주목해 보자. 비록 조선 후기의 기록이기는 하지만 『조선
왕조실록』 영조 대에는 이와 관련한 유용한 정보가 수록되어 있다.

"유청 군관(有廳軍官)은 번포(番布)를 거두고 방번(防番)은 전대
로 그만두게 하였는데, 경중(京中)의 대정(代定)한 자는 이름을 반
드시 유청 군관패(有廳軍管牌)라 칭하고 지모(紙帽)·혁대(革帶)·
흑목단령(黑木團領)을 착용하는데, 복색의 참람(僭濫)함을 엄금해
야 합니다."⁵²⁾ (필자 밑줄)

위 기록에는 조선 시대의 참람한 복색을 언급하는 가운데 '흑목단
령(黑木團領)'이 예시로 나타나 있다. 여기서 '흑목단령'을 우리말로
바꾸면 바로 '흑목단고리'이다. 여기에 묘사된 '흑목단령(黑木團領)'을
적용시켜 〈대왕반〉의 내용을 다시 읽어보면 지금까지 해석된 것과는

---

51) 『고려사』 권129, 열전 42 참조. 고려 고종 32년, 33년의 기록에는 팔방상의 공인이
춤과 노래로 나라의 위태함에도 불구하고 연행을 해서 비판을 받았던 내용이 있다.
이는 방상의 놀이가 당시의 현실에 맞지 않았다는 것을 보여주기도 한다.
52) 『영조실록』 99권, 영조 38년 4월 21일 갑신 4번째 기사, "上召見領議政洪鳳漢 鳳漢
請有廳軍官收布 防番依前置之 京中代定者 名必稱有廳軍管牌 着紙帽革帶黑木團領
而嚴禁服色之濫 上從之."

완전히 다른 의미로 읽혀진다. 이는 '귀신에 홀린 여성'을 뜻하는 것이 아니라 '방상에 모인 군관의 복색'을 표현하고 있는 것이다. 이렇게 볼 때 '當時에 黑牧丹고리 坊廂애 ᄀᆞ드가리'라는 대목은 '그 당시 흑목단령을 착용한 군관이 방상에 가득히 있다는 것'을 뜻한다.

이와 관련하여 '방상'에 대해서도 살펴보자. 『고려사』에는 '팔방상 (八坊廂)'과 관련한 기록이 다수 등장한다. '팔방상(八坊廂)과 양부(兩部)가 음악을 연주하며 온갖 놀이를 공연하는 가운데 왕이 채붕(綵棚) 앞에서 수레를 멈추고 구경하다가 팔방상과 노래하는 여자(娼女) 악공(樂工)에게 차등을 두어 물건을 하사'[53]하였던 기록은 팔방상이 놀이를 공연하였던 공인의 모습임을 잘 보여준다. 본래 '팔방상'은 고려 시대의 행정 구획상 명칭이었다. 개성에는 행정 구획으로 8방상 (坊廂)이 있었는데 방상마다 양부악(兩部樂) 즉 당악(唐樂)과 향악(鄉樂)이 소속되어 있어 공인들을 동원하여 연등 때 호화로운 잔치를 베풀기도 하였다.[54]

이러한 배경을 염두에 두고 '흑목단고리'가 '坊廂애 ᄀᆞ드가리'라고 하는 대목을 읽어보면 〈대왕반〉이라는 작품은 성황신을 청신하여 공양하는 가운데 방상에 당시의 군관들이 가득하게 모여 있었던 상황을 표현한 내용이다. 이렇게 볼 때 〈대왕반〉의 의미 층위는 결국 두 가지로 요약된다. 하나는 팔위성황을 청신하여 공양하는 호국적 주

---

53) 『고려사』 권26, 世家, 元宗 5年 12월 23일 계해(癸亥), "八坊廂兩部奏樂 爭呈百戲 王駐輦綵棚前 觀樂 至晡還宮 賜八坊廂白金各二斤 娼女·樂工 賜物有差. 翌日 百官 表賀."

54) 『고려사』 권129, 列傳 42, 崔忠獻 附 怡참조; 국사편찬위원회, 『신편 한국사』 21, 「고려 후기의 사상과 문화」, 496면.

술성의 반영이고 또 다른 하나는 방상에 가득한 흑목단고리 복색을 한 군관들이 모여서 즐기던 연희성의 반영이라는 점이다. 문맥상 성황대왕에게 '놀으시오'라거나 '노니실' 대왕이라고 하는 것은 신을 불렀던 작품 속 배경의 상황이 연희성을 동반하고 있었음을 시사한다. 앞에서 살펴보았던 〈내당〉·〈삼성대왕〉이란 작품에 비하면 〈대왕반〉은 궁중 악가로서의 면모를 표면상 보다 더 잘 드러내고 있는 셈이다.

3. 〈대국〉의 의미 층위

1) 〈대국〉과 불경의 상관성

다음에서 작품 〈대국〉의 전문을 제시해 본다. 이 작품은 1.2.3의 세부분으로 구성되어 있는데 다음과 같다.

> 一
>
> 술도 됴텨라 드로라
> 고기도 됴텨라 드로라
> 엇더타 別大王 들러신딕
> 사백상난을 아니져차실가
>   얄리 얄리 얄라셩얄라
>
> 二
>
> 오부샹셔 비샹셔 슈여천자
> 천자대왕 경상여 보허리허
> 천자대왕 오시는 나례〻랑

대왕인들 아니오시리
양분이 오시는 나래
명엣복을 져미쇼셔
　얄리 얄리 얄라셩얄라

三
대국도 소국이로다
소국도 대국이로다
소반의 다ᄆᆞ샨 홍목단
섯디여 노니져
　얄리 얄리 얄라셩얄라

　조선조에는 '성황당'과 별도로 '대국당'이라는 제소가 존재하고 있
었다. 유생들에 의해 소각되기는 하였지만 명종 21년인 1561년 이전
까지 '대국당'이라고 하는 제를 지내는 곳이 존재하였고[55] 작품의 제
목이나 내용을 보더라도 〈대국〉은 '대국당'과 관련된 작품이라는 것
을 쉽게 알 수 있다. 앞 장에서 〈삼성대왕〉 연구와 관련하여 이미
살펴보았듯이 고려 후기에는 충렬왕이 원나라 세조의 딸과 결혼함에
따라 중국의 남쪽에 있다는 삼성신(三聖神)과 더불어 그 북방에 있다
는 대국신(大國神)도 청하여 제사하였는데, 이는 모두 고려의 사전에
올라 있었다.[56]

<hr />

55) 『명종실록』 32권, 명종 21년 1월 24일 병진 1번째 기사, "城隍堂月井堂開城堂大國
　堂 並爲儒生所焚爇 國祀堂 則只撤破蓋屋而已 德積堂 則儒生聞內官將摘奸 又欲焚
　之 如前聚會 內官告于留守 使禁之亦不聽 盡燒之矣."
56) 국사편찬위원회, 앞의 책, 226면.

앞 장에서 반복적으로 제시한 바 있듯, '삼성신과 대국신이라는
두 신(神)이 비록 바른 신은 아니나 사전에 실려 있으니 폐할 수 없
다.'[57]고 한 태조실록의 기록을 보면 적어도 조선 전기에 존재하던
삼성신이나 대국신이란 곧 충렬왕조에 제사하던 즉 중국 남방과 북
방에서 유래된 신임을 분명히 알 수 있다.[58] 대국 삼성 주작이 모두
'여제(厲祭)'의 뜻을 모방하여 지낸 제[59]라고 한 점으로 보더라도『시
용향악보』에 등장하는 작품 〈대국〉 역시 대국신에게 바치는 '여제'[60]
와 관련된 노래였을 것이라는 추정은 이미 언급한 바와 같이 명확하
다. 〈삼성대왕〉과 더불어 〈대국〉의 노래 내용에 공통적으로 등장하
는 대목 즉 '장난을 제거하고자 하는 발원'이 액막이의 전통에서 온
것으로 호국 경전에 근거한 사실이라는 점도 앞 장에서 확인했던 바
이다.[61]

"지난번 북쪽 교외에서 여제를 지낼 때 위판(位版)은 성황신(城隍
神)의 것을 쓰고 제문 첫머리에는 여제지신(厲祭之神)이라고 썼다
하기에, 신들도 듣고 의아하게 생각했습니다. 『오례의(五禮儀)』가

---

57) 『태종실록』 권22, 태종 11년 7월 15일 갑술 4번째 기사, "右二神 雖非其正 載在祀典
不可廢也."

58) 위의 책, 태종 11년 7월 15일 갑술 4번째 기사, "三聖則前朝忠烈王尙世祖皇帝女
請中國在南之神祭焉 蓋主水道禍福也 大國則中國北方之神 忠烈王亦請祀之…."

59) 위의 책, 태종 11년 7월 15일 갑술 4번째 기사, "上曰 朱雀 新設位於時坐宮南 三聖
亦倣厲祭之意 仍舊祀之."

60) '여제(厲祭)'란 경중(京中)과 외방(外方) 각관(各官)에서 매년 봄 청명일(淸明日)과
가을 7월 15일, 겨울 10월 초1일에 제사(祭祀)가 없는 귀신(鬼神)에게 제사하는 것을
말한다.

61) 나정순, 앞의 논문, 2016, 133-178면.

운데 성황신에게 고하는 글을 보건대 '장차 모월 모일에 북쪽 교외에 단(壇)을 쌓고 경내에 있는 무사귀신(無祀鬼神)을 제사 지내려 하는 데, 신(神)이 힘을 발휘하여 귀신들을 소집해서 단으로 나아오게 해 주기를 바란다.'고 하였고, 여제와 관련한 교서(敎書)를 보아도 '왕 약왈(王若曰)'이라고 칭하면서 끝 부분에 '이에 유사(有司)에게 명하 여 성 북쪽에 단을 쌓고 경내의 무사귀신을 두루 제사 지내게 하면서 <u>이곳 성황신으로 하여금 뭇 영(靈)들을 불러모아 이 제사를 주관케</u> <u>하였으니, 너희 뭇 귀신들은 친구가 있는 대로 모두 이끌고 와 음식</u> <u>을 실컷 먹고 여재(癘災)를 끼쳐 화기(和氣)를 상하게 하는 일이 없</u> <u>도록 하라.'고 하였습니다. 이것을 가지고 본다면, 여제를 거행하기</u> <u>전에 먼저 성황신에게 고하는 것이 관례였습니다.</u> 지금 만약 다시 거행한다면 이 규식에 의거해서 행하는 것이 마땅한데, 성황제와 여 제의 제문에 '다시 거행한다.'는 내용을 첨가하는 것이 마땅할 듯합 니다." 하니, 상이 그 의논을 옳게 여겼다.[62] (필자 밑줄)

위 기록은 성황제와 여제에 대하여 비교적 소상하게 적고 있어 그 실상의 확인에 도움을 주는데 성황제와 여제(癘祭)는 상관성을 지니 고 있었다는 것, 성황신에게 발고를 한 후 여제를 주관하고 그것은 모두 왕실과 관련된다는 점을 보여준다. 위 제의의 내용은 크게 두

---

62) 『현종실록』 5권, 현종 3년 5월 20일 임진 3번째 기사, "以儒臣所達癘祭祭文式收議 領府事李景奭領相鄭太和右相鄭維城以爲: "頃行癘祭於北郊 而用城隍神位版 祭文 頭辭 稱以癘祭之神云 臣等亦得聞 而駭訝矣『五禮儀』中城隍發告之文 則稱將以某 月某日 設壇北郊 祭闔境無祀鬼神 庶贊神力 召集赴壇云云 至於癘祭敎書 稱王若曰 而其末端 有曰爰命有司 爲壇於城北 遍祭闔境 無祀鬼神 仍使當處城隍之神 召集群 靈 以主此祭 惟爾衆神 絜朋携儔來亨飮食 無爲癘災 以干和氣云云 以此觀之 將行癘 祭 先告城隍例也 今若更無設行 當依此式擧行 而兩處祭 文添入更設之意似當 上可 其議."

가지로 요약될 수 있는데 하나는 신들을 불러 모아 음식을 공양하는
것이고 또 다른 하나는 그것을 통해 재앙을 없애고자 하는 것이다.

'여제'에서 '뭇 귀신들을 불러 모아 음식을 먹이고 재앙을 없애고
자' 하였던 모습은 〈대국 1〉에서 음식을 차려 별대왕을 청신(請神)한
후 '사백장난'[63]이라는 재앙을 없애줄 것을 소망하는 내용과 매우 흡
사하다. 성황제가 앞서 제시한 〈대왕반〉과 관련이 있는 것이라면 〈대
국〉과 같은 노래는 '여제'와 관련된 노래라는 사실을 확인해 주는 대
목이다. 이 부분에 대해서도 앞 장에서 상세히 논의한 바 있으므로
생략한다.[64]

그간의 일반론에 비추어 볼 때 문제는 〈대국 1〉에 나타난 '술'·'고
기'라는 제재와 '사백장난의 제거'라고 하는 발화 내용이 외견상 무속
적으로 보인다는 점에 있다. 이 같은 내용 때문에 무속적인 문화의
잔재로 유추하는 것은 그동안 학계의 자연스러운 관례이기도 하였
다. 하지만 이 역시 인상적인 추론에 불과하다. 그에 대한 반론의 근
거를 불경에서 찾아볼 수 있기 때문이다. '장난'이 불경에서 유래된
것임은 앞 장에서 논증한 바 있지만 그 밖에 고려와 조선에 걸쳐 유통
되었던 『능엄경』의 내용에서도 〈대국 1〉과 관련된 내용을 찾아볼 수
있어 주목된다.

불교 문화권에서 술과 고기는 오신채와 더불어 피해야 할 금기로
제시되지만 한편 귀신을 표현할 때 주육(酒肉)과 연결시키는 내용도
흔히 나타난다. 『능엄경』에서는 술과 고기가 마(魔)의 기운을 지니기

---

63) '장난'에 대해서는 앞 장에서 지속적으로 고찰한바 있다.
64) 이 책의 2장 참조: 위의 논문, 2016, 148-165면.

때문에 귀신들의 음식과 관련된 것으로 나타난다.[65] 또한『능엄경』에는 귀신의 형체를 다섯 가지로 분류하고 그 중 '나쁜 기억을 탐내어 죄를 지은 사람이 죄 값을 치른 뒤에 쇠퇴한 운을 만나서 형체를 이루면 여귀(癘鬼)'가 된다.[66]는 대목도 있다. 고려부터 조선 전기 궁중에서도 흔히 유통되었던『능엄경』의 내용 가운데 주육(酒肉)과 관련한 대목이나 여귀 등의 등장은 본 논의와 관련하여 시사하는 바가 크다.

또한 다수의 불경에서 인간의 병을 '사백사병'으로 규정짓기도 하는데『인신사백사병경』이라는 경전이 등장할 정도로 불교 문화권에서 '사백'은 인간의 병을 나타내는 상징적인 숫자이기도 하다. 이러한 점에 비추어 볼 때 〈대국 1〉에서의 '사백장난'이라는 제재는 곧 '사백네 가지'의 병에서 나왔을 가능성이 크다.

'장난'에 관해서는 앞 장에서도 지속적으로 그 불교적 연원에 관하여 추정한 바 있지만『능엄경』에서 '장난(瘴難)'의 '장(瘴)'이라는 한자를 자주 언급하고 있는 점도 주목의 대상이다. '장독(瘴毒)'[67]이라든가 '장악(瘴惡)'이 등장하는 것은 불경 가운데『능엄경』에서 두드러진 양상이다. 조선 전기에 이르러 세조는『능엄경』에 관심을 가졌을 뿐만 아니라『악장가사』에서도 〈능엄찬〉이 등장하는 것으로 보아 고려나 조선의 불교문화가『능엄경』과 상관성을 지녔던 모습은 쉽게 유추되는 바이다.[68]『호국인왕경』외에『능엄경』또한 호국적인 면모를

65) 般刺蜜帝 譯,『大佛頂如來密因修證了義諸菩薩萬行首楞嚴經』9(『大正藏』19), "因魔力故攝其前人不生疑謗 鬼心久入或食屎尿與酒肉等一種俱空."

66) 위의 책, 8권, "遇災衰處便入其身 名爲癘鬼 卽毒癘傷寒傳 屍骨蒸之類皆此鬼作也."

67)『능엄경』5권(K.426(13-793)) 참조; 위의 책, 2권, "同見業中瘴惡所起."(필자 밑줄)

68) 이 책의 4장 참조.

드러낸다는 점 역시 주목된다. 다음의 예를 보기로 한다.

> 가령 모든 국토의 큰 고을과 작은 고을과 촌락에서 흉년이 들고
> 전염병이 돌고, 혹은 군사의 난리와 도적 난리가 일어나고 투쟁이
> 벌어지거나, 그 외에 일체 재난이 발생한 곳일지라도, 이 신비한 주
> 문을 베껴서 성의 네 문에 붙이든지, 공양하는 곳[支提]에 모시든지,
> 혹은 깃대[脫闍]에 달아 올려서, 그 국토 중생들에게 이 주문을 받들
> 어 맞이하게 하고 예배 공경하여 일심으로 공양케 하고, 그 백성들
> 이 각기 몸에 차기도 하고 혹은 각기 살고 있는 집에 모시게 한다면,
> 일체 재앙[災厄]이 모두 다 소멸하느니라.[69]

이는 『능엄경』의 효용적 기능을 제시하는 대목으로 그 주술적인
효능이 '장난의 제거'란 점에 있음을 명확히 보여준다.

'장독'은 조선의 실록에도 여러 차례 등장한다.[70] 조선 전기 세종
대부터 인조 대에 걸쳐 나타나는데 주로 '산천의 독기'나 '풍토병의
나쁜 기운'으로 사용되었다. 이와 관련하여 보면 여제나 성황제 등에
서 산천에 제를 지냈던 것은 곧 국토를 다스렸던 호국신앙과 밀접하
게 연결된 것임을 재차 확인할 수 있다.

『시용향악보』 소재 작품 〈삼성대왕〉이나 〈대왕반〉·〈대국〉 등과
'여제'나 '성황제' 등의 상관성 추정은 불경과 관련하여 확인해 보면
보다 명확해진다. 특히 호국을 중시하는 불교 경전에서 국토를 보호

---

69) 『능엄경』 5권(K.426(13-793)).

70) 『세종실록』 117권, 세종 29년 9월 6일 乙未 2번째 기사 이외에도 8건의 기록을
찾아볼 수 있다. (이하 생략)

하기 위하여 귀신에게 공양을 올리는 내용과 연관지어, 『시용향악보』 소재 시가의 호국 불교적 주술성을 살펴볼 때, 그 공통적인 연원을 찾을 수 있다는 점은 주시해 보아야 할 사항이다.

이와 관련하여 작품 〈대국〉의 내용을 좀 더 상세히 살펴보자. 〈대국 1〉에서는 '별대왕'이 나타나고, 〈대국 2〉에서는 '별대왕'과 더불어 '천자대왕'이, 두 분 대왕으로서 추앙받는 모습으로 그려진다. 고려 후기 충렬왕이 원나라 세조의 딸과 혼인하여 중국의 남쪽에 있다는 '삼성신(三聖神)'과 더불어 그 북방에 있다는 '대국신(大國神)'께 제사 한 유래를 감안할 때 천자대왕은 북방에서 유래한 '대국신'을 지칭하 는 용어로 추정된다.[71] 천자는 기원전부터 중국에서 사용된 개념이 었기 때문에 이 작품에서 '천자대왕'이라고 한 것을 보면 중국 북방에 서 유래한 대국신과 연결되었다고 보는 데에는 무리가 없을 듯하다. 따라서 작품에서 '양 분'이라고 지칭한 것은 중국에서 유래한 대국신 으로서의 '천자대왕'과, 우리나라에 존재하는 '별대왕'을 아우르는 개 념이었을 것으로 유추된다. 이러한 성격은 뒤에서 살펴볼 작품 〈대국 3〉과의 관련성을 볼 때 더 명확해진다. 〈대국 3〉에서 중국을 '대국'으 로, 우리나라를 '소국'으로 표현한 양상과도 연결되기 때문이다.

〈대국 1〉 외에 〈대국 2〉에서도 불교적인 주술성의 면모를 확인할 수 있는데 그것은 바로 '양 분이 오시는 나래 명엣복을 져미쇼셔'라고 하는 대목에 있다. 〈대국 2〉에서는 '천자대왕'과 더불어 '별대왕'이라 는 두 분을 청신한 연후 '명복을 져미쇼셔'라고 기원하는 내용[72]으로

---

71) 나정순, 앞의 논문(2016), 148-165면 참조.
72) 해석에 따라 달라질 수 있으나 재앙의 소멸을 기원하는 의미에서 볼 때 문맥상

귀결되는데 여기서 '명복(命福)'에 대하여 살펴보자. 오늘날에도 돌아 가신 분들을 기릴 때 '명복을 빈다.'고 하는 말을 쓰는데 '명복'은 불경 의 내용에서 무수히 언급되었던 개념이다. 불경에서는 주로 '숙명복 덕(宿命福德)' 혹은 '상명복덕(常命福德)' 등으로 나타나는데 그것을 줄 이면 바로 '명엣복'이 되는 것이다. '명과 복'은 인간이 얻을 수 있는 가장 이상적이고도 유익한 가치이기에 수많은 불경에서도 언급되었 던 대목이다. 『유마경』에서는 보살이 십선(十善)을 행할 때 명(命)과 부(富)를 얻을 수 있는 것[73]으로 서술하고 있는데 같은 부류로 보아도 무방하다. 이상에서 볼 때 〈대국 2〉 역시 천자대왕과 별대왕에게 명 복을 발원하는 노래로서 그것이 불교 문화권에서 유래된 성격임은 부정할 수 없는 사실이다.

2) 〈대국〉에 나타난 호국적 주술성과 연희성의 문제

〈대국 1〉과 〈대국 2〉에서 불교적인 주술성이 드러나는데 반해 〈대 국 3〉은 복합적으로 해석될 수 있는 여지를 지니고 있어 특이하다.

> 대국도 소국이로다
> 소국도 대국이로다
> 소반의 다믓산 홍목단
> 섯디여 노니져

이러한 해석이 자연스럽다.

73) 鳩摩羅什 譯, 『維摩詰所說經』 1(『大正藏』 19), "十善是菩薩淨土 菩薩 成佛時 命不 中夭 大富梵行所言誠諦."

위 대목 중 '소반에 담긴 홍목단 꽃이 섞여 논다'고 하는 대목으로 인해 그동안 이 작품은 무속적인 성격으로 규정되어 왔다. 하지만 '대국도 소국이로다 소국도 대국이로다'라는 부분을 면밀히 분석해보면 이것은 다양한 측면으로 해석될 여지가 있다.

앞에서 '대국'은 '천자대왕'의 나라이고 '소국'은 '별대왕'의 나라와 연결될 가능성이 있다고 언급했는데 '대국'은 '중국'을 말하는 것이고 '소국'은 곧 우리나라를 말하는 것으로 볼 수 있다. 이를 증명할 수 있는 논거는 『도덕경』에 나타난다. 『도덕경』에는 '대국도 소국이고 소국도 대국[74]'이라는 내용이 있어 위 부분과 정확히 일치함을 확인할 수 있다. 즉 '대국이 소국의 아래에 들어가면 소국을 취할 수 있고 소국이 대국의 아래가 되면 대국을 얻을 수 있다는 것[75]'인데 주로 현동의 관점에서 논의된 견해로 이해된다. 『도덕경』의 내용과 일치하는 위 대목은 곧 중국과 우리나라의 관계를 상징하는 것으로 추정될 수 있다. 특히 〈대국 3〉과 〈대국 1, 2〉의 유기적 연관성 속에서 파악할 때 신빙성을 더한다.

그렇게 볼 때 소반에 담긴 '홍목단(紅牧丹)'의 정체도 비교적 명확하게 파악될 수 있는데 그 논거는 『세종실록』에서 찾을 수 있다. 세종 14년에는 중국의 예에 따라 악기 및 공인의 복색을 개정하자는 논의가 있었다. 그 중 '중국의 공인 복색 가운데 이마에 두른 말액 장식으

---

74) 계명대출판부, 『도덕경』 61장, 2001, 167–168면. '大國 以下小國 …중략…, 小國 以下大國' (필자 밑줄)

75) 앞의 책, 61장 참조. 여기서 '대국'과 '소국'의 관계는 국가적 관계로 해석하기보다는 '현동(玄同)'의 관점에서 자연의 섭리에 따라 차별 없이 감싸고 받아들이는 관계를 말한다. 필자의 생각뿐 아니라 『도덕경』을 해석하는 학자들의 견해가 대동소이하다.

로 홍목단꽃을 꽂았다.'[76]는 묘사 내용이 전하는데 공인들의 모습이 마치 합과 같은 모양이라고 언급한 것으로 보아 '소반에 남긴 홍목단꽃이 섞여 노니져'라는 대목과 상당 부분 흡사하다는 것을 알 수 있다. 그런 점에서 볼 때 〈대국 3〉은 중국에서 유래한 대국신을 청하여 우리나라의 대왕신과 더불어 청신하고 예경하는 가운데 공인의 연희적 측면도 함께 투영된 대목이라는 추정이 가능하다.

한편 또 다른 추론도 가능한데 그 이유는 '대국'과 '소국'이라는 말이 불경에서도 나타나기 때문이다. '대국도 소국이로다 소국도 대국이로다'라는 표현은 외형상 다소 모호한 내용을 담고 있는 듯하나 불경에서는 염부제를 드러낼 때 '대국'과 '소국'을 사용한 것으로 보아 이와 관련된 해석도 가능하다. 『불설인왕반야바라밀경(佛說仁王般若波羅蜜經)』[77]에는 '대국'과 '소국'이라는 경계의 구분 없이 재난(災難)이 없어지기를 발원하는 바사닉 왕의 심중을 드러내는 대목이 등장하는데 〈대국 3〉의 내용과 연결하여 읽어 볼 수도 있다. 특히 『인왕반야바라밀경』은 호국 경전으로서 재난이 사라지기를 기원하는 의미를 내포한다는 점에서 작품 〈대국〉과의 관계성을 헤아려 볼 수 있다. 그 외 다수의 불경에서도 '대국'과 '소국'이 등장하기 때문에 이러한

---

76) 『세종실록』 55권. 세종 14년 3월 28일 丁亥 1번째 기사, "摠制李蕆入朝 見中國朝儀 掌樂人幞頭 綠衫 烏鞾 衆工人冠狀如覆楂 加紅抹額 亦用牧丹花一朶 糊紙爲之 揷於 當額抹額之上 衣用靑黑紅三色 織圓紋紅牧丹綠葉 其圓光邊兒 靑衣則白連珠 紅衣 則黃連珠 內着之服 靑衣則紅錦裳 紅衣則靑錦裳 皆窄袖衣 今本朝舞隊 職雖五品 而 流品之外 不宜着靑袍 樂工冠服 亦未便 今依中國例 舞隊靑袍 改用綠衫 樂工冠服 小變改正何如"

77) 不空 譯, 『仁王護國般若波羅蜜多經』 7(『大正藏』 8), "大王吾今所化大千世界百億 須彌百億日月一一須彌有 四天下 此瞻部洲十六大國 五百中國 十萬小國是諸國中若 七難起一切國王爲除難故受持 解說此般若 波羅蜜多七難卽滅國土安樂." (필자 밑줄)

추론도 비교적 가능성의 여지는 있다.

4. '반(飯)'의 의미와 호국 불교적 성격

지금까지 살펴 본 대상 작품들은 모두 음식과 관련된 시가라는 점에 그 특색이 있다. 〈대왕반〉이나 〈성황반〉에서는 작품 세목에 '반(飯)'이라는 글자가 붙어 있어 대왕께 음식을 올리는 내용임을 알 수 있다. 〈대국〉에서도 제목에는 나타나지 않지만 작품의 내용에 '술'과 '고기'라는 구체적인 음식이 나타나는 것으로 보더라도 '제(祭)'[78]를 위해 음식을 올렸던 상황을 간접적으로 알 수 있다. 이러한 양상 때문에 그간 『시용향악보』 소재 작품들은 무속적으로 단정되어 온 경향이 있다. 하지만 음식(飲食)을 공양(供養)하는 행위는 불교 문화권에서 오랜 전승을 거쳐 전해 온 예법으로서 이것을 가지고 무속적인 문화의 전유물이라고만 말할 수는 없다.

앞에서 『시용향악보』 소재 작품의 불교적 성격을 논의하는 과정에서 『금광명경』이나 『인왕경』 혹은 『지장보살본원경』 등 삼국 이후 우리나라의 불교문화에 영향을 끼쳤던 불경의 면모에 대하여 언급한 바 있는데 이들 불경에서는 공통적으로 음식공양에 관한 모습도 찾아볼 수 있다. '향을 사르고 꽃을 흩으며 음식으로 공양하는' 대목은 『금광명경』에 나타날 뿐만 아니라 『지장보살본원경』에도 '향, 꽃, 의

---

78) 불교적으로는 '재(齋)'와 '제(祭)'가 구분된다. 불경에서는 주로 '재(齋)'라고 하지만 불교문화가 주술적 성격을 띠는 가운데 여제나 성황제로 기획되었기 때문에 여기에서는 제의적 측면에서 '제(祭)'라고 함을 밝혀 둔다.

복, 갖가지 진귀한 보배나 혹은 음식'으로 공양하는 모습이 자주 나타
난다. 또한『인왕경』에도 향 꽃 의복 음식 등을 공양하는 모습이 드러
난다. 공양을 하면 이익을 얻을 수 있다는 효용적 기능 때문에 음식의
공양은 불교문화 가운데 구체적으로 자리 잡을 수 있었던 것이다.
이 같은 모습은 여타 대다수 불경에서도 확인되는 바이다.

　특히『지장보살본원경』에서는 음식공양을 하면 소원이 성취되는
이익을 강조하고 있다.[79] 이같이 음식의 공양에 대한 효용적 기능 등
이 불경에서 상세히 열거되고 있다는 점을 볼 때 고려와 조선으로
이어지는 불교문화에서 음식의 공양이 일정 부분 문화적 전통으로
자리 잡았을 것이라는 추정은 충분히 예상 가능하다.『금광명경』·『지
장보살본원경』등에서는 음식신(飮食神)이 천신 등과 더불어 부처의
설법을 듣는 존재[80]로 등장하고 있어 간접적이긴 하지만 음식의 공양
이 받들어질 수밖에 없었던 또 다른 측면도 엿볼 수 있다.

　여기에서 제시한 불경들은 공통적으로 '호국 사상'을 기반으로 한
다는 점에서도 특이하다.『인왕경』에는 구체적으로 호국품이 명시되
어 있고『금광명경』이나『지장보살본원경』에서는 '호국품'이라는 제
목이 나타나는 것은 아니지만 '사천왕품'이나 '사천왕신앙'과 연관하
여 '호국'이라는 어휘를 분명하게 남아내고 있다.[81] 하지만 일반적으
로 대다수의 불교 경전에서는 '호국'이란 어휘를 찾아보기 어렵다.

---

79) 각주 48 참조.
80) 曇無讖 譯,『金光明經』13(『大正藏』16); 實叉難陀 譯,『地藏菩薩本願經』1(『大正
　藏』13).
81) 實叉難陀 譯,『地藏菩薩本願經』4(『大正藏』13), "是故汝等護人護國 無令是諸衆
　業 迷惑衆生 四天王聞已 涕淚悲歎合掌而退." (필자 밑줄)

그렇게 때문에 지금까지 연구의 대상으로 살펴 본 『시용향악보』 소재 작품들의 불교적 논거이자 기반은 '호국'과 관련된 위의 불경들과 더욱 연관될 수밖에 없는 것이다. '음식의 공양'이라는 대목과 '호국'이라는 내용을 공통적으로 담고 있는 『시용향악보』 소재 작품은 신라 이후 우리의 역사 속에서 이들 불경의 유입이나 유통 추이와도 그 관계성을 충분히 드리내기 때문이다.

　여기서 앞 장에서 다루었던 〈성황반〉이란 작품에 대하여 보충해서 살펴볼 필요가 있다. 〈성황반〉이란 작품의 제목에 '성황'이 등장하지만 정작 내용에 '성황'이 나타나지 않고 '사천왕'이 등장하는 양상을 처음 접했을 때 필자는 그 의문에 대한 답을 찾기 어려웠다.[82] 반복되긴 하지만 논의의 편의상 〈성황반〉이라는 작품의 내용을 다시 제시해본다.

> 東方애 持國天王님하
> 南方애 廣目天子天王님하
> 南無西方애 增長天王님하
> 北方山의사 毗沙門天王님하
> 　다리러 다로리 로마하
> 　디렁디리 대리러 로마하
> 　도람다리러 다로링 디러리
> 　다리링 디러리
> 內外예 黃四目天王님하　　－〈城隍飯〉

82) 나정순, 「『시용향악보』 소재 〈성황반〉·〈나례가〉의 무불 습합적 성격과 연원」, 『대동문화연구』 87(성균관대학교 동아시아학술원, 2014), 207-240면.

조선 전기 실록을 토대로 볼 때 이는 불교의 사천왕신왕이 성황으로 대체되었던 이행기의 상황을 반영한 것이었다. 필자가 〈성황반〉을 처음 접근했을 때만 해도 불교적인 문화가 무속적인 모습으로 치환되어 나갔던 '무불 습합'의 양상을 드러낸다고 규정하였다.[83] 하지만 불경과의 관련성을 면밀히 살펴볼 때 〈성황반〉이란 작품은 무속적이기 보다는 오히려 불교적 성격에 기반을 둔 시가임을 확인할 수 있다.

그러한 근거는 『지장보살본원경』 '제4 염부중생업감품(閻浮衆生業感品)'의 내용에서 찾을 수 있다

> 그대들은 사람들을 보호하고 <u>나라를 지키기 위해</u> 지장보살을 도와 여러 가지 업으로 인해 중생들이 미혹에 빠지는 일이 없도록 하라. <u>사천왕</u>이 듣고는 슬피 눈물을 흘리며 합장하고 물러갔다.[84] (필자 밑줄)

이 대목은 구체적으로 사천왕에게 호국(護國)을 당부하는 내용이다. 고려 이후 조선에 이르기까지 불교 문화권에서 자주 등장하였던 '사천왕'의 역할을 명확히 알 수 있는 대목이다.[85] 〈성황반〉이란 작품

---

83) 그러나 이 논문을 쓸 당시만 해도 필자가 『지장보살본원경』의 내용을 온전히 숙지하지 못했기 때문에 그러한 결과를 도출하였던 것이다.

84) 實叉難陀 譯, 『지장보살본원경(地藏菩薩本願經)』 4(『大正藏』 13), 각주 81 참조.

85) 우리나라뿐만 아니라 일본의 불교권역에서도 사천왕은 지장보살을 도와 나라를 보호한다는 『지장보살본원경』에 근거해 전승되고 있는 사례가 있다. 일본 동대사의 전각에는 사천왕이 내부에 모셔져 있는데 그와 더불어 허공장보살이 모셔져 있다. 필자는 이것이 『지장보살본원경』의 제4품과 제13품에 근거하여 도상화된 것으로 추정한다. 동대사는 화엄종의 본산으로 알려져 있지만 에도 시대 이후 재흥에 '지장

에 사천왕이 등장하였던 모습은 이 같이 호국 불교적 신앙을 반영한 것이었다. 이러한 맥락을 기반으로 파악하지 않고서는 〈성황반〉이란 작품은 해독될 수 없다.

고려 이후 조선 전기에 이르러『지장경언해』가 간행되고『석보상절』등에도『지장보살본원경』이 수록되었던 양상은 당대에『지장경』에 근거한 불교 신앙이 널리 유통되었던 모습을 보여준다. 특히 〈성황반〉이란 작품은 이와 같이『지장경』에 나타난 호국사상과 사천왕의 관계를 명확히 드러낼 뿐만 아니라 시기적으로도『지장경』의 유통과 관련된다는 점에서 그 배경적 사정을 유추해 볼만하다.

『인왕경』의 '호국품'에서도 국토를 보호하기 위하여 공양을 올리고 경을 읽으면 귀신이 국토를 보호할 것이라는 내용이 나타나는데[86] 여기에 근거한 백고좌회는 신라 때부터 행해졌고[87] 인왕백고좌도량은 고려 시대에도 흔히 행해졌다. 이러한 양상은 음식을 바치는 행위나 공양의 의미가 당대 사회에서 통용되었던 불교적 주술성과 관련되어 있음을 말해주는 명확한 예시들이다. 오늘날의 인식이나, 혹은 초기 불교에 대한 개념적 이해에 근거하여 전통 불교문화를 조명한다면 그 실체는 파악되기 어려울 것이다.

경'의 사상이 영향을 끼쳤을 것으로 짐작된다. 우리나라에서 일본으로 전해진『지장경』의 전승을 확인할 수 있는 사례이다.

86) 鳩摩羅什 譯,『역불설인왕반야바라밀경(譯佛說仁王般若波羅蜜經)』5(『大正藏』8), 第五 護國品 참조.

87)『삼국사기』권44 列傳 第四, 거칠부(居柒夫), "至是惠亮法師領其徒出路上 居柒夫下馬以軍禮揖拜 進曰 昔遊學之日蒙法師之恩得保性命 今邂逅相遇不知何以爲報." 對曰"今我國政亂滅亡無日 願致之貴域 於是居柒夫同載以 歸見之於王王以爲僧統 始置百座講會及八關之法.";『삼국사기』권4, 新羅本紀 第四, 진평왕(眞平王) (613년 7월(음)), "秋七月 隋使王世儀至皇龍寺 設百高座 邀圓光等法師說經."

5. 맺음말

이상에서 『시용향악보』 소재 〈대국〉·〈대왕반〉의 불교적 성격과 연원에 대하여 살펴보았다. 두 작품은 『시용향악보』 소재 여타 작품들과 마찬가지로 무속적이기보다는 불교적인 연원에 바탕을 두고 생성되었다는 사실을 확인할 수 있었다.

살펴본 바에 의하면 〈대왕반〉에서는 '성황'을 청하여 놀이를 하는 내용이 주를 이루는데 여기서 '성황'은 불교적 전통에 입각하여 이어져 온 존재이다. 특히 작품 〈대왕반〉은 지금까지 해결되지 않은 어석 문제로 인해 작품의 본질과 다르게 여성성이나 성적인 측면에 기대어 해석되어 왔기 때문에 이에 대한 문제는 기왕의 시각과 달리 전환적으로 다루어질 필요가 있다.

본 연구에서는 '성황'의 실체를 파악하고 '흑목단고리' 등을 새롭게 해석함으로써 〈대왕반〉은 '8위 성황'을 청신하여 공양하면서 방상에 모인 군관들이 연희성을 드러내었던 작품이라는 것을 알 수 있었다. 이렇게 볼 때 〈대왕반〉은 호국 불교적 성격과 연희성을 반영한 내용으로 이른바 무가 계열[88]로 일컬어졌던 『시용향악보』의 불교계 시가와 궤를 같이 하는 측면이 있다. 앞 장에서도 『시용향악보』 소재 시가가 궁중악가로서 연희성을 반영한 노래라는 점은 지속적으로 확인되었는데 〈대국〉·〈대왕반〉 역시 작품 문면에 연희적 요소를 명확히 반영하고 있다는 점에서 당대에 궁중 악가로서 불렸을 것으로 유

---

88) 이 책의 논의 결과를 토대로 보자면 '무가' 계열이란 명칭은 이제 '불교계 시가'로 정정되어야 마땅하다.

추된다.

〈대왕반〉이 성황제와 관련이 있다면 〈대국〉은 '여제'와 관련된 노래였을 것이라는 사실은 앞 장에서도 추정한 바 있지만 이 노래들의 연희적 성격으로 보건대 제의적인 측면의 노래라기보다는 성황제나 여제를 지낸 후 그와 관련하여 연희성을 반영한 궁중 악가로서『시용향악보』에 수록되었을 것이라고 보는 편이 자연스러울 듯하다.

그동안 〈대국〉과 같은 작품은 내용적인 측면에서 무속적인 성향을 드러내는 작품으로 간주되었지만, 불경에 등장하는 '사백 장난'이나, '술과 고기'로 귀신에게 제의하는 내용, 그리고 '상명복덕' 등이 불교문화와 깊이 연관된다는 점에서 볼 때, 그 연원은 불교문화의 전통에 있음도 확인할 수 있었다.

특히 〈대왕반〉이나 〈성황반〉은 작품 제목에서부터 음식과 관련되어 있고 〈대국〉의 경우 내용에 술과 고기가 제재로 사용되고 있어『시용향악보』소재 일련의 작품들은 오늘날의 시각에서 본다면 상당히 특이한 무속적 성향의 작품들로 이해될 수 있지만, 여기서 드러나는 음식의 공양은 불교문화와 깊게 관련된다는 사실을 인지해야 할 필요가 있다.

음식의 공양은 불교문화에서 배태된 오랜 전통으로서『지장경』이나『인왕경』·『금광명경』 등에서도 확인되는데, 신라 이후 고려 조선에 이르기까지 우리나라의 불교문화 전승에 주도적인 역할을 했던 이들 경전은 수많은 불교 경전 중 유독 '호국'이라는 내용을 공통적으로 담고 있다는 점에서도 주목할 만하다. 이들 불경과 관련하여, 『시용향악보』소재 작품 〈삼성대왕〉이나 〈대국〉·〈대왕반〉 등을 살펴보면 사태는 보다 분명해진다.

특히 호국을 중시하는 불교 경전에서 국토를 보호하기 위하여 귀신에게 공양을 올리는 내용이, 『시용향악보』소재 시가의 내용에서도 공통적으로 발견된다는 점은 그 불교적 연원을 명확히 말해주는 것이다. 지금까지 『시용향악보』소재 일련의 시가를 살펴보면서 조선 전기의 유교 문화에 고려의 불교문화가 깊숙이 자리 잡고 있었던 모습을 확인할 수 있었는데 그 근거는 바로 한국의 전통문화를 지배하였던 불교 경전에 있다. 앞 장의 논의에서도 살펴보았듯이 그 중에서도 대표적으로 『지장보살본원경』의 영향력은 상당했을 것으로 추정된다.

물론 우리의 전통문화에 영향을 준 불교 경전에는 『금강경』도 있고 『능엄경』도 있고 수없이 많은 불경이 있었겠지만 『시용향악보』소재 시가의 특수한 '공간지향성'[89]이나 호국적인 불교적 주술성은 『지장경』의 자장 가운데에서 파생되었을 것이라고 보는 것이 필자의 입장이다. 특히 '토지를 맡은 귀신들로 하여금 나쁜 일이나 횡액 몹쓸 병 등이 일어나지 않게 하였던'[90] 내용을 담은 『지장경』의 효용적 이익과 위력은 고려 이후 조선에 이르기까지 산지가 많았던 우리나라의 입지 상 토지신을 받들었던 전통문화에 주요한 영향력을 발휘했을 것으로 진작된다.

---

89) 나정순, 앞의 논문, 2016, 150-152면. 우리 시가에 자주 나타나는 지명과 공간지향적 특성에 대해서는 앞의 글에서 간략하게 논의한 바 있다.

90) 實叉難陀 譯, 『지장보살본원경(地藏菩薩本願經)』11(『大正藏』13), 「地神護法品」 참조. "是人居處 卽得十種利 益何等爲十 一者土地豐壤 二者家宅永安 三者先亡生天 四者現存益壽 五者所求遂意 六者無水火災 七者虛耗辟除 八者杜絶惡夢 九者出入神護 十者多遇聖因世尊未來世中及現在衆生若能於所住處方面作如是供養得如是利益." (필자 밑줄)

　『지장경』의 영향력은 실상 고려가요에서도 감지된다. 〈정석가〉에는 유독 광물질의 어휘들이 많이 나타나는데 『지장경』 '지옥명호품'에 의하면 업의 과보에 의해 생긴 것들이 곧 '구리 쇠 돌 불'이다. 〈정석가〉에서 돌이나 철 등을 노래하는 것은 업의 과보를 은유한 것이다. 또한 〈이상곡〉에서는 '무간지옥'을 그리고 있는데 이 역시 『지장경』과 밀접한 관계에 놓여 있는 것이다.[91]

　고려 시대의 노래들이 불교문화에서 파생한 것이라고 막연하게 인지는 하였지만 지금까지 정작 고려의 노래들과 불교문화를 연관시켜 탐색한 연구는 거의 전무하다고 보아야 할 것이다. 특히 당대 불교문화가 영향을 끼쳤던 고전 시가의 기저를 파악하기 위해서는 그 당시 유통되었던 불경과의 상관성을 파악해야 하는데 이러한 작업들은 지금까지도 이루어지지 않고 있다. 앞으로 관심 있는 후학들의 연구가 이어져 심화되기를 기대해 본다.

---

91) 앞의 책, 제5 지옥명호품 참조.

제2부

불교문화의 전통과
조선 전기 시가 문학

제4장

조선 전기 향악 불찬의 성격과 연원

1. 머리말

조선 전기 궁중악은 당악 아악 향악으로 구분된다. 여기서 향악이라 함은 당악의 대칭어로서 주로 삼국시대 이후 전래된 중국의 음악에 대하여 우리의 음악을 지칭하는 말이다. 『고려사』 악지에는 '향악'이란 용어가 등장하지 않고 '속악'이라는 용어로 남아 있으나 조선 전기 『악학궤범』에는 '향악 정재'라 하여 처용무합설이 등장하는데 여기에는 불교적인 내용의 불찬(佛讚)[1]이 다수 남아 있다. 『악학궤범』의 처용무합설에는 〈영산회상〉·〈미타찬〉·〈본사찬〉·〈관음찬 1〉·〈관음찬 2〉라는 불교적인 내용의 노래가 있고 『악장가사』에는 〈영산

---

1) 본 연구에서 대상으로 하는 불찬 악장을 향악의 노랫말로 지칭하는 것은 말 그대로 당시에 연행되었던 정재의 상황 등을 고려하기 위함이다. 〈영산회상〉뿐만 아니라 〈미타찬〉·〈본사찬〉·〈관음찬〉 등도 처용 정재에서 불린 것들로 궁중악에 얹어 불보살을 칭송한 노래들이기에 본고에서는 편의상 '향악 불찬'이라고 명명한다.

회상〉과 더불어 〈능엄찬〉이라는 불찬이 전한다.

이들 일련의 노래는 제목에서부터 불교와 관련된다는 것을 알 수 있는데 일단 '불교적'이라는 점에 주목을 요한다. 조선 전기에는 유교주의에 기반을 둔 문학이 창작되고 연행되었기에 유교와는 거리가 먼 불교적인 내용의 노래들이 온전하게 악장의 가사집에 남았다는 것만으로도 주목의 대상이 아닐 수 없다. 『악장가사』뿐만 아니라 궁중 음악의 교본이라 할 『악학궤범』에 불보살을 찬양하거나 불경을 찬양하는 불찬가류의 노랫말이 남아 있다는 것은 당시의 흐름에서 보자면 당대 문화와는 어울리지 않는 부자연스러운 것이었다. 그럼에도 불구하고 실제로는 정재(呈才)에서 큰 비중을 차지하며 존재하였다는 점이 특이하다.

조선 전기 불찬류 악장으로서 대표적인 작품은 『월인천강지곡』이다. 조선 초기에 세종은 소헌왕후의 명복을 빌기 위해 아들인 수양대군(뒷날의 세조)에게 명하여 불교서적을 참고하여 국문으로 『석보상절』(세종 29년, 1447년)을 편찬하게 하였다. 세종은 『석보상절』을 읽고 석가의 일대기를 찬시로 지었는데 그것이 바로 『월인천강지곡』(세종 31년, 1449년)이다. 『월인천강지곡』은 불찬이지만 선초 국문 문학의 영역을 넓혔다는 점에서 문학사적으로 그 의의가 크다 보니 연구도 비교적 축적된 편이다.[2] 그에 반해 『월인천강지곡』을 제외한 나머지 선초 불찬에 대하여 주목한 연구는 몇 편 정도에 불과하다.[3]

---

2) 상당한 연구업적이 있으나 최근의 대표적 사례만 들어본다. 고영근 외, 『월인천강지곡의 텍스트 분석』(집문당, 2003), 3-290면; 김기종, 『월인천강지곡의 저경과 문학적 성격』(보고사, 2010), 9-289면; 조흥욱, 『월인천강지곡의 문학적 연구』(국민대 출판부, 2008), 19-258면.

　본고에서 다루고자 하는 불찬 악장이 연구의 대상으로서 의미 있
는 이유는 조선 전기의 정재에 공연되면서 '송도지사(頌禱之詞)'를 노
래하는 가운데에도 고려 시대의 불교문화 전통을 여실히 담고 있기
때문이다. 다시 말해 조선 전기의 시대성과 전대 고려 사회의 불교문
화 전통이라는 두 측면을 동시에 드러내며 모순된 존재 방식을 복합
적으로 보여준다는 점이다. 이러한 특이성에도 불구하고 정작 불찬
에 대한 연구는 지금까지 존재 양상과 문체적 분류에 근거한 악장으
로서의 특성에 대하여 논의되었을 뿐 불교문화의 전통 속에서 나타
나는 노랫말의 내용적 성격이나 연행 문화와 관련된 연원의 문제에
대해서는 논의된 바 없다. 불찬의 생성 시기와 관련한 의미 있는 연
구[4]에서도 불찬의 노랫말이 지니는 불교적 성격에 대한 논의가 구체
적으로 진전되지는 못한 형편이다. 여기서 불교적 성격이라 함은 불
교의 기본적인 교리를 제시해주는 불교경전에서 그와 관련된 내용을
확인할 수 있는 경우를 말한다. 불교적 성격이라고 말할 수 있는 근거
는 불경에 의해서만 도출될 수 있기 때문이다.

　국문시가와 관련하여 선초 향악의 흐름을 제시하고 그것이 시가
사의 전개에 있어 어떠한 의미를 띠고 있는가에 대하여 집중적으로

---

3) 구사회, 「불교계 악장문학」, 『어문연구』 22(한국어문교육연구회, 1994), 111-127
　　면; 조평환, 「조선 초기의 악장과 불교사상」, 『한국시가연구』 8(한국시가학회,
　　2000), 111-134면; 그 외 김기종, 「『사리영응기』 소재 세종의 '친제신성(親制新聲)'
　　연구」, 『반교어문연구』 37(반교어문학회, 2014), 173-199면.(김기종의 연구는 세종
　　의 친제신성에 관해 조명하고 있으나 내불당 조성 불찬과 관련되므로 본고에서 다루
　　고자 하는 처용정재 관련 불찬과는 연구대상 영역이 다르다. 하지만 불찬을 다루고
　　있다는 점에 의미가 있음을 밝혀둔다.)
4) 조규익, 『조선 악장문학 연구』(숭실대 출판부, 1990), 77-253면; 김명준, 『악장가
　　사연구』(다운샘, 2004), 5-335면.

검토하는 논의[5]에서도 불찬은 역시 언급되지 않았다. 『악장가사』나 『악학궤범』에 노랫말이 존재하고 있는 불찬은 당대 사회의 이념과는 이질적인 독특한 존재방식을 띠고 있었기에 그간 충분히 주목될 만 했음에도 불구하고 의외로 지금까지의 연구는 소략하다. 선초에 들어와 불찬이 개산되기도 하면서 조선 전기 악장으로서의 노랫말이 첨가되다 보니 때에 따라서는 악장문학이라는 큰 틀 속에 편입시켜 '악장'으로서의 특성에 대하여 연구하는 경향이 있었을 뿐 불교 문화적 추이와 불경 등과의 관련성을 통해 집중적으로 조명된 경우는 지금까지 없었다.

따라서 본 연구의 논지를 체계화하기 위해서는 조선 전기 당대 문화를 지배하였던 유교와 불교의 혼합적 관련 양상을 고려할 필요가 있다. "조선 전기에는 유불 교대를 계기로 유교가 지배 종교의 위상을 지니고 있었지만 불교 전래 이전부터 지속되어 온 무속문화가 여전히 문화적 힘을 발휘하고 있었고 종교 문화의 주요 흐름을 주도해 온 불교문화가 유교와 경쟁하고 있었다. 이렇듯 조선 전기 종교 문화의 바탕에는 유교와 무속 그리고 불교가 공존하면서 갈등하는 복합적 양상을 띠고 있었다."[6]

그런 점에서 여말 선초 유불 문화의 복합성과 불찬의 관련성이 다각도로 조명되어야 하는 것은 물론이고 불찬의 기본적인 존재방식조차 정리되지 않았기 때문에 불찬의 전반적 성격에 관하여 원론적으

---

5) 양태순, 「선초 향악의 흐름과 그 시가사적 의미」, 『한국시가연구』 7(한국시가학회, 2000), 149-208면.

6) 최종성, 「조선 전기 종교혼합과 반혼합주의」, 『종교연구』 47(한국종교학회, 2007), 38면.

로 다시 살펴볼 필요가 있다. 불찬이 처용 정재에서 연행되다 보니 그간 불교적 성격을 정확하게 파악하기보다는 막연히 제의적 성격이나 연행성 등으로만 접근하는 경향도 있었기 때문이다. 불찬에 대한 불명확한 접근은 현재 교육적 환류의 측면에서도 문제로 나타나고 있다. 예를 들어 통용되고 있는 관련 자료를 검색해 보면 〈영산회상〉과 같은 경우 자료마다 작품의 생성시기가 다르게 기술되어 있어 혼란스럽다. 〈영산회상〉의 악보가 처음으로 나타나는 곳이 『대악후보』이다 보니 학자들조차 혹자는 세조 대에 이 작품이 만들어졌다하고 혹자는 세종 대에 만들어졌다고도 한다.[7]

이러한 혼란은 비단 오늘날의 자료에서만 발견되는 것은 아니다. 『증보문헌비고』에서도 불찬 중 〈관음찬〉의 창작 시기에 대해 그 연원을 알 수 없다고 하였는데 『조선왕조실록』에서는 동일 부류인 〈본사찬〉이나 〈미타찬〉이 세조 대에 만들어졌다고 하니 불찬의 창작 시기와 존재 방식 등에 대해서는 정확한 규명과 정리가 필요할 것으로 보인다. 나아가 본고에서 대상으로 하는 불찬은 〈능엄찬〉을 제외한 불찬이 모두 처용 정재에서 불린 것이기 때문에 처용 정재와의 관련성은 물론이고 고려 〈처용가〉와도 직·간접적으로 관련된다는 점에서 불찬의 내용적 성격 규명은 처용 정재나 고려 〈처용가〉를 이해하는 데에도 새로운 관점을 제시해 줄 수 있을 것으로 예상된다.

---

7) 『대악후보』는 1759년(영조 35) 서명응(徐命膺, 1716~1787)이 세조 때의 음악을 모아 편집한 악보이다. 『대악후보』 이전에 나온 거문고 악보(『금보신증가령』(혹은 『신증금보』, 1680)에는 노랫말이 없이 〈영산회상〉 제목이 나타나고 그 뒤 내용이 탈락한 채 일부 거문고 타는 법만 전한다. 이러한 점도 혼란을 가중시키는 요인이 된 것으로 보인다.

2. 조선 전기 불찬의 존재 방식

1) 불찬 관련 기록의 제시[8]

(1) 『악학궤범』(1494)에 남아 있는 불찬의 양상

『악학궤범』에는 궁중 향악 정재인 '학연화대처용무합설'[9]에 불찬 5수 〈영산회상〉·〈미타찬〉·〈본사찬〉·〈관음찬 1〉·〈관음찬 2〉가 수록되어 있다. '학연화대처용무합설'에서는 전도에 〈처용가〉를 부르고 이후 〈봉황음〉·〈삼진작〉·〈정읍사〉·〈북전 급기〉를 부른다. 그 후 후도에 이르러 〈영산회상〉의 만기를 연주하고 여기(女妓)와 악공이 일제히 소리 내어 가사 '영산회상불보살(靈山會相佛菩薩)'이라는 7자의 노랫말을 부른다. 그 후 〈미타찬〉과 〈본사찬〉을 각각 부르고 이어 〈관음찬 1〉을 따라 부르되 도창(導唱)이 있고 덧붙여 여러 기녀가 〈관음찬 2〉[10]을 부른다.

여기서 7자의 가사로 된 〈영산회상〉이나 〈미타찬〉·〈본사찬〉·〈관음찬 1〉·〈관음찬 2〉는 모두 불교와 관련된 내용의 노래이다. 〈미타찬〉·〈본사찬〉·〈관음찬 1〉은 다양한 가사 내용을 드러내기보다 오직 불보살 즉 아미타불, 석가모니불, 관세음보살을 반복적으로

---

8) 여기서는 단순히 관련 기록을 제시하는데 그치고 텍스트에 대한 분석과 의의 규명은 다음 장에서 다루게 될 것이다.

9) 『악학궤범』 5(민족문화추진위원회, 1979), 29-44면. 원문 자료가 길어 요약적으로 제시한다.

10) 〈관음찬 2〉의 노래는 단순히 〈관음찬 1〉과 관련되는 노랫말이기보다는 〈본사찬〉·〈미타찬〉·〈관음찬 1〉의 노래 뒤에서 전체를 총괄적으로 마무리하는 내용이라 볼 수 있으나 편의상 〈관음찬 2〉라고 지칭한다.

부르며 칭명염불(稱名念佛)하는 노래이기에 특이하다. 그 내용은 다음과 같다.

무견정상상나무아미타불 정상육계상나무아미타불
발감유리상나무아미타불 미간백호상나무아미타불
미세수양상나무아미타불 안목청정상나무아미타불
이문제성상나무아미타불 비고원직상나무아미타불
설대법라상나무아미타불 신색진금상나무아미타불 -〈미타찬〉[11]

인천대도사석가세존 삼계도사석가세존
사생자부석가세존 영산대교주석가세존
천중천성중성석가세존 팔상시성도석가세존
항마전법륜석가세존 삼명육신통석가세존
십력사무외석가세존 구선팔해탈석가세존
삼십칠조도법석가세존 삼십이응석가세존
팔십종호석가세존 자마금색신석가세존
광명조대천석가세존 분신백억찰석가세존
도탈시방계석가세존 공덕관제불석가세존 -〈본사찬〉[12]

---

11) "無見頂上相南無阿彌陀佛 頂上肉髻相南無阿彌陀佛 髮紺流璃相南無阿彌陀佛 眉間白毫相南無阿彌陀佛 眉細垂揚相南無阿彌陀佛 眼目淸淨相南無阿彌陀佛 耳聞諸聲相南無阿彌陀佛 鼻高圓直相南阿彌陀佛 舌大法螺相南無阿彌陀佛 身色眞金相南無阿彌陀佛"

12) "人天大道師釋伽世尊 三界道師釋伽世尊 四生慈父釋伽世尊 靈山大敎主釋伽世尊 天中天聖中聖釋伽世尊 八相始成道釋伽世尊 降魔轉法輪釋伽世尊 三明六神通釋伽世尊 十力四無畏釋伽世尊 九禪八解脫釋伽世尊 三十七助道法釋伽世尊 三十二應釋伽世尊 八十種好釋伽世尊 紫磨金色身釋伽世尊 光明照大千釋伽世尊 坌身百億刹釋伽世尊 度脫十方界釋伽世尊 功德觀諸佛釋伽世尊"

원통교주관세음보살　보타대사관세음보살

문성제고관세음보살　발고여락관세음보살

대자대비관세음보살　삼십이응관세음보살

십사무외관세음보살　구고중생관세음보살

불취정각관세음보살　천수천안관세음보살

수지어낭관세음보살　정대미타관세음보살　 -〈관음찬 1〉[13]

　위 예시에서와 같이 아미타불이나 석가세존, 관세음보살의 특징을
요약적으로 제시하며 반복적으로 칭명염불하는 것과는 달리 마지막
〈관음찬 2〉[14]에서는 관세음보살의 위신력을 서사적으로 묘사하고 있
다. 관세음보살의 공덕이 제천인하고, 중생을 구제하는 묘덕이 이 세
상에 미치기를 기원하는 내용은 궁극적으로 불보살의 공덕과 중생의
구제를 연결짓고자 하는 것이다. 불찬의 마지막 노래인 〈관음찬 2〉

---

13) "圓通教主觀世音菩薩 補陀大師觀世音菩薩 聞聲濟苦觀世音菩薩 拔苦與樂觀世音
菩薩 大慈大悲觀世音菩薩 三十二應觀世音菩薩 十四無畏觀世音菩 救苦衆生觀世音
菩薩 不取正覺觀世音菩薩 千手千眼觀世音菩薩 手持魚囊觀世音菩薩 頂戴彌陀觀世
音菩薩"

14) "白花(백화)ㅣ芬其蕚(분기악)ᄒ고　香雲(향운)이彩其光(채기광)ᄒ니　圓通觀世音
(원통관세음)이 承佛遊十方(승불유시방)이샷다　權相百福嚴(권상백복엄)ᄒ시고 威
神(위신)이巍莫測(외막측)이시니 一心若稱名(일심약칭명)ᄒᄉ오면 千殃(천앙)이卽
殄滅(즉진멸)ᄒᄂ니라 慈雲(자운)이布世界(포세계)ᄒ고 涼雨(양우)ㅣ灑昏塵(쇄혼
진)ᄒᄂ니 悲願(비원)이何曾休(하증휴)ㅣ시리오 公德(공덕)으로濟天人(제천인)이
샷다 公德(공덕)으로濟天人(제천인)이샷다 四生(사생)이多怨害(다원해)ᄒ야 八苦
(팔고)ㅣ相煎迫(상전박)이어늘 尋聲而濟苦(심성이제고)ᄒ시며 應念而與樂(응념이
여락)ᄒ시ᄂ니라 無作自在力(무작자재력)과 妙應三十二(묘응삼십이)와 無畏(무외)
늘施衆生(시중생)ᄒ시니 法界普添利(법계보첨리)ᄒᄂ니라 乃獲二殊勝(내획이수
승)ᄒ시니 金剛三摩地(금강삼마지)를 菩薩(보살)이獨能證(독능증)ᄒ시니라 不思議
妙德(불사의묘덕)이여 名偏百億界(명편백억계)ᄒ시니 淨聖無邊澤(정성무변택)이
流波及斯世(유파급사세)시니라." (필자 밑줄)

에서는 '불보살'과 '금강삼마지'라는 불교적 제재가 나타나지만 귀결 부분에서 '재앙을 물리치고 은택이 이 세상에 흘러 파급되기를 바라는' 내용은 결국 호국적인 염원과 연결되는 것이기도 하다. 이 대목은 불찬의 불교적 성격만이 아니라 여타 악장 문학과도 유사한 면모를 보여준다. 그 내용적인 성격에 대해서는 다음 장에서 상세히 다루게 될 것이다.

(2) 『용재총화』[15)에 수록된 불찬의 양상

처용놀이[處容戱]는 신라의 헌강왕(憲康王) 때부터 시작되었다. 신인(神人)이 바다에서 나와 처음에는 개운포(開雲浦 경남 울산)에 나타났다가 왕도(王都 경주)로 들어왔는데, 그 사람됨이 기위(奇偉)하고 독특하여 노래와 춤추기를 좋아하였다. 익재(益齋) 이제현(李齊賢)의 시에, '조개 같은 이와 붉은 얼굴이 달밤에 노래하는데 솔개인양 으쓱한 어깨에 붉은 소매가 봄바람에 춤춘다.'한 것이 이것이다.

처음에는 한 사람으로 하여금 검은 베옷에 사모(紗帽)를 쓰고 춤추게 하였는데, 그 뒤에 오방처용(五方處容)이 있게 되었다. 세종(世宗)이 그 곡절을 참작하여 가사(歌辭)를 개찬(改撰)하여 봉황음(鳳凰吟)이라 이름하고, 마침내 묘정(廟廷)의 성악(正樂)으로 삼았으며, <u>세조(世祖)가 이를 확대하여 크게 악(樂)을 합주(合奏)하게 하였다</u>. 처음에 승도(僧徒)가 불공하는 것을 모방하여 기생들이 일제히 <u>영산회상불보살(靈山會相佛菩薩)</u>을 창(唱)하면서 외정(外廷)에서 돌아 들어오면 영인(伶人)들이 각각 악기를 잡는데…(중략)…기생 한 사람이 '<u>나무아미타불</u>'을 창(唱)하면, 여러 사람이 따라서 화

---

15) 『용재총화(慵齋叢話)』: 성현(成俔, 1439-1504), 1525년 간행.

창(和唱)하고, 또 관음찬(觀音贊)을 세 번 창하면서 빙돌아 나간다. 매번 섣달 그믐날 밤이면 창경궁(昌慶宮)과 창덕궁(昌德宮)의 전정(殿庭)으로 나누어 들어가는데, 창경궁에서는 기악(妓樂)을 쓰고, 창덕궁에서는 가동(歌童)을 쓴다. 새벽에 이르도록 주악하고 영인과 기녀에게 각각 포물(布物)을 하사하여 <u>사귀(邪鬼)를 물러가게</u> 한다.[16] (필자 밑줄)[17]

『용재총화』에는 〈영산회상〉이 처용무와 관련된다는 것, 처용의 곡절을 참작하여 가사를 개찬한 것이 세종 대의 〈봉황음〉[18]이며 세조 대에는 이를 확대하였다는 내용이 있다. 뿐만 아니라 '영산회상불보살'이란 7자의 가사를 창하였다는 기록도 있다. 여기에서 〈영산회상〉 7자 곡은 세조 대에 만들어진 것임을 알 수 있다. 물론 고려 시대부터 전해 오던 노랫말이 불리다가 세조 대에 입악이 되면서 노랫말이 얹어졌다고 볼 수도 있겠지만 일단 세조 대에 곡이 만들어졌다는 점에 대하여 주목을 요한다. 이와 관련한 사실은 『악학궤범』에도 보이며 뒤에 살펴볼 왕조실록 중종 대의 기록을 통해서도 명확히 확인되는

---

16) 『慵齋叢話』 권1, "處容之戱 肇自新羅憲康王時有神人出自海中 始現於開雲浦來入 王都 其爲人奇偉倜儻好歌舞 益齋詩所謂貝齒頳顔歌夜月 鳶肩紫袖舞春風者也 初使 一人黑布紗帽而舞其後 有五方處容世宗以其曲 折改撰歌詞名曰鳳凰吟 遂爲廟廷正 樂 世祖遂增其制大合樂而奏之 初倣僧徒供佛群妓齊唱 靈山會相佛菩薩自外廷回帀 而入伶人各執樂器…中略…於是有妓一人唱南無阿彌陁佛 群從而和之 又唱觀音贊 三周回帀而出每於除夜則一日夜分入昌慶昌德兩宮殿庭 昌慶用妓樂昌德用歌童 達 曙奏樂各賜伶妓布物爲闢邪."

17) 이하 인용문의 표기법이나 괄호 방식 등은 인용한 원문의 내용에 그대로 따름을 밝혀 둔다.

18) 『악학궤범』에는 〈봉황음〉의 가사가 기록되어 있는데 곡은 〈처용가〉와 같으나 노랫 말은 임금께 축수를 올리는 내용으로 악장 문학으로서의 성격을 띤다.

바이다. 그간 〈영산회상〉이란 곡에 대하여 학계에서 의견이 분분한
것들도 문헌 자료를 정확히 검토하지 않은 데에서 기인한 것이다.
『용재총화』를 보면 〈영산회상〉이란 곡의 내용은 '승도(僧徒)가 불공
하는 것을 모방하여 지어졌다는 것'이 명확하게 나타나 있다. 또한
이 자료를 통해서 '영신회상불보살'을 부른 후 '나무아미타불'을 호불
한 뒤 〈관음찬〉을 세 번 창했다는 것도 확인할 수 있다. 이는 처용놀
이를 하면서 불찬의 노래들이 다양하게 불렸다는 사실을 보여 주는
것이다. 뿐만 아니라 이러한 노래들은 유희적인 성격 외에도 사귀(邪
鬼)를 물러가게 하는데 그 효용이 있었음을 알 수 있는데 여기에서
불교적 주술성의 한 면모를 보게 된다. 이러한 기록을 보더라도 불찬
이 적어도 세조 대까지는 무속적인 제의의 기능에 머문 것이 아니라
불교적 성격을 지닌 공양 진언의 양상을 띠고 있었다는 점을 알 수
있다.

(3) 『조선왕조실록』 연산 조(1505)의 기록에 나타난 불찬의 양상

> 왕이 회무(回舞)할 때 처음에는 영산회상불보살(靈山會上佛菩薩)
> 이란 말을 불렀는데, 이것이 부처의 말이라 하여, 어제시 한 구를
> 내리기를, '임금이 편안하고 신하가 복스러우니 나라의 안일에 관계
> 되네.'하고, 승지 강혼(姜渾)에게 묻기를, "이 시구(詩句)로 고치는
> 것이 어떨까?" 하니, 혼이 아뢰기를, "매우 좋습니다." 하였다.[19]

---

19) 『燕山實錄』 권60, 11年 12月 27日(丁丑) 2번째 기사, "王以回舞時 初唱靈山會上佛
菩薩之語 乃是佛語 下御製一句曰 君綏臣福繋邦謐 仍問于承旨 渾曰 以此改之何如
渾啓甚善."

위의 연산 조의 기록에서는 〈영산회상〉곡의 노랫말이었던 '영산회
상불보살'이 불리다가 개작되었던 모습을 엿볼 수 있다. '부처의 말'
에서 벗어나고자 한 노력으로 보아 불교성에서 탈피하고자 한 연산
조의 면모를 확인할 수 있다.

(4)『조선왕조실록』중종 대(1518)의 기록

"대제학 남곤이 아뢰기를 …중략… 처용무(處容舞)·영산회상(靈
山會上)은 새로 지은 수만년사(壽萬年詞)로 대치하였으며, 〈본사찬
(本師讚)〉·〈미타찬(彌陀讚)〉도 새로 지은 중흥악사(中興樂詞)로 대
치하였는데, 이 두 곡(曲)은 모두 이단(異端)에 가까운 것으로 역시
신에게 고치라고 명하였기 때문에 부득이 찬하였으나 이 곡은 곧
세조(世祖)조(朝)에 지은 것이며[20] 영산회상은 다만 영산회상 불보
살(靈山會上佛菩薩)의 한 마디 말로 끝마치게 된 것입니다. 대저 처
용무는 본래 부정 괴이한 악이기 때문에 또한 이 곡을 붙인 것입니
다. 신의 생각에는 이 무(舞)를 잡희(雜戲) 중에 드러내지 아니한다
면 가사(歌詞)는 짓지 않아도 된다고 봅니다. 영산회상의 대용인 수
만년(壽萬年)의 신제가사(新製歌詞)에는 '바다에 사는 신선이 자연
(紫烟)을 타고 와서, 비단 휘장 앞에 갈라 서서 춤을 드립니다. 꽃을
꽂은 머리 무거워서 천천히 돌면서, 삼가 임금님의 만년수를 드리옵
니다.' 하였고, 〈본사찬(本師讚)〉·〈미타찬(彌陀讚)〉의 대용인 신제
중흥악(中興樂) 가사에는….″[21] (필자 밑줄)

---

20) 여기서 '이 두 곡'이란 '처용무·영산회상곡'과 '〈본사찬〉·〈미타찬〉'이란 노랫말을
    얹은 곡을 말한다.
21)『中宗實錄』권32, 13年 4月 1日(己巳) 5번째 기사, "大提學南袞啓曰…中略…『處容

위의 기록을 보면 세조 조에 불린 〈영산회상〉은 '영산회상불보살'이라는 7자의 노래로 불보살을 찬양하는 칭명염불의 형태를 띠었던 것인데 중종 대에 와서 〈수만년사〉로 개작되었고 우리가 『악장가사』에서 확인하는 불찬은 바로 이렇게 개작된 〈영산회상〉임을 알 수 있다. 이에 대해서는 『악장가사』의 자료를 통해 뒤에서 다시 확인할 것이다. 또한 중종 대의 〈본사찬〉·〈미타찬〉이 〈중흥악사〉로 개작된 것으로 보아 『악학궤범』에 등장하는 〈본사찬〉·〈미타찬〉은 세조 대의 노랫말을 그대로 실은 것임을 알 수 있다.

위의 기록에서 '이 두 곡은 이단에 가까운 것으로 세조 대에 지은 곡'이라는 것을 명확히 하고 있는데 한문의 문맥으로 보면 두 곡이란 '처용무·〈영산회상〉'과 '〈본사찬〉·〈미타찬〉'임을 알 수 있다. 이 기록으로 보면 〈영산회상〉과 〈본사찬〉·〈미타찬〉은 세조 대에 만들어진 것이 분명하다. 다만 여기서 〈관음찬〉의 문제는 언급되지 않았는데 이것은 『증보문헌비고』에서 〈관음찬〉의 기원을 불분명하게 언급한 것과도 일정 부분 궤를 같이 하는 것이다.[22]

舞』·『靈山會相』代以新製『壽萬年詞』·『本師讚』·『彌陀讚』代以新製『中興樂詞』蓋此二曲 皆涉異端 亦命臣正之故 不得已撰之 此曲乃世祖朝所製『靈山會相』則只以『靈山會相』佛普薩一語 以至於成, 大抵『處容舞』本奇邪不正之樂 故亦以此曲節之 臣意若 不以此舞 呈於雜戲之中 則此詞雖不製 可也『靈山會相』代用新製『壽萬年詞』曰 '碧海仙人乘紫烟 分曹呈舞繡簾前 揷花 頭重回旋緩 恭獻君王壽萬『本師讚』·『彌陀讚』代用新製『中興樂詞』曰….'

22) 〈관음찬〉에 대한 기록은 특별히 정확하게 언급된 부분이 없는데 세종 대 창작설이나 김수온의 제진 등이 논의되었지만 이 부분에 대해서는 좀 더 치밀한 고증이 필요할 것으로 보인다. 음악계에서 정확하게 세종 대라 할 만한 근거 자료가 없다고 하는 반론도 만만치 않기 때문이다. 〈관음찬〉에 대해서는 뒤에서 재론할 것이다.

(5) 『악장가사』에 나타난 불찬의 양상

〈영산회상〉과 〈능엄찬〉은 『악장가사(樂章歌詞)』의 '가사 상' 편에 실려 있다. 『악장가사』에 실린 〈영산회상〉의 내용은 이렇다.

靈山會相佛菩薩(영산회상불보살)
代壽萬歲歌(딕수만세가)
碧海仙人乘紫烟(벽히선인승ㅈ연)
分曹呈舞繡簾前(분조뎡무슉렴젼)
揷花頭重回旋緩(삽화두듕회션완)
恭獻君王壽萬年(공헌군왕슈만년)[23]

위 내용을 보면 이 노래는 원래 7자의 〈영산회상〉 곡이 〈수만년사〉로 개작된 노래임을 알 수 있다. '영산회상불보살' 7자의 노랫말이 개작된 과정에 대해서는 앞에서 제시한 중종실록[24]에 상세히 나타나 있다. 위 내용 중 '영산회상 불보살 딕수만세가'라는 대목에 대하여 그것은 내용이 아니라 제목일 것이라고 추정하기도 한다. 그러나 앞에서 제시한 관련기록들의 검토를 토대로 볼 때 7자 노랫말인 '영산회상불보살'이란 〈영산회상〉곡이 개작되어 나타난 노래가 바로 『악장가사』에 실린 〈영산회상〉이다.

『악장가사』에 실린 〈영산회상〉은 원래의 노래와 개작된 노래의 모

---

23) "영산회상불보살님이시여. 만세를 이어갈 노래로 대신합니다. 바다에 사는 신선 자색 안개를 타고 오네. 비단 휘장 앞에 서서 나뉘어 춤을 춥니다. 꽃을 꽂은 머리 무거워 천천히 돌며 임금님께 만수무강하시길 기원하며 바치옵니다."
24) 각주 21 참조.

습을 그대로 간직하고 있다. 본문의 내용에서 '영산회상불보살'이 나온 후 '대수만세가'라고 하고 이어 '벽해선인~'이 뒤이어 나온다. 여기서 '대수만세가'라는 대목에 주목해 보자. 이것은 앞의 '영산회상불보살'과 '벽해선인'을 잇는 가운데의 문장이다. 말 그대로 '수만세가를 대용하였다'라는 내용인 것이다. 즉 '영산회상불보살'을 '수만세가'로 대용한 노래가 뒤에 나오는 '벽해선인승자연~공헌군왕수만년'이다. 이것은 곧 중종실록에서 '처용무·〈영산회상〉'을 새로 지은 '수만년사(壽萬年詞)'로 대치하였다는 내용과 정확히 일치한다. 『악장가사』의 〈영산회상〉이란 곡은 말하자면 '수만년사'로 대치되기 이전의 노랫말과 이후의 노랫말을 고스란히 담아 보여주고 있는 것이다.

다음은 『악장가사』에 실린 〈능엄찬〉의 내용이다.

> 세계중싱(世界衆生)이 미실본각슈파튝랑(迷失本覺隨波逐浪)이어를 여래이민(如來哀憫)ᄒ샤 시슈힝로(始修行路)ㅣ무비일대ᄉ(無非一大師)ㅣ시니 아난존쟈(阿難尊者)ㅣ진ᄌ방변(眞慈方便)으로 부위말혹(副爲末學)이어시늘 관셰음원통(觀世音圓通)을 문슈(文殊)ㅣ독션(獨善)이샷다 남무셕가셰존(南無釋迦世尊)하 죠차금회심(照此今悔心)ᄒ쇼셔 시방불모무샹보인(十方佛母無上寶印)으로 유연(有緣)을 ᄀ도(開道)ᄒ시나니 약유슈증쟈(若有隨證者)이어든 마풍(魔風)이 불득취(不得吹)케ᄒ쇼셔 션지(善哉)라 호법(護法)ᄒ신 쳔룡귀신(天龍鬼神)이여샷다.[25]

〈능엄찬〉은 〈수만년사〉로 개작된 〈영산회상〉에 비해 왕조를 직접

---

25) 『악장가사』, 〈능엄찬〉, 41면.

적으로 칭송하는 내용은 없고 『능엄경』의 핵심 제재인 '원통'과 '호법심'이라는 불교적 내용을 요약적으로 보여준다. 가사 마지막 부분에서 '마풍이 일어나지 않고 호법천룡귀신의 가피를 받고자 하는' 대목은 궁중 왕실의 안녕을 기원하는 내용으로 불교적 주술과 연관되어 있음을 알 수 있다. 이는 조선 전기 『능엄경』을 신주로 받들었던 왕실의 분위기를 간접적으로 보여주는 것이기도 하다.

(6) 『승정원일기』에 나타난 불찬 관련 양상

> 옛날 연회에 참여하는 것은 정례를 사용하였으니 하물며 악장에서랴. 이와 같은 것은 해당 院이 있는데, 속칭 이원이라 하는 것은 당 현종이 이름을 바꾼 것이다. 여러 신하들이 근본을 모르고 장주(章奏)하여 속칭 이원이라 하였으므로 이미 명하여 거듭 훈계하였다. 이것도 이와 같으니 단지 향당교주라 칭하는 것이 옳다. 이로써 속칭 영산회상이라 하는 것은 이단이다. 지금 이후 영산회상의 이름은 악원에서 금한다.[26]

영조 때의 〈영산회상〉은 이단으로 악원에서 금한다는 내용으로 보건대 당시에 불렸던 노래는 '영산회상불보살'이라는 7자의 노래라는 것을 간접적으로 알 수 있다. 이는 중종 대에 개작된 〈수만년사〉와 더불어 지속적으로 이어져 전해지다가 영조 조에 들어 장악원에 의

---

26) 『승정원일기(承政院日記)』(1766년 영조 42년 8월 18일, 원본 1258책, 탈초본 70책), "昔之參宴 旣用定禮 況樂章乎 若此而該院 俗稱梨園 此唐之玄宗蕩名 而諸臣不知本 章奏 俗稱梨園 故旣命申飭 此猶若此 只稱鄕唐交奏 可也 以此俗稱靈山會相 此則異端也. 今後靈山會相之名 禁於樂院."

하여 이단으로 여겨져 사라지게 되었음을 보여 준다. 그 이후 '영산회
상불보살'이라는 7자 가사는 탈락한 채 음악으로서만 세속화의 길을
걷게 된다.

(7) 『임하필기』(1871)에 등장하는 불찬 관련 두 가지 기록

(1) 처용무(處容舞)[27]

처용놀이는 신라에서 시작된 것이다. 헌강왕(憲康王) 때에 어떤
신인(神人)이 개운포(開雲浦)에 나타나서 왕도(王都)로 들어왔는데
그가 이 가무(歌舞)를 잘하였다고 한다. 세종(世宗) 때는 그 가사를
고쳐짓고서 이름하여 봉황음(鳳凰吟)이라 하였으며, 세조(世祖) 때
는 그 제식(制式)을 늘려서 연주하였다. 처음에는 승도(僧徒)들의
불공드리는 것을 모방하여 여러 기생들이 함께 영산회상(靈山會相)
을 제창(齊唱)하고 악공(樂工)들이 각기 악기를 가지고 연주를 하며
한쌍의 학인(鶴人)과 다섯의 처용(處容)과 열 사람의 가면(假面)들
이 모두 이를 따른다.…(중략)…그리고 또 다른 기생이 나무아미타
불을 부르다가 다시 〈관음찬(觀音贊)〉을 하면서 세 바퀴를 두루 돌
아서 밖으로 나오는 것이다. …

(2) 어전악(御前樂)[28]

이원악(梨園樂)은 그 곡이 일정하지 않다. 동가(動駕) 때에나 전
좌(殿座) 때는 여민락(與民樂)을 연주하고, 내전(內殿)에는 영산회
상(靈山會相)을, 세자궁(世子宮)에는 보허사(步虛詞)를 연주하는데

---

27) 『임하필기』 12권, 「문헌지장편(文獻指掌編)」.
28) 위의 책, 33권, 「화동옥삼편(華東玉糝編)」.

여민락과 보허사는 사가(私家)에서 연주할 수 없다. 이른바 '속악(俗樂)'이란 것은 영산회상과 세령산(細靈山)인데 염불령(念佛令)과 노곡령(路曲令)은 항상 길에서 사용한다. 군악(軍樂)은 오직 무안지악(武安之樂)뿐인데 공사 간에 통용한다. 그리고 아악(雅樂)은 모두 악장(樂章)에 따라 연주하는데 묘악(廟樂)이다.

　이유원의 『임하필기(林下筆記)』는 비교적 늦은 조선 후기의 기록물이지만 불찬과 관련한 내용이 『용재총화』 등과 정확하게 일치한다. '처용'이란 곡의 가사는 세종 대에 '봉황음'으로 개작되었고 세조 대에 이르러 그 제식을 늘렸다고 한 것'에서도 알 수 있듯이 이는 곧 승도들이 '영산회상불보살'을 부르며 제창한 것을 말한다. 〈영산회상〉 제창 이후 〈관음찬〉을 창하는 모습을 기록하고 있으나 여타 불찬에 대해서는 언급하지 않았다.

(8) 『증보문헌비고』에 나타난 불찬의 양상

　또 후도(後度)에 이르면 학(鶴)·연화대(蓮花臺)·의물(儀物) 등을 갖추어 진열한다. …(중략)… 악관이 영산회상만(靈山會相慢)을 연주하면 여기와 악공이 일제히 소리를 내어 가사를 창하면서 들어가 세 바퀴 회선(回旋)하고, 그림과 같이 배열해 선다. 박(拍)을 치고 대고(大鼓)를 치면 영산회상을 연주한다. 음악이 점점 빨라지면 5방(方)의 처용이 족도환무(足蹈懽舞)하고 …(중략)… 또 처용만기(處容慢機)를 연주하면 오방의 처용이 다시 앞의 자리에 서서 춤추기를 위의 의식대로 한번 하고 끝나면 음악이 그친다. 〈미타찬(彌陀讚)〉을 연주하면 여기 두 사람이 도창(導唱)하고 여러 기생은 일제히 소

리를 같이하여 화답하며 앞에서와 같이 회선한다. 〈본사찬(本師
讚)〉·〈관음찬(觀音讚)〉에 이르러서는 모두 위에서와 같이 도창하고
화답하며 〈관음찬〉에 이르러서는 여러 기생이 일제히 소리를 같이
하여 노래부르며 각각 차례로 나가면 음악이 그치고 모두 끝난다.[29]
(첫째 기록)

『임하필기』가 시기적으로 앞서 있지만『증보문헌비고(增補文獻備
考)』의 내용이『악학궤범』과 유사한 반면『임하필기』의 내용은 비교
적 생략되어 있는 편이다.『임하필기』에는 〈본사찬〉과 〈미타찬〉의
내용이 기록되어 있지 않은데 비해 위의『증보문헌비고』에는 〈본사
찬〉과 〈미타찬〉이 나타나 있어『증보문헌비고』가 조선 전기『악학궤
범』의 자료를 충실히 따르고 있다는 것을 알 수 있다.

신이 삼가 살펴보건대, 봉황음(鳳凰吟) 외에도 처용가(處容歌) 관
음찬(觀音讚)이 있으나 본래 고려에서 유전하여 지금에 이르렀는데,
악부(樂府)에만 열기(列記)하였을 뿐 성조(聖朝)에서 항상 쓰는 것
이 아니기 때문에 두 편(篇)은 삭제하고 기록하지 아니합니다.
이상은 학·연화대(鶴蓮花臺)이다.[30] (둘째 기록)

이 내용은『증보문헌비고』중 '봉황음'과 관련한 대목에 덧붙여진
기록이다. 이 기록에는 〈처용가〉와 〈관음찬〉이 고려 시대부터 전해
져 내려온 것으로 되어 있다. 세종실록에 의하면 '봉황음' 1, 2, 3기 가

---

29) 국역『증보문헌비고』107권, 악고 18, 산악, 조선.
30) 위의 책, 103권, 악고 14, 악가 6, 봉황음.

사가 모두 같은데 윤회에 의하여 〈처용가〉가 개찬된 것이라 한다. 『악학궤범』에는 '봉황음' 1기가 곧 고려 〈처용가〉의 가사 내용이고 '봉황음' 중기의 가사는 개찬된 것으로 나타난다.

(9) 그 외 추정할 수 있는 기록 - 『세종실록』의 경우

이상에서 보듯이 전반적인 불찬의 창작 시기는 문헌에서 비교적 명확하게 거론된 편이나 〈관음찬〉의 경우에만 언급된 기록이 없어 그 창작 년대를 정확히 알 수 없다. 앞에서 제시한 바와 같이 『증보문헌비고』에서 어숙권은 〈관음찬〉의 연원에 대하여 고려 시대 설을 언급하고 있는데 이와 관련하여 세종실록에는 그 시기를 추정할 수 있는 근거가 두 군데에 나타나 있다.

(1) 집현전(集賢殿) 부교리(副校理) 안지(安止)의 화〈관음찬(畫觀音讚)〉에 이르기를,
"푸른 물구비 한 구비에 천첩 돌벼랑 둘려있고, 흰 옷 입고 미소짓는 참된 모습 소[淵]처럼 맑고 달처럼 밝도다. 몸은 여기에 있으나 마음은 어디에도 없도다. 여러 중생들아, 다 오너라. 괴로움 뽑아주고 즐거움 피게 하리." 하였다.[31]

(2) 신곡(新曲)을 지어 관현(管絃)에 올리고, 악기(樂器)를 모두 새로 만들어서 공인(工人) 50명과 무동(舞童) 10명으로 미리 연습시켜서 부처에게 공양하여, 음성공양(音聲供養)이라고 일렀으니, 종

---

31) 『세종실록』 23권, 6년 1월 25일(임인) 4번째 기사, "集賢殿副校理安止畫觀音讚曰 蒼灣一曲 翠壁千疊 素衣眞相 淵澄月白 身在於斯 心則無着 於諸衆生 發苦與樂."

(鍾)·경(磬)·범패(梵唄)·사(絲)·죽(竹)의 소리가 대내(大內)에까지 들리었다. 정분·민신·이사철·박연(朴堧)·김수온(金守溫) 등이 여러 중[僧]들과 섞이어 뛰고 돌면서 밤낮을 쉬지 아니하니, 땀이 나서 몸이 젖어도 피곤한 빛이 조금도 없었다.[32]

위 두 기록에는 정확하게 세종 대에 창작된 불찬의 곡명이 거론된 바 없지만 김수온이 등장하고 새로 만든 곡이 '음성공양'을 하는 곡이라는 점에서 볼 때 반복적으로 칭명염불의 성격을 띠는 〈관음찬 1〉의 노래가 바로 이것과 연관된다는 사실을 추정할 수 있다. 이러한 점 때문에 여러 학자도 세종 대 창작설을 주장하기도 하였다. '사리영응기(舍利靈應記)'에 실린 내용을 토대로 세종이 직접 불찬을 작곡하였다고 한 음악계의 논의[33]도 있지만 〈관음찬〉이 세종 대 불가 음악인 친제 신성과는 별개의 문제라는 점[34]도 고려해야 한다.

(10) 기타 『금보신증가령』(1680)[35], 『대악후보』(1759)의 경우

『금보신증가령(新證琴譜)』은 거문고 악보로 〈영산회상〉의 악보만

---

32) 앞의 책, 122권, 30년 12월 5일(정사) 1번째 기사, "爲製新曲 被之管弦 樂器皆令新造 以工人五十舞童十人預習之用以供 佛謂之音聲供養 鍾磬梵唄絲竹 聲聞大內 本伸思哲朴堧金守溫雜於群僧 踊躍周匝 不徹晝夜 汗出渾身 略無倦色."

33) 박범훈, 『한국불교음악사 연구』(장경각, 2000), 322-325면; (박범훈, 「한국불교음악의 전래와 한국적 전개에 관한 연구」(동국대 박사논문, 1999), 권말부록 참조. 여기에서 '사리영응기'에 실린 불가를 세종이 직접 작곡하였다고 의미 부여를 하고 있다.

34) 김기종, 앞의 논문, 173-199면.

35) '신증금보(新證琴譜)' 혹은 '신증가령(新證假令)'·'현금신증가령(玄琴新證假令)'이라고도 불린다.

존재하고 노랫말은 실리지 않았다. 반면 『대악후보(大樂後譜)』에는 〈영산회상〉의 선율과 더불어 '영산회상불보살' 7자의 가사가 붙어 있다. 영조 때 서명응이 세조 대의 음악을 정리하였다는 일반론에 비추어 볼 때 세조 조의 노래가 그대로 실린 것으로 추정된다.

2) 관련기록을 토대로 살펴본 불찬의 존재 방식과 창작 시기

이상의 관련 기록을 토대로 대상 불찬의 창작 시기와 존재 방식 등을 도식화하면 다음과 같다.

〈표 1〉 불찬의 존재 방식과 창작 시기

〈작품명〉(작품 수록가집)	〈창작시기〉
〈영산회상〉(『악학궤범』) – 7자의 노랫말	세조 대
〈영산회상〉(『악장가사』) – 개작된 수만년사	중종 조
〈능엄찬〉(『악장가사』)	연대미상(『악장가사』제작시기는 중종 대로 추정되나 작품의 제작시기는 세조 대로 추정)
〈미타찬〉(『악학궤범』)	세조 대
〈본사찬〉(『악학궤범』)	세조 대
〈관음찬 1〉(『악학궤범』) 〈관음찬 2〉(『악학궤범』)	세종 대로 추정 세조 대로 추정

이상에서 〈능엄찬〉·〈관음찬〉을 제외한 모든 불찬은 비교적 제작 연대가 명확하다. 지금까지 〈영산회상〉 이하 여러 노래들에 대하여 그 제작 시기가 학자들에 따라 불분명하게 언급되었던 것은 문헌 자료에 대하여 정확하게 검토를 하지 않았기 때문이다. 특히 〈영산회상〉과 같은 경우를 보면, 7자의 노래와 개작된 노래인 〈수만년사〉가

함께 존재하다가 영조 조에 이르러 7자의 불교적 노랫말은 이단으로
궁중 음악에서 제외되는 과정을 겪게 된다. 이로써 노랫말은 떨어져
나간 채 음악적으로 세속화의 길을 걸으며 연주화 되는 경향을 보이
게 되는데 이러한 복잡한 일련의 과정으로 인해 그간 교육적으로도
혼란스러움을 초래했던 것[36]이다.

앞으로 이 방면 연구에서 더 구체적으로 논의해야 할 사항은 〈관음
찬〉의 존재 방식과 창작 시기에 대한 문제이다. 살펴 본 바와 같이
〈관음찬〉의 창작 시기에 대해서는 고려 발생설, 세종 대 창작설, 세
조 대 창작설 등이 있다.

〈관음찬 1〉과 〈관음찬 2〉의 양상을 살펴보기로 하자.

원통교주관세음보살 보타대사관세음보살
문성제고관세음보살 발고여락관세음보살
대자대비관세음보살 삼십이응관세음보살
십사무외관세음보살 구고중생관세음보살
불취정각관세음보살 천수천안관세음보살
수지어낭관세음보살 정대미타관세음보살 ―〈관음찬 1〉

白花(백화)ㅣ芬其萼(분기악)ᄒ고
香雲(향운)이彩其光(채기광)ᄒ니
圓通觀世音(원통관세음)이
承佛遊十方(승불유시방)이샷다

---

36) 창작 연대에 대한 이견 및 문헌에 나타난 〈영산회상〉 노랫말의 여러 가지 본(本)의
　　불일치성 등에서 야기되는 혼란을 말한다.

權相百福嚴(권상백복엄)호시고
威神(위신)이 巍莫測(외막측)이시니
一心若稱名(일심약칭명)호ᅀ오면
千殃(천앙)이 卽殄滅(즉진멸)호ᄂᆞ니라
慈雲(자운)이 布世界(포세계)호고
凉雨(양우)ㅣ灑昏塵(쇄혼진)호ᄂᆞ니
悲願(비원)이 何曾休(하증휴)ㅣ시리오
公德(공덕)으로 濟天人(제천인)이샷다
公德(공덕)으로 濟天人(제천인)이샷다
四生(사생)이 多怨害(다원해)호야
八苦(팔고)ㅣ相煎迫(상전박)이어늘
尋聲而濟苦(심성이제고)호시며
應念而與樂(응념이여락)호시ᄂᆞ니라
無作自在力(무작자재력)과
妙應三十二(묘응삼십이)와
無畏(무외)늘 施衆生(시중생)호시니
法界普添利(법계보첨리)호ᄂᆞ니라
乃獲二殊勝(내획이수승)호시니
金剛三摩地(금강삼마지)를
菩薩(보살)이 獨能證(독능증)호시니라
不思議妙德(불사의묘덕)이여
名偏百億界(명편백억계)호시니
淨聖無邊澤(정성무변택)이
流波及斯世(유파급사세)시니라 -〈관음찬 2〉[37] (필자 밑줄)

---

37) 각주 13, 14에서 이미 작품을 제시하였으나 논의의 편의상 두 작품의 비교를 위해 재차 인용함을 밝혀둔다.

두 작품 모두 관세음보살의 위신력에 대해 묘사하고 있으나 묘사의 관점에는 차이가 있다. 〈관음찬 1〉에서는 원통교주, 대자대비, 천수천안 등 관세음보살이 지닌 관음력을 다양하게 표현하면서 호불하고 있는 반면 〈관음찬 2〉에서는 단순히 관세음보살을 호불하는 것이 아니라 관세음보살의 위신력을 그리면서 '천 가지 재앙이 즉시 소멸'하고 '그 공덕이 하늘과 인간을 다스려 은혜가 세상에 흘러넘친다'고 하는 효용성을 언급하였다. 〈관음찬 1〉의 내용에서는 관세음보살의 명호를 염불하는데 비중이 있다면 〈관음찬 2〉에서는 관세음보살을 호불했을 때 나타날 수 있는 현실적 가피와 영험성에 대하여 집중하였음을 알 수 있다.

〈관음찬 1〉은 관세음보살을 단순히 칭명하는 방식으로 보건대 『법화경』의 '관세음보살보문품'이나 전해오던 관음예참 혹은 『지장경』 제9 '칭불명호품'[38] 등과 관련해서 이미 전해 내려오던 칭명염불의 예찬 형태가 세종 대에 이르러 김수온 등에 의해 신곡으로 재창조되었다고 볼 수 있다. 왕조실록에 나타난 바와 같이 세종 대에는 〈관음찬〉에 관하여 그림을 그리기까지 하는 유행적 분위기가 만연되었고 김수온 등이 신곡을 지었다고 하는 점, 그리고 그 신곡이란 것이 수시간 뛰면서 음싱공양을 했던 것이라는 점 등으로 미루어볼 때 단순히 반복되는 내용의 노래였을 것으로 추정된다. 그런 점에서 볼 때 고려조로부터 전해지던 관음예찬이 세종 대에 이르러 〈관음찬 1〉로 재창조되었을 것이라는 측면도 충분히 유추해 볼 수 있는 것이다.

〈관음찬 2〉는 노래 내용을 통해서도 알 수 있듯이 단순히 〈관음찬

---

38) 이와 관련한 설명은 다음 장에서 구체적으로 이루어질 것이다.

1〉과 연결된다고만 볼 수는 없고 〈영산회상〉 이하 〈본사찬〉·〈미타찬〉·〈관음찬〉을 총괄하여 마무리하는 의미를 지니고 있다. 그렇게 볼 때 〈관음찬 2〉는 〈관음찬 1〉과 달리 세조 대에 만들어진 것으로 볼 수 있다. 처용 정재가 세조 대에 연화대 합설로 만들어진 점을 볼 때 그러한 추정은 충분히 가능하다. 〈관음찬 1〉에 비하여 〈관음찬 2〉는 현세이익적인 효용론을 구체적으로 작품 속에 담고 있다는 점에서 보다 호국 불교적이라는 것을 확인할 수 있다.

『악학궤범』에 등장하는 〈관음찬 1〉이나 〈관음찬 2〉는 모두 궁중의례의 실제에서 연향무 향악 정재 중 '학연화대처용무합설'의 창사로 공연되었던 것들이다. 그중 9번째와 10번째의 노랫말이 바로 〈관음찬 1, 2〉이다. 10가지 노랫말은 〈처용가〉·〈봉황음〉·〈삼진작〉·〈정읍〉·〈북전〉·〈영산회상〉·〈미타찬〉·〈본사찬〉·〈관음찬 1〉·〈관음찬 2〉의 순서로 불린다. 이 중에서 '봉황음'이나 '삼진작'·'북전급기'에서는 임금의 은혜에 대한 칭송과 국가적 영속성 등을 노래하고 있다. 이러한 성향은 불찬류의 노래가 세종 조로부터 세조 조에 이르러 호국의 발원을 바탕으로 지속 개편되었던 악장과도 연결되어 있음을 말해 준다. 이는 『용재총화』나 『임하필기』의 관련 기록에 나타난 바와도 같다.

특히 〈관음찬 2〉가 처용무 합설의 마지막 부분에 등장하여 재앙을 소멸하고 천인을 다스리며 은택이 세상에 흘러 미치기를 발원한 점으로 볼 때 불찬을 통해 효용적 기능을 발휘하고자 하였던 존재 방식의 연행성을 파악할 수 있다. 조선 전기 유교적 질서의 이념적 기반에도 불구하고 왕실의 안녕과 은택의 파급을 기원하는 불교의 전통은 호국 불교로서의 성격을 지니며 지속적으로 이어나갔음을 확인할 수

있는 대목이다. 조선 전기 불찬의 의미는 바로 이러한 지점에서 파악
되어야 한다. 조선 전기의 사상과 정치 사회의 질서가 유교적 이념으
로 재편되어 나아가는 가운데에도 왕실의 안녕과 국가의 명운을 기
원하는 배경에는 불교라는 종교적 가치가 여전히 필요할 수밖에 없
었던 것이다. 기록을 통해서도 알 수 있듯이 세조 조까지는 그러한
성향이 지배적이었다.

3. 불찬의 노랫말에 나타난 불교적 성격

1) 칭명염불의 음성공양

본고에서 대상으로 하는 불찬은 모두 불보살을 부르면서 염불하는
특징을 지닌다. 〈영산회상〉에서 '영산회상불보살' 7자를 부른다거나
〈본사찬〉에서는 지속적으로 '시아본사 석가모니불'을, 〈미타찬〉에서
는 '아미타불'을, 〈관음찬〉에서는 '관세음보살'을 반복적으로 호불하
는 공통성을 지닌다. 오직 불보살의 특징을 열거하며 불보살의 이름
을 반복적으로 부르는 이러한 성향은 지금까지 전해지는 불가의 관
습적 예불의 모습에서도 나타난다. 앞의 문헌 자료에서도 살펴보았
듯이 칭불명호하는 것은 가장 간결하게 음성을 공양할 수 있는 성격
을 지니는 것이다. 부처의 이름을 호불하며 음성공양을 했던 양상은
세종 대의 김수온과 관련하여 언급된 왕조실록의 기록에서도 이미
확인한 바와 같다.[39]

---

39) 각주 32 참조.

그러나 대장경 전체의 내용에서 칭명염불 즉 부처의 명호를 부르는 칭불명호와 관련된 공양에 관하여 구체적 내용을 흔히 찾아볼 수 있는 것은 아니다. 그런 점에서 볼 때 이 방면에 대해서는 두 가지 측면에서의 접근이 가능하다.

첫째 관세음보살을 칭불명호하는 양상은『법화경』'관세음보살보문품'의 내용과도 밀접하게 관련되어 있기 때문에 이 대목과의 관련성을 유추해 볼 수 있다는 것이다.

> 어느 때 무진의(無盡意) 보살이 부처님께 여쭈었다.
> "부처님, 관세음보살은 무슨 인연으로 관세음보살이라 합니까?"
> 부처님이 말씀하셨다.
> "한량없는 백천만 억 중생들이 여러 가지 괴로움을 당할 때 관세음보살의 이름을 듣고 <u>한마음으로 그 이름을 부르면</u> 관세음보살은 곧 그 음성을 듣고 그들을 다 해탈케 하는 것이오. 관세음보살의 이름을 지니는 이는 설사 큰불 속에 들어가도 이 보살의 위신력(威神力)으로 인해 불이 그를 태우지 못합니다. 큰물에 떠내려가더라도 그 이름을 부르면 곧 얕은 곳에 이르게 됩니다. 진귀한 보배를 얻으려고 큰 바다에 들어갔다가 폭풍으로 나찰(羅刹)의 나라에 표착했을 때 그 가운데 한사람이라도 관세음보살의 이름을 부르는 이가 있으면 여러 사람이 모두 나찰의 난을 벗어날 수 있을 것이오."[40] (필자 밑줄)

---

[40] 『妙法蓮華經』24(『大正藏』9, 191b), "爾時 無盡意菩薩 卽從座起 偏袒右肩 合掌向佛 而作是言 世尊 觀世音菩薩以何因緣 名觀世音 佛告 無盡意菩薩 善男子 若有無量百千萬億衆生 受諸苦惱 聞是觀世音菩薩 <u>一心稱名</u> 觀世音菩薩卽時 觀其音聲 皆得解脫 若有持是觀世音菩薩名者 設入大火 火不能燒 由是菩薩 威神力故 若爲大水所漂 稱其名號 卽得淺處."

위 경전의 내용에서는 관세음보살의 이름을 '일심칭명(一心稱名)'했을 때 관음이 즉시 그 음성을 관하고 인간이 부딪히는 온갖 현실적인 고뇌에서 벗어나게 해준다는 현세적 신앙의 모습을 보여 준다. 우리나라에서 관음신앙은 『화엄경』·『법화경』·『아미타경』·『능엄경』을 토대로 발전해 왔는데 특히 '관세음예참'이나 '관음정근'은 지금도 널리 행해지고 있어서 예로부터 이어지던 관음신앙의 보편적 전통성을 찾아볼 수 있다. 다음에서 살펴볼 지장신앙도 그렇지만 관음신앙도 고려 말 왕실에서 주도하였던 신앙의 하나였다. 고려 충렬왕조에는 원나라 황제의 장수를 기원하는 법석을 베풀었는데 관음 12상을 세우고 기도를 올렸다는 기록[41]도 있는 것으로 보아 관음신앙의 왕실 성행을 충분히 짐작해 볼 수 있다.

둘째는 이러한 칭불명호의 양태를 『지장보살본원경』에서도 쉽게 찾아볼 수 있기에 그 관련성을 생각해 볼 수도 있다는 것이다. 『지장보살본원경』 '제9 칭불명호품(稱佛名號品)'에는 부처의 이름을 부르면 죄업이 소멸되고 그 공덕이 한량없고 이익이 크다는 것을 여러 대목에서 제시하고 있다. 일부분만 제시해 본다.

"만약 임종하게 되는 사람이 있어서 그의 집안 권속들이나 또는 한 사람만이라도 이 병자를 위하여 높은 소리로 한 부처님의 명호만 생각하여도 그때 명을 마치는 사람은 오무간의 큰 죄만이 아니라 나머지 모든 업보를 다 소멸하게 될 것입니다. 그 오무간의 큰 죄는 너무도 무거워서 비록 억겁이 지나가도 헤어나기 어렵지만, 다른 사

---

41) 『고려사』 28(世家, 忠烈王 元年 11월), "乙亥 畵浮屠觀世音菩薩像十二軀 設法席于 宮中 爲帝祝釐."

람이 목숨을 마치는 그 사람을 위하여 부처님의 명호를 부르며 염불해 주면 아무리 무거운 죄일지라도 다 소멸하게 될 것입니다. 하물며 그 사람으로 하여금 스스로 부처님을 부르며 생각하게 한다면 한량없는 복을 누리게 될 것이며, 또한 그 무량한 죄는 저절로 소멸하게 될 것입니다."[42]

중국이나 우리나라에서 부처의 이름을 부르면서 호불하는 염불 형태는 『지장경』[43]의 유통이나 지속적 파급과 매우 긴밀히 연결되어 있는 것으로 보인다. 불교 경전 중 이렇게 구체적으로 '칭불명호'의 효용을 언급한 경우는 찾아보기 어렵기 때문이다. 현전하는 『지장경』은 실차난타에 의해 번역이 되었다고 하지만 대장경 목록에는 들어 있지 않고 명나라 이후의 대장경 목록에 포함되어 있어 현장법사가 번역한 『지장십륜경(地藏十輪經)』을 확충하여 만든 위경(僞經)이라는 설도 있다.[44]

일반적으로 지장신앙이 널리 유포되기 시작한 것은 중국 수나라

---

42) 『地藏菩薩本願經』下(『大正藏』13, 786b), "若有臨命終人家中眷屬乃至一人 爲是病人高聲 念一佛名是命終人除五無間大罪餘業報等悉得消滅 是五無間大罪 雖至極重 動經億劫 了不得出 承斯臨命終時 他人爲基稱念佛名 於是罪重 亦漸消滅 何況衆生 自稱自念 獲福無量 滅無量罪."

43) 이하 『지장경』이란 용어는 '지장보살본원경'의 약칭임을 밝혀둔다.

44) 김남윤, 「진표의 전기 자료 검토」, 『국사관논총』78집, 102면, 1997. 재인용.: 牧田諦亮, 『疑經硏究』, 京都大, 1976, 108~114면. 위경설 참조할 것. 필자는 개인적으로 '지장경'이, 대승경전이 갖추어야 할 요건들을 모두 갖추고 있는 것으로 본다. 후대에 중국에서 만들어졌다고 해도 그 내용은 불교의 기본이 되는 철저한 인과법을 바탕으로 하고 있을 뿐만 아니라 불교의 교학적인 요소를 갖추고 있기 때문이다. 이익을 강조한 점에서 정통한 불교 교리와 어긋나는 점을 발견할 수도 있겠지만 이것도 대승경전의 큰 틀 속에서 보면 폭넓게 수용할 수 있는 점이다.

때인데, 8세기의 당(唐)나라에서는 정토신앙과 함께 지장신앙도 성행
하였다. 이즈음 신라의 왕자였던 김교각(697-794) 스님은 지장보살의
현신(現身)으로 중국에서 추앙받기도 하였는데[45] 이러한 역사적 사실
을 기반으로『지장경』의 현세이익적인 내용을 보건대 고려에서의 지
장신앙은 전파될만한 여러 가지 조건을 충분히 내재하고 있었다.

지장신앙이 발전하였던 양상은 고려 이후 조선에 이르기까지 불화
(佛畵)에서 지장보살도가 성행하였던 모습[46]에서도 찾아볼 수 있다.
뿐만 아니라 지장신앙이 고려 말 조선 전기로 넘어가는 이행기에도
여전했던 양상은『고려사』의 기록을 통해서도 짐작이 된다. 왕의 생
일 축수로 재를 지냈던 곳도 '지장사'라는 명칭을 지닌 사찰이었다.[47]
지장시왕의 성행이나『조선왕조실록』에 나타난『지장경』의 보급 혹
은 훈민정음 창제 이후『지장경』언해본을 간행한 것 등에서도 그 면
모를 확인할 수 있다.

특히 불보살을 호불하는 칭명염불의 모습이『지장보살본원경』에
명확하게 나타나고 있는 점으로 보아 우리나라에서 불보살의 명칭을
호불하는 유래는 지장신앙의 발전과도 관련되어 있었을 것으로 추정
된다. 일반적인 대장경에서는 '칭불명호품'이 경전의 한 대목으로 나
타나지 않으나『지장보살본원경』에서는 '칭불명호품'이 경전의 한 대

---

45)『九華山志』, 印光 撰,〈重新編修九華山志發刊流通序〉, "菩薩示生 在唐 新羅國王
　族 姓金 名喬覺 高宗 永徽四年來九華 苦行道迹 世難比倫 識者知爲地藏示現 詳見本
　志 此不多敍 而拘墟者 不知菩薩分身 塵利世界 應化之迹 每謂此之地藏."

46) 文明大,「魯英의 阿彌陀·地藏佛畵에 대한 考察」,『美術資料』25(국립중앙박물관,
　1979), Ⅱ:1-16면.

47)『고려사』38, 世家 恭愍王 元年 5월 戊寅, "以誕日 設道場于內殿三日 宰相 欲上壽
　王曰 宴必殺生 其以宴錢飯僧一千于地藏寺 王 方信佛 百官 皆爲王設祝壽齋."

목으로 등장할 뿐만 아니라 그 효용론에 관해서도 자세히 언급되고
있기 때문이다.

지장신앙이든 관음신앙이든 고려 말 조선 초의 불교문화 동향과
관련하여 볼 때 불보살의 호불 염송은 극락을 기원하고 불보살의 위
신력으로 현세의 괴로움에서 벗어나고자 하는 민중의 염원이 이에
반영된 것으로 보인다. 칭명염불은 특별히 다른 내용을 외울 필요도
없이 오직 불보살의 이름을 부르는 것이기 때문에 제식에도 적합했
을 것이다. 선초 내전의 음악에서 불찬이 적극적으로 활용되었다는
사실은 당대 궁중의 왕실 문화에서도 유교가 해결해 줄 수 없는 종교
적 위안의 역할을 여전히 불교 쪽에서 담당하고 있었던 모습을 보여
주는 것이다.

그렇다면 칭불명호하는 '음성공양'에서 말하는 '공양'이 무엇인가
를 살펴보기로 한다. 공양은 '공덕을 쌓는 행위'와 직결되는 것이다.
오늘날 우리가 흔히 '공양'하면 불가에서 '밥을 먹는 행위' 혹은 부처
를 대상으로 예경하며 음식이나 향, 꽃, 의복 등을 바치는 행위로 알
고 있으나 불경에서 말하는 '공양'을 보면 보살이 여래를 공양할 때
사용되었던 말임을 확인할 수 있다. 불경에서는 구체적으로 공양을
다섯 가지로 나누어 말하기도 하는데[48] 찬탄과 믿음, 수행을 바탕으
로 한 공양이 음성의 형태로 나타난·것이 바로 여기서 말하는 음성공

---

48) 『佛說開覺自性般若波羅蜜多經』 4(『大正藏』 8, 862a), "復次 須菩提 菩薩摩訶薩於
色法中 應當了知有五種相 供養如來 何等爲五一種種讚歎恭信供養 二以淸淨利養恭
信供養 三修行進向供養 四供養 五大供養須菩提受想行識亦復如是 菩薩摩訶薩於識
法中 應當了知有五種相 供養如來 何等爲五 一種種讚歎恭信供養 二以淸淨利養恭
信供養 三修行 進向供養 四供養 五大供養."

양이라 할 수 있다.

이러한 점에 비추어 볼 때 〈관음찬 1〉과 같은 칭명염불은 관음신앙이나 혹은 지장신앙에 근거하여 전승되어 온 관세음예찬을 재창조하여 나타난 신곡으로 추정해 볼 수 있고 〈관음찬 2〉와 같은 경우는 조선 전기 왕조의 영속성과 국가적 안위를 염원하는 마음에서 향악 정재를 공연하는 가운데 새로운 신곡으로 만들어진 노래로 추정해 볼 수 있다. 어숙권이 『증보문헌비고』에서 〈관음찬〉에 대하여 그 유래를 알 수 없다고 한 것도 바로 관세음예찬과 같은 칭명염불의 형태가 오랜 전승을 거쳐 유사형식을 다수 낳았기 때문에 그러했을 것이다. 우리나라에서 관음예찬의 역사를 정확히 거론하기는 어렵지만[49] 중국에서의 관음 예찬이 10세기 말에서 11세기 초 북송에서 이루어진 데다가 그 내용이 '佛位와 참회만을 베껴서 관음예문이라고 한 것'[50]을 보면 부처의 명호만을 부르는 불찬의 형식과 매우 유사하다는 점에서 우리나라에도 11세기 이후 이러한 찬의 형식이 생겼을 것으로 추정된다.

세종 대의 기록에서 '화관음찬'이라는 시가 존재하였다는 것은 조

---

49) 중국에서는 소동파의 여동생인 소소매가 '관음예찬'을 지었다고 하는 설화적 내용도 있으나 우리나라 관음예찬의 역사도 상당히 오래되었을 것으로 보인다. 『삼국유사』의 기록에서 679년에 당나라의 침략을 방비하기 위해 신라에 관음도량이 설치되었던 것을 보면 고려 시대와는 또 다른 형태의 예찬이 존재했었을 것으로 추정된다. 현전하는 '관음예문' 중 가장 오래된 판본은 고려대학교 중앙도서관 소장본으로 榮樂 年間(1403-1424)에 간행된 것이다.

50) 遵式, 『請觀世音菩薩消伏毒害陀羅尼三昧儀』1(『大正藏』46, 968a), "又見一本刪去諸儀及觀慧等文 直寫佛位幷懺願而已 題云觀音禮文."(본 연구와 방향은 다르나 다음의 연구에서도 이 부분을 다루고 있다. 이승희, 「無爲寺 極樂寶殿 白衣觀音圖와 觀音禮懺」, 『東岳美術史學』10(동악미술사학회, 2009), 59-84면 참조.)

선 전기에 〈관음찬〉에 대한 관심과 재창조가 있었음을 말해준다. 또
한 김수온 등이 신곡을 제정하여 음성공양하였다는 점 등으로 미루
어 볼 때 여기서 말하는 신곡이 〈관음찬〉과 같은 신곡이었을 것으로
짐작된다. 세종 대에 『관음경』을 회암사에 보내어 간직하게 하거나
문종 대에 돌아가신 세종을 위하여 『능엄경』·『관음경』·『지장경』 등
을 사경하게 한 기록[51] 등을 볼 때 세종에 의해 관음신앙이 왕실에서
주도되었던 점[52]을 확인할 수 있기 때문이다. 특히 왕조실록에서 '음
성공양'의 용례 기록은 유일하게 세종 대에만 3번에 걸쳐 등장하는
것[53] 등으로 볼 때 〈관음찬 1〉이라는 노래는 세종 대에 지어졌을 가
능성이 크다.

2) 유교적 군신주의와 결합된 호국 불교

『악학궤범』뿐만 아니라 불교와 유교가 만나는 지점을 보여주는 단
적인 사례는 『악장가사』에 등장하는 〈영산회상〉과 〈능엄찬〉을 통해

---

51) 『세종실록』 53권, 13년 9월 2일(계해) 5번째 기사, "張定安出所齋『般若心經』·『金
剛經』·『阿彌陀經』·『觀音經』三卷 藏于檜巖寺."; 『문종실록』 1권 1450년 4월 10일
(계미) 2번째 기사, "作佛事于大慈庵 凡七日. 前此上爲大行王 命副知敦寧姜希顔正
郎李永瑞注薄成任司勇安惠緇流七人 用泥金寫經. 都承旨李思哲跋曰 我世宗大王晏
駕 主上殿下哀慕罔極 欲殯奠薦 盡誠率禮. 仍念追祐冥遊 惟大雄氏慈悲之教 庶可憑
依 爰命善揩俾金 書『法華』七卷『梵網』二卷『楞嚴』十卷『彌陀經』一卷『觀音經』
一卷『地藏經』三卷『懺經』十卷『十六觀經』一卷『起信論』一卷 悉用槙牋其裝襀甲
函亦極精緻."
52) 세종 12년에 효령대군이 왕과 국가의 도움으로 지었다는 무위사 극락보전에서 관
음보살에 치중하였던 예를 보더라도 당대 왕실의 관음신앙에 대한 관심은 충분히
미루어 짐작할 만하다.
53) 『세종실록』 80권, 1438년 2월 19일(계유) 3번째 기사; 『세종실록』 95권, 1442년
1월 7일(기사) 1번째 기사; 『세종실록』 122권, 1448년 12월 5일(정사) 1번째 기사.

서도 확인할 수 있다. 『악장가사』는 연대 미상의 찬저이지만 중종실록의 〈영산회상〉 관련 기록과 함께 볼 때 중종 대 이후에 성립된 사실은 분명하다. 『악장가사』에 소재한 〈영산회상〉은 세조 조의 '영산회상불보살'이라는 7자의 가사에 개작 가사가 합해져 〈수만년사〉가 된 것임을 앞 장에서도 살펴보았는데 이 노래는 불교와 유교적인 군신주의의 복합성을 잘 보여주고 있다는 점에서 특징적이다.

〈영산회상〉의 '靈山會相佛菩薩(영산회상불보살) 代壽萬歲歌(딕수만셰가) 碧海仙人乘紫烟(벽히선인승ᄌ연) 分曹呈舞繡簾前(분조뎡무슉렴젼) 揷花頭重回旋緩(삽화두듕회션완) 恭獻君王壽萬年(공헌군왕슈만년)'에서 '영산회상불보살'은 『법화경』에 등장하는 부처의 영축산 설법 장면이 배경이 된 것이다. '영산회상불보살'에다가 '대수만세(代壽萬歲)'·'군왕수만년(君王壽萬年)'이라 하여 임금과 국가의 영속을 송축하는 가사를 합성하였다는 것은 당대의 상황을 반영하여 호국적 불교로 변화된 모습을 보여주는 것이다. 여기서 '벽해선인'이 등장하여 삽화를 꽂고 도는 모습은 처용을 형상화한 것으로 처용무합설이 불교적 기반을 토대로 하여 군왕의 안녕과 수복을 기원하였던 것임을 말해 준다.

이러한 현상은 〈능엄찬〉에서도 마찬가지로 발견된다. 선초 왕조실록에는 『능엄경』과 관련한 기록이 다수 등장한다. 『능엄경』[54]은 음녀(淫女)의 환술에 걸린 아난을 구제한 부처가 진실과 허망을 구분하는 바른 관찰과 계율의 이행 및 능엄주의 염송 등을 설한 경전이다. 『능엄경』의 목적은 능엄주에 의해 악마의 장애를 물리치고 부지런히

---

54) '大佛頂如來密因修證了義諸菩薩萬行首楞嚴經'이 원래의 명칭이다.

정진하여 여래의 지혜를 얻어 생사의 괴로움을 벗어나게 하려는 것에 있다. 『능엄경』에서 '장애를 물리친다는 것'은 바로 〈능엄찬〉에 등장하는 '마풍을 물리치는 것'과 일치한다.

〈능엄찬〉의 앞부분 '세계즁싱(世界衆生)이 미실본각슈파튝랑(迷失本覺隨波逐浪)이어를'에서는 본각을 잃고 미혹한 세계의 중생 행로에 석가여래는 수행 근본의 스승이라 하면서 궁극에는 '약유슈증쟈(若有隨證者)이어든 마풍(魔風)이 불득취(不得吹)케ᄒ쇼셔 션지(善哉)라 호법(護法)ᄒ신쳔룡귀신(天龍鬼神)이여샷다'라 하여 여래의 힘으로 마풍(魔風)이 불지 못하도록 해달라는 축원을 담고 있다. '마풍(魔風)이 불득취(不得吹)케ᄒ쇼셔'는 불법의 인연을 통해 마구니의 기운들을 멀리 하길 바라고 '호법(護法)ᄒ신 쳔룡귀신(天龍鬼神)'마저 불법의 호지를 찬탄하게 한다는 내용이다. 능엄신주의 찬탄을 통해 부정한 것들을 없애려고 하는 〈능엄찬〉에서의 발원은 당시 왕실의 안녕과 수복을 기원했던 분위기를 간접적으로 말해 준다. 〈영산회상〉과 마찬가지로 〈능엄찬〉 역시 당대 불교의 호국적인 성격을 드러낸다는 점에서 효용론적 기능에 치중했던 조선 전기 불교 신앙의 한 면모를 엿보게 한다.

세조가 『능엄경』에 유별나게 관심을 지니고 있었다는 사실은 여러 기록에 나타나 있다. 세조가 신하들에게 명하여 『능엄경』을 강(講)하게 하였던 것[55] 외에도 일본국이나 유구국의 사신들에게 불경

---

55) 『세조실록』 38권, 12년 윤3월 7일(무인) 2번째 기사, "召鄭孝常魚世恭兪鎭 講『楞嚴經』命世恭鎭 相與論難 二人問 對遲滯 上曰 汝等受命讀經 專不致意 是何心也 世恭默而不對 鎭對曰 臣受命日淺 且因事煩 未能盡心. 上曰 受命則日淺矣 我旣有命矣 胡不讀之 對曰 臣未登科 專意擧業 不遑他及 及筮仕以來 職事無暇 雖欲讀而不能

을 전할 때도 『능엄경』을 꼭 포함시켰을 뿐만 아니라[56] 세조 7년『능
엄경언해』가 간행되었던 사실만 보더라도『능엄경』에 관한 관심을
확인할 수 있다.

조선 왕조에 이르러 『능엄경』에 대한 관심은 태종 대의 기록에서
부터 보이는데 부정적인 시각이 깔려 있는 경우가 많았다. 태종 10년
의정부에서는 불교의 퇴폐상을 열거하고, 상서(上書)하여 사사(寺社)
의 토전(土田)과 인구(人口)를 혁파(革罷)할 것을 청하였다. 상서의 내
용은 다음과 같다.

> "불씨(佛氏)의 도(道)는 청정(清淨)으로 으뜸을 삼고, 계행(戒行)
> 과 정혜(定慧)로 근본을 삼는 것입니다. 석가(釋迦)가 처음에 출가
> (出家)하여 설산(雪山) 가운데 들어가서 고행(苦行)한 지 6년 만에
> 그 도(道)를 이루고, 사위국(舍衛國)에 이르러 바리[鉢]를 가지고 입
> 성(入城)하여 걸식(乞食)하며, 발[足]을 씻고 가부좌(跏趺坐)하여
> 설법(說法)하는데, 아난(阿難)이 마등가(摩藤加) 여자를 보고 참지
> 못하여, 마침내 범(犯)하였습니다. <u>석가가 능엄경(楞嚴經)을 설법하
> 여 음란한 것으로 제일계(第一戒)를 삼았습니다. 석가는 불씨의 가
> 장 높은 자인데, 조행(操行)이 근검(勤儉)하기가 오히려 이와 같았
> 고, 아난(阿難)은 서가의 높은 제자이나, 색(色)을 가까이하여 참지
> 못하는 것이 또한 이와 같았습니다.</u> 지금 각 절[寺]의 주지(住持)가

命杖世恭鎭三十 訊其情由 仍命中樞府同知事鄭軾左承旨尹弼商 往義禁府 又杖三十
以聞 世恭鎭皆對曰 官事無閑 未得勤讀 豈有他意 命皆囚之."

56) 『세조실록』24권, 7년 4월 22일 2번째 기사(일본국 대마주 태수 종성직의 어미가
죽은 데에 대한 부의와 실화의 품목에도『능엄경』이 들어 있다.);『세조실록』27권,
8년 1월 10일 2번째 기사; 위의 책, 8년 1월 16일 5번째 기사(유구국 사신들에게
보내는 물품 품목에도『능엄경』이 있음을 알 수 있다.)

나가면 살찐 말[馬]을 타고 여리(閭里)를 횡행(橫行)하며, 들[入]면 비복(婢僕)을 사역시켜 편안히 앉아서 먹으며, 토전(土田)의 소출(所出)과 노비(奴婢)의 공화(貢貨)로 마음대로 안마(鞍馬)와 의복(衣服)의 소용(所用)을 삼고, 심지어는 주색(酒色)의 비용까지 삼고 있습니다. 도징(道澄)과 설연(雪然)의 사제(師弟) 같은 자는 경(經)을 외고 복(福)을 비는 것도 즐겨 행하지 않으니, 이미 본사(本師)의 청정지교(淸淨之敎)를 어기고, 또 국가(國家)의 복(福)을 구(求)하는 뜻을 어긴 것입니다."[57] (필자 밑줄)

또한 세종 대 정찬손이 상소한 내용 가운데에도 역대의 임금이나 비빈이 내전에서 하는 불교 활동이나 『능엄경』의 독송에 대하여 부정적 인식을 가지고 있었던 것으로 드러난다.[58] 이렇듯 『능엄경』이 조선 전기 유자들에게는 불교의 퇴폐성이나 마풍과 연결된 상징으로 인식되곤 했던 것이다. 세종이나 세조는 이 같은 유자들의 『능엄경』에 대한 인식이 마땅하지 않았을 것이다. 세조가 스스로 『능엄경』을 언해했던 것도 이러한 인식에 반(反)하여 옹호의 목소리를 내보인 행

---

57) 『태종실록』 10권, 5년 11월 21일 2번째 기사, "佛氏之道 以淸淨爲宗 戒定慧爲本. 釋迦初出家 入雪山中 苦行六年 乃成其道 至舍衛國 持鉢入城乞食 洗足敷坐說法 阿難見摩騰加女 不忍乃犯 釋迦說 『楞嚴經』 以淫爲第一戒 釋迦 佛氏之最尊者 操行勤儉尙如此 阿難 釋迦之高弟 近色不忍又如此 今各寺住持 出則乘肥馬 橫行閭里 入則役婢僕 安坐而食 以土田之出奴婢之貢 恣爲鞍馬衣服之用 至爲酒色之費 至有如道澄雪然之師弟者 誦經祝釐 亦不肯行 旣違本師淸淨之敎 又違國家求福之."

58) 『세종실록』 121권, 30년 7월 22일 6번째 기사, "集賢殿副提學鄭昌孫等上疏曰 歷代人主崇信佛法 有捨身爲奴者 有僧尼道士 與諸妃嬪雜處無別者 有凍餒而嘆飯僧數萬之無益者矣 有焚修僧出入內殿而致琴甲之變者 有敵兵已圍 而講 『楞嚴經』 者矣 有使參與國政 而潛移神器者矣 此皆庸君暗主之所爲 而卒至於國敗身危 厥鑑昭昭 固殿下聖學之所洞照者也."

동이라 할 수 있다. 〈능엄찬〉에서 호국을 발원하는 의지를 강하게 발화하였던 점도 왕실에서의 호국 불교가 세조 조에 강화되었을 것이라는 사실을 추정케 한다.

4. 처용의 연행과 불교문화의 상관성

이상에서 불찬의 성격을 살펴보았듯이 〈능엄찬〉을 제외한 불찬은 모두 처용 정재와 관련되어 있음을 알 수 있다. 그런 점에서 볼 때 본 연구의 결과는 불찬의 성격을 조명하는데 그치는 것이 아니라 처용의 연행 문화와 관련한 새로운 전망을 갖게 한다.

그간 학계에서는 고려 〈처용가〉를 무속적인 관점에서 주로 이해했다.[59] 그러나 본 연구의 관점에서 볼 때 향가뿐만 아니라[60] 고려 〈처용가〉는 불교와 상당한 연관성을 가지고 있다는 추정을 가능케 한다. 이러한 사실은 고려 시대부터 행해지던 팔관회 연등회 등의 불교 행사 등에서도 찾을 수 있겠지만 본 연구는 다른 각도에서 고려 〈처용가〉의 불교적 상관성을 생각해 보고자 한다.

일반적으로 〈처용가〉라고 하면 무속적 성격으로 규정되는 편이었으나 〈처용가〉는 불교적 성격과 무속적 성격을 함께 지니고 있는 노래로 보아야 할 필요가 있다. 〈처용가〉의 불교적 성격에 대해서는

---

59) 처용 관련 연구물은 열거할 수 없을 정도로 많다. 처용 관련 연구를 종합하고 있는 다음의 연구를 참조할 것. 김수경, 『고려 처용가의 미학적 전승』(보고사, 2004), 13-467면.

60) 신라 향가 〈처용가〉가 사찰 연기설화에 근거하고 있다는 점은 재론할 여지가 없다.

이미 선학들의 연구[61]가 있었음에도 불구하고 이후 학계에서는 무속적 성격에 대한 조명이 주류를 이루었다. 요즘엔 〈처용가〉의 불교적 성격을 언급하는 것이 마치 일단락된 논의를 진부하게 다시 들고 나오는 것쯤으로 치부되는 경향이 있다. 그러나 처용 정재가 연행되었던 상황에서 후도에 등장하는 불찬류의 노랫말이 모두 불교적 성격을 지닌다는 점은 이미 앞에서 살펴본바 기본적으로 처용 정재가 불교적 성격과 무관할 수 없다는 사실을 반증한다. 무엇보다도 아미타불을 지속적으로 호불하는 〈미타찬〉, 그리고 지속적으로 석가모니불을 호불하는 〈본사찬〉, 관세음보살을 호불하는 〈관음찬〉은 불교 의식의 가장 기본적인 예찬으로서 부처의 명호만을 염불하는 내용이라는 점에서 볼 때 더욱 그러하다.

게다가 '처용'과 관련한 역사를 돌이켜 보면 그것은 모두 불교문화 속에서 파생한 것이었다. 『삼국유사』에 수록된 '처용랑 망해사조'를 보더라도 일연스님이 저술한 사찰 연기 설화라는 점, 나아가 처용 설화에 등장하는 '지신(地神)'·'산신(山神)' 조차 실은 모두 불경에 등장하는 신격이라는 점이다. 지신이나 산신은 부처의 설법을 들으며 호위하는 신격으로서 한문대장경에도 나타나는바 그것이 본래 무속적인 것은 아니다. 고려 시대에 회자되었던 『금광명최승왕경』[62]이나 『지장보살본원경』[63]에서도 '지신'이나 '산신'이 등장할 뿐만 아

---

61) 안자산, 「조선음악과 불교」, 『불교』 69호(불교사, 1930), 19-26면; 양주동, 『고가연구』(일조각, 1965), 380-385면; 최철, 「고려시가의 불교적 고찰」, 『동방학지』 96(연세대학교 국학연구원, 1997), 123-127면.

62) 『金光明最勝王經』 18(『大正藏』 16, 440a), 「堅牢地神品」 참조.

63) 『地藏菩薩本願經』 권上(『大正藏』 13, 777c), "復有他方國土 及娑婆世界海神 江神

니라 『화엄경』[64] 등에서도 '지신'이나 '산신'이 등장하는데 그들은 부처의 설법을 듣거나 보필하는 등 본래부터 불교와 전혀 무관한 신격이 아니다. 우리가 흔히 무속적이라고 간주하여 온 신격들 특히 지신이나 산신 등이 사실은 불경의 내용 속에서도 발견되며 그것은 중국을 거쳐 우리나라로 오면서 뒤늦게 민간신앙과 결합하여 무속화 되는 경향을 띠게 되었을 뿐이다. 현재 무속적이라고 하는 것들의 많은 내용은 불경의 내용에서 파생한 것들이 다수이다. 그런 점에서 이 방면에 대한 고찰이 지속적으로 요구된다.

불경에 근거하여 보면 고려 〈처용가〉의 내용에서도 불교와의 상관성을 찾을 수 있다. 이에 대해서는 논의된 바[65] 있으나 여기서 좀 더 상론해 보고자 한다.

新羅聖代 昭聖代 天下大平 羅候德 處容아바 以是人生애 相不語
ᄒ시란ᄃᆡ 以是人生애 相不語ᄒ시란ᄃᆡ 三災八難이 一時消滅ᄒ샷다
－〈처용가〉 中[66]

위의 예시에서 보듯이 처용의 등장은 '삼재팔난(三災八亂)'[67]을 소

河神 樹神 山神 地神 川澤神 苗稼神晝神 夜神 空神 天神 飮食神 草木神 如是等神
皆來集會.”(필자 밑줄)
64) 『大方廣佛華嚴經』 1(『大正藏』 9, 395c), 이하 여러 군데에서 발견되므로 생략한다.
65) 이 책의 1장 참조; 나정순, 「『시용향악보』 소재 〈성황반〉·〈나례가〉의 무불 습합적 성격과 연원」, 『대동문화연구』 87(성균관대학교 대동문화연구원, 2014), 207-240면.
66) 『악장가사』, 〈처용가〉, 57면.
67) '삼재팔난(三災八亂)'은 다수의 불경 속에 존재하는 말이다. 흔히 무속에서 온 것으로 알고 있으나 잘못이다.

멸하게 한다. 이는 앞장에서 살펴본 '장난'의 제거 발원과 동일한 모습이다. 게다가 〈처용가〉에서 그려지는 '나후덕 처용아비'에서의 '나후(羅侯)'는 불경에서도 찾아볼 수 있는 인물이다. 나후덕 처용아비에 대해서는 학자들에 따라 다르지만 일반적으로 나후는 두 가지의 불교적 관점에서 살펴볼 수 있다. 부처의 아들[68]로 보거나 인욕의 상징인 나후아수라로 보는 것이 그것이다. 양주동은 일식신(日蝕神)으로 규정[69]한 바 있다.

대아라한의 한분이었던 '나후'는 본래 '나호'라고도 하는데 '나후'가 '羅侯'[70]로 표기되거나 '羅喉'[71] 또는 '羅睺'[72] 등으로 표기되어 있기도 하다. 석가의 아들인 '나후'는 석가모니가 깨달음을 얻기 위해 한때 장애가 되었던 인물이었기에 장애라는 뜻을 지닌 '라후라'에서 온 말이다. 그러나 〈처용가〉의 내용에서 처용을 석가의 아들 '나후'로 불러 '나후덕'이라고 했을 가능성은 그리 크지 않을 것으로 보인다. 『삼국유사』의 설화 속에 등장하는 인물들의 가공적인 성격을 감안할 때 처용을 석가의 아들이며 아라한이 되었던 인물로 그리기에는 설화적 연결 고리의 유사성이 없기 때문이다.[73]

---

68) 최철, 앞의 논문, 123-127면.

69) 양주동, 앞의 책, 381면 참조. 인욕보살인 '나후아수라'와 관련되는 것으로 보기도 하였다.

70) 『大方等大集經』54(『大正藏』13, 358b) 참조.

71) 『法華曼荼羅威儀形色法經』1(『大正藏』9, 602c), "於北門西置羅喉阿修羅王."

72) 『大悲經』2(『大正藏』12, 951b), 羅睺羅品 참조; 『雜阿含經』22(『大正藏』2, 155a); 그 외 다수.

73) 『불교사전』(동국대학교 전자불전연구소, 2012) 참조. 그 외 나후와 관련되는 인물로 나후라다(羅睺羅多)라는 인물이 있다. 기원전 113년경의 서천(西天) 24조(祖) 중에서 제16조인 인도 가비라국 사람으로 아버지 범마정덕(梵摩淨德)과 함께 가나제

그런 점에서 처용의 성격으로 보건대 '나후(라) 아수라'로 보는 관점이 비교적 설득력이 있다. 나후 아수라는 『대지도론』이나 『불설입세아비담론』·『대방등대집경』 등 다수의 경전에 등장하는데 『대방등대집경』 「인욕품」에 등장하는 나후 아수라왕에 대한 묘사는 우리가 일반적으로 알고 있는 처용의 모습과 상당 부분 일치하고 있다. 불경 속에 등장하는 나후는 『삼국유사』 처용 설화에 등장하는 인자로서의 처용 그대로이다. 게다가 바다에 사는 대보살로 처용 설화에서 바다와 연관하여 등장하는 모습도 상당부분 일치하고 있다.[74] 처용 설화에서 처용이 바다 용왕의 아들로 그려지고 있는 모습은 바로 이러한 유래로부터 기인한 것으로 보인다. 게다가 『대방등대집경』 「인욕품」에 등장하는 '나후'는 '복덕'과 '지혜'가 구족한 인물로 묘사된다.[75] 다음에서 〈처용가〉의 일부분을 보자.

白玉琉璃ᄀ티 히어신닛바래 人讚福盛ᄒ샤 미나거신애 七寶계우샤 숙거신엇게예 吉慶계우샤 늘의어신ᄉ맷길헤 설믜모도와 有德ᄒ신ᄀᄉ매 <u>福智俱足ᄒ샤</u> 브르거신 비예 紅程계우샤 굽거신허리예 −〈처용가〉中 (필자 밑줄)

<hr />

바존자(迦那提婆尊者)의 제자가 되었다가, 마침내 법을 이어 받고 제16조가 되었다. 뒤에 실라벌성에 이르러 금수(金水)의 상류 5백리 되는 지점에서 승가난제(僧伽難提)를 만나 법을 전하고 죽었다. 이 인물 역시 관련성을 찾기는 어렵다.

74) 『大方等大集經』13(『大正藏』13, 087c), "如大海中 有羅睺羅阿修羅王 亦有其餘衆生之類 唯阿修羅王能得其底餘則不得 法界亦爾."

75) 위의 책(『大正藏』13, 353a), "此羅睺羅阿修羅 是我等輩尊重師長 能以<u>福慧益諸衆</u>生自在勇猛 諸阿修羅中最勝第一." (필자 밑줄)

고려 〈처용가〉에서 처용의 실체를 묘사하고 있는 부분 중 바로 '복덕과 지혜를 구족'한 인물상에 주목해 볼 필요가 있다. 불경에서 '복지구족(福智具足)'이란 이상적으로 여겨지는 불보살의 성격을 묘사할 때 흔히 쓰이는 표현으로 '지혜복덕원만(智慧福德圓滿)'이나 '구족복지(具足福智)'·'복지구족' 등[76]으로 나타난다. 이것은 처용이 불교적 세계와 무관한 인물일 수 없다는 또 다른 징표의 하나이다.

무엇보다도 '처용'과 관련하여 연행 상황에도 주목해 보아야 한다. 『악학궤범』에는 '처용'이 구나(驅儺) 후 섣달 그믐 하루 전에 연행되었음을 보여준다. 여기서 구나 의식에 대해 좀 더 알아볼 필요가 있다. 그동안 학계에서는 구나 의식에 대하여 무속적인 주술적 축사(逐邪) 의식이라는 점에 초점을 맞추어 살펴보는 것이 일반적이었다. 구나 의식의 기원을 거슬러 올라가보면 중국의 풍습과 우리의 그것이 매우 유사함을 알 수 있는데 어쨌든 중국의 구나 의식의 기원에 대해서는 여러 가지 설이 있지만 기원전 1600년경부터 존재하던 오래된 의식이었다.[77] '나(儺)'를 물리치는 구나 의식의 기원이 오래되었고 그 종류가 다양함에도 불구하고 사귀(邪鬼)를 물리치며 황금사목(黃金四目)의 가면을 쓰고 축역(逐疫) 의식을 했다는 점에서는 중국과 우리의 그것이 비교적 공통적이다. 조선왕조실록에도 그 기원이 오래되었다는 것을 다음과 같이 말하고 있다.

---

76) 『大方廣佛華嚴經』 24(『大正藏』 10, 771a), "令我修行普賢菩薩出離行故 於善知識 生能具足福智海心 令我積集成就福智 白淨法故 於善知識 生增長心."외 다수.

77) 陶立璠, 「중국의 가면(假面)문화」, 『비교민속학』 11(비교민속학회, 1994), 407-425면.

구나(驅儺)의 풍속은 전래(傳來)한 지 오래 되었습니다. 『주례(周禮)』에는 방상씨(方相氏)가 이를 담당하였고, 공자(孔子) 때도 있었습니다. 옛날에도 이미 그러하였으니, 구나는 갑작스럽게 폐지할 수 없습니다.[78]

구나(驅儺)에 대한 상세한 내용은 『고려사』 '계동대나의(季冬大儺儀)'[79]에 잘 드러나 있는데 『후한서』에 실린 '대나(大儺)'[80]의 모습과 상당히 유사하다. 일반적으로 우리나라에서는 방상씨의 가면과 유사한 것이 출토된 것으로 보아 신라 시대에 '나(儺)'를 쫓는 의식 즉 구나(驅儺) 의식이 들어온 것으로 추정하기도 한다.[81] 그런데 이러한 '나

---

78) 『성종실록』 98권, 1478년 11월 18일(을해) 2번째 기사, "儺之來久矣 『周禮』 方相氏 掌之 至孔子時亦有之 古旣如是驅儺不可遽廢."

79) 『고려사』 64, 志 禮六 군례, 季冬大儺儀, "大儺之禮前一日所司奏聞選人年十二以上十六以下爲侲子着假面衣赤布袴褶二 十四人爲一隊六人作一行凡二隊 執事者十二人着赤幘褲衣執鞭 工人二十二人其一方相氏著假面黃金四目 蒙熊皮玄衣朱裳右執戈左執楯 其一爲唱帥著假面皮衣執棒鼓角 軍二十爲一隊執旗四人吹角四人持鼓十二人以逐惡鬼于禁中 有司先於儀鳳廣化 朱雀迎秋長平門備設酒果禳物又爲瘞坎各於門之右方儺稱其事 前一日夕儺者各赴集所具其器服依次陳布以待事."

80) 『後漢書』 志 5, 禮儀中, "先臘一日大儺謂之逐疫 其儀 選中黃門子弟年十歲以上十二以下百二十人爲侲子 皆赤幘皂製執大淺 方相氏黃金四目蒙熊皮 玄衣朱裳執戈揚盾 十二獸有衣毛角 中黃門行之冗從僕射將之以逐惡鬼于禁中 夜漏上水朝臣會侍中尙書 御史 謁者 虎賁 羽林郎將執事皆赤幘陛衛 乘輿御前殿 黃門令奏曰侲子備請逐疫 於是中黃門倡振子和曰 甲作食雜胏胃食虎雄伯食魅騰簡食不祥攬諸食咎伯奇食夢強梁 祖明共食磔死寄生委隨食觀錯斷食巨窮奇 騰根共食蠱 凡使十二神追惡凶赫女驅拉女幹節解女肉抽女肺腸 女不急去後者爲糧 因作方相與十二獸鮃 嚾呼周遍前後省三過持炬火送疫出端門 門外騶騎傳炬出宮司馬闕門門外五營騎士傳火棄雒水中 百官官府各以木面獸能爲儺人師訖設桃梗 鬱欋 葦茭畢執事陛者罷."

81) 정구복 외, 『역주 삼국사기』 4(주석편 하)(한국학 중앙연구원, 1998), 86-87면 참조. 『주례(周禮)』에서 황금4목(黃金四目)의 가면(假面)에 현의주상(玄衣朱裳)을 입고 무기를 들어 1년4시(一年四時) 역귀를 몰아낸다는 '방상씨(方相氏)'를 가리킨다.

의(儺儀)'가 불교문화와 연관되어 있음을 보여주는 기록이 있다. 다음에서 『형초세시기(荊楚歲時記)』의 한 대목을 보기로 한다.

> 12월 8일을 납일(臘日)이라 한다. 『사기(史記)』 진승전(陳勝傳)에 납일(臘日)에 대한 언급이 있는데 이것을 말한다. 속언에 납고가 울리면 봄에 춘초(봄에 새로 돋아나는 여하고 보드라운 풀)가 자란다는 말이 있다. 마을 사람들이 세요고를 치고 호공두를 쓰고 금강역사를 만들어 역(疫)을 쫓고 목욕하며 죄장(罪障)을 씻는다.
>
> 『예기』에 이르기를 나인은 여귀를 쫓는다. 『여씨춘추』 계동기의 주에 이르기를 오늘날 납일 하루 전 북을 메고 역을 쫓는데 축제(逐除)라 한다. …중략… 금강역사는 세속에서 불가의 신(神)이라고 한다. 『하도옥관』에 이르기를 하늘에 사극(四極)이 있고 각기 금강역사와 병졸이 있는데 길이가 30장(丈)이다. 이것이 곧 그 뜻이다.[82]

납일에 호두건을 쓰고 금강역사(金剛力士)를 만들어 축역(逐厲) 의식을 하며 목욕하고 죄장을 소멸하고자 했다는 위 내용은 납팔일에

신라의 5세기 무렵 고분인 경주(慶州) 호우총(壺杅塚)에서 출토된 귀면형(鬼面型)의 목심칠면(木心漆面)은 방상씨 가면으로 추정되기도 하였다. 이 놀이는 서역의 구자(龜玆)에서 기원한 구나무(驅儺舞)로서 중국에 들어와 북제(北齊)를 거쳐 당대(唐代)에는 난릉왕(蘭陵王) 전설과 부회되어 대면희(代面戲)가 되었으며, 이것이 신라5기(新羅五伎) 중 대면희(大面戲)로 성립되고, 또한 처용가무(處容歌舞)의 형성에 일련의 영향을 주었다고 한다.

82) 宗懍 저, 상기숙 역, 『형초세시기(荊楚歲時記)』(집문당, 1996), 144-149면, "十二月八日爲臘日 『史記』陳勝傳 有臘日之言是謂此也 諺言 臘鼓鳴 春草生 村人並擊細腰鼓 戴胡公頭 及作金剛力士以逐疫 按 『禮記』云 儺人所逐厲鬼也 『呂氏春秋』季冬紀 注 云 今日臘前一日 擊鼓驅疫 謂之逐除 …中略… 金剛力士 世謂佛家之神 按 『河圖玉版』云 天立四極有金剛力士 兵長三十丈 此則其義."

했던 구나 의식에 관하여 소상하게 설명하고 있다. 특히 각주를 달아 '나인이 여귀를 쫓는 것이 축역'이라는 『예기』의 내용을 인용하고 '금강역사'에 대하여 '불교의 신'이라고 규정하고 있는데 납일에 '금강역사를 만들어 구나(驅儺)를 했다'는 사실은 주목할 만하다.

『대방광불화엄경』[83]에 보면 '금강역사'는 항상 보살마하살을 따라다니면서 호위하는 존재로 표현되는데 금강저를 들고 다니며 번뇌를 부수는 호종 수호신이다. 『형초세시기(荊楚歲時記)』에 의하면 석가의 성도재일이었던 납팔일(臘八日) 즉 음력 12월 8일에 행해졌던 구나 의식에서 금강역사는 신적인 존재였던 것이다. 이렇게 금강역사가 역귀를 쫓아 재앙을 없애준다고 믿었던 의식은 불가(佛家)에서 하나의 전통으로 이어지게 되는데 승려들의 일화 속에 '구나를 하면 재해가 없어진다.'[84]는 내용에서도 간접적으로나마 그 모습을 확인할 수 있다. 이러한 전통 때문에 지금도 중국 민간에서는 '형초납팔보살나(荊楚臘八菩薩儺)' 문화가 존재하고 있다.[85]

『형초세시기』의 제작 년대를 명확히 말할 수 있는 것은 아니나 편찬자인 종름이 양무제 천감원년(502)에 태어나 북주 무제 시대(561-565)에 졸한 것으로 추정되니 『형초세시기』의 시대적 배경도 6세기 초 중엽 이후로 미루어 짐작해 볼 수 있다.[86] 당시에는 불교와 도교가

---

83) 『大方廣佛華嚴經』58(『大正藏』10, 310b), "普照十方一切世界金剛力士 時有百億 金剛力士 皆悉來集 隨逐侍衛 始於下生乃至涅槃."

84) 宗峯妙超, 『大燈國師語錄』上(『大正藏』81, 197a), "今年好驅儺 向後無災禍." 그 외 다수 일화가 있으나 생략한다.

85) 中國佛教网 原版藝術网入口 原版圖片网入口(http://www.fjtp.net/FJYS/TANG KA/2010-11-03/554.html) 참조.

86) 학자들에 따라 견해의 차이가 있다. 원래는 10권이었으나 명대(明代)에 현재의 1

지배적이었으며 이외에도 여러 종류의 미신이 퍼져 있었다하니 구나 의식의 배경적 면모를 이해하는데 도움이 된다.

이와 같이 구나 의식이 불교문화의 전통 속에서 이어져 온 것임을 볼 때 구나 후 연행되었던 처용의 연행이 불교문화와 무관할 수만은 없다는 추정이 가능하다. 특히 학자들에 따라 처용의 연행과 구나 의식은 무관하다고 주장하는 경우도 있으나『형초세시기』의 내용과 연관하여 보면 처용의 연행은 구나 의식의 한 부분으로서 존재했던 것임을 확인할 수 있다. 고려 이후 조선 전기를 거치며 처용의 전승 과정에서 연희적 측면이 차츰 강화되기는 했지만 구나 의식의 본래 취지를 생각해보면 그것은 분명 불교 의식 문화와 연관된 전통이었음을 알 수 있다. 일찍이 안자산이 처용의 전승을 불교와 관련시켜 구자국으로부터 들어 와 정착된 불교문화[87]라고 거론한 점 등은 심도 있게 재론해 볼 필요가 있다.

5. 맺음말

연구의 결과 그동안 논란이 되었던 불찬의 창작 시기와 존재 방식에 관하여 비교적 명확하게 정리할 수 있었다. 조선 전기 불찬은 세종 대와 세조 대에 이르러 집중적으로 만들어졌고 중종 대에 개작되기

권으로 종합되었다. 양(梁)나라의 종름(宗懍)이 6세기경에 지은『형초기(荊楚記)』를 7세기 초 수(隋)나라의 두공섬(杜公瞻)이 증보 가주(加注)하여『형초세시기』라 하였다.

87) 안자산, 앞의 논문, 22-23면 참조.

도 하였으나 영조 이후에는 사라지는 모습을 살펴볼 수 있었다. 그동안 불찬의 창작 시기나 존재 방식에 대한 논란은 문헌 자료를 충분히 검토하지 않은 데에서 초래된 것임을 확인할 수 있었다.

불찬은 처용 정재의 후도에서 주로 불린 만큼 왜 정재의 후도에서 집중적으로 불린 것인가에 대하여 본 연구에서는 특히 주목하였다. 불찬의 내용적 특성은 크게 두 가지 측면에서 나타난다. 그 하나는 불찬의 내용이 모두 부처를 부르는 호불 즉 칭명염불의 형태로 이루어져 있다는 점이다. 이는 불찬이 조선 전기에 음성공양으로 바쳐졌던 모습을 보여주는 것으로 불경에 근거하여 전승된 것임을 알 수 있다.

둘째 불찬은 왕조의 영속이나 임금의 수복과 안녕을 기원하면서 불보살의 공덕 행위를 추구하는 불교적 기반을 바탕으로 하고 있다는 점이다. 이는 유교적 군신주의와 불교가 혼합되어 있는 모습을 보여준다는 점에서 특이하다. 조선 전기에 임금께 올리는 위안의 음악에 노랫말로서의 불찬이 적극적으로 활용되었다는 사실은 당대 궁중의 문화에서도 유교가 해결해 줄 수 없는 종교적 위안의 역할은 여전히 불교 쪽에서 담당할 수밖에 없었던 측면을 보여 주는 것이다.

치용 정재 불찬의 내용에서는 관세음보살 석가모니불 아미타불을 칭불한 후 이어서 관세음보살의 묘덕이 하늘과 인간을 구제하며 다스리고 그 은택이 세상에 미친다고 하는 불교의 공덕 추구를 핵심적 주제로 드러낸다. 구나 후 이어지는 처용 정재가 궁극적으로 재앙을 소멸하여 호국의 염원을 추구하는 내용으로 귀결된다는 점에서 볼 때 이는 처용 정재가 구나 의식과도 연관성이 있었음을 말해 주는 것이다. 특히 『형초세시기』의 기록에서 '납팔일에 금강역사를 만들어 구나 의식을 했다'는 대목은 구나 의식이 불교문화와 무관하지 않다는 것을 명확히 보여 준다. 그런 점에서 볼 때 구나 의식 후 행해지던 처용의 연행 문화는 불교문화의 전통 속에서 논의되어야 마땅하다. 지금까지 '처용'과 관련한 제반 연행 문화를 무속적 제의의 측면에서만 파악하였던 견해는 재고해 볼 필요가 있다.

제5장

조선 전기 '무심' 시조의 연원과 불교적 동향

- 월산대군의 시조와 관련하여 -

1. 머리말

고려 말 이후 조선조에 이르기까지 한문학이나 국문 시가의 제재로 등장하는 '무심(無心)'은 한국 문학의 미학을 논의하는 자리에서 종종 거론된다. 그러나 우리 문학의 논의에서, '무심'이라는 제재는 도학적 노장적 측면에서 주로 이해되어 왔을 뿐[1] 그와 관련하여 논의의 진전이 있었던 것은 아니다. '무심'을 소재로 한 한시나 시조의 경우 문학사적으로 몇몇 비중 있는 작품들이 불교적 지형의 한가운데 놓여 있었음에도 불구하고 지금까지 제대로 그 성격이 규명되지 않았던 것은 아쉬운 일이다. 본고에서 다루고자 하는 월산대군의 시

---

[1] 신은경, 「무심의 의미체계」, 『서강어문』 11집(서강대학교 어문학회, 1995), 85-108면.

조 역시 불교적 성격을 바탕으로 한다는 점에서 이에 대한 세심한 논의가 필요하다.

조선 전기 시조문학에 관한 연구는 이른바 '강호가도(江湖歌道)'의 양상과 의미를 조명하는 측면에서 연구되어 왔다. 그것은 주로 성리학적 세계관에 입각하여 '강호가도'를 표방하였던 유자들의 문학관이나 작품 세계 등을 파악하는데 집중된 것이었다. 그러나 조선 시대의 문학을 성리학적 관점으로만 살펴보는 것이 타당한 것인가에 대해서는 의문을 표하지 않을 수 없다. 그간 우리 학계에서는 조선 시대의 시가 문학을 불교와 무관한 것으로 인식했다. 이러한 현상은 조선조의 숭유억불 정책을 조선조 문화의 바탕으로 생각하는 고정 관념에서 비롯된 것이라 할 수 있다. 그러다 보니 조선 시대의 문학에 관한 연구의 접근 시각 역시 주로 성리학적 세계관의 조명을 바탕으로 이루어져 왔던 것이 사실이다.

그러나 고려가 멸망함과 동시에 불교적 세계관이 끝났다고 보는 시각은, 여말선초에 발생한 문학과 유가적 세계관을 곧바로 연결한다는 점에서 성급한 일반화의 오류라는 문제점을 안고 있다. 물론 조선 전기 사대부가 성리학적 세계관으로 무장한 채 그들의 문학관을 드러냈다고 보는 관점에 대해서는 이론의 여지가 없겠지만 고려조로부터 이어지던 불교적 세계관의 축적된 전통이 왕조가 바뀌었다고 해서 단기간에 문학의 전통 속에서 쉽사리 사라졌다고 보는 것은 수긍하기 어렵다. 오히려 이행기에는 과거의 세계관이 여전히 잔존해 있을 것이라고 보는 관점이 문제를 입체적으로 바라본다는 점에서 설득력을 얻을 수 있다.

실제로 조선 전기 성종 대까지 불교가 억압을 받기는 하였지만 국가의 공인을 받고 있었기에 이 시기는 불교의 공인기라 할 만하고 이후 연산군 대에서 인조 대에 이르는 시기도 공식적 폐불 단계에 들어서기는 했지만 교법이 여전히 잔존했을 뿐만 아니라 명승도 다수 배출되었다는 점에서 불교의 잠쇠기라 말할 수는 있어도 불교가 완전히 없어진 상태라고 보기는 어렵다. 물론 효종 대 이후 교세가 완전히 몰락하여 승려가 경멸을 받고 불법이 없어진 시기로 정의되기도 하였지만 조선 후기로 갈수록 불교는 새로운 모색을 통해 존립할 수 있었고 전기에 비해 오히려 활성화된 모습을 보인다는 반론도 만만치 않음에 주목해야 한다.[2]

조선 시대 전체를 억불과 쇠퇴로 규정했던 식민지 시대 이후의 상식이 재고되어야 한다는 인식은 사실 새삼스러운 일이 아니다. 근대 불교학의 토대 구축에 기여를 하였던 최남선조차 '조선사와 불교는 불가분의 관계이며 유교가 서민의 정신적 생활이나 사회의 심령적 발전과는 별 관계가 없었던데 비해 불교는 조선 시대에도 사회적 세력과 문화적 영향이 심대하였음'[3]을 지적한 바 있다. 물론 이는 일본 학자들의 학문적 관점에 대한 최남선의 태도 표명이었지만 조선 시대 불교의 역사적 의의나 문화적 근간을 강조한 점에 있어서는 시사하는 바 크다.

일제의 식민사관을 바탕으로 한 학문적 관점이 우리의 국문 시가

---

2) 김용태, 「조선시대 불교사 연구와 쟁점」, 『한국불교사 어떻게 볼 것인가』(동국대학교 불교 문화연구원, 2011), 137면.

3) 앞의 논문 재인용, 137면; 한국학술정보, 『한국근대잡지선』 10(교육학술정보원, 2005), 1-295면; 최남선, 「조선불교의 대관으로부터 조선불교통사에 급함」, 『조선불교총보』 11(三十本山聯合事務所, 1918), 여덟 번째 글.

문학을 바라보는데 있어서도 일정 부분 영향을 끼쳤음은 다카하시(高橋亨)의 태도와 관련해서도 살펴볼 수 있다. 그는 1926년경 경성제대 교수로 부임하여 조선어문학 강좌를 담당하였는데 이 시기에『조선 유학대관』과 함께『이조불교』를 집필하면서 조선불교를 중국불교의 이식으로 보는 제한적 시각으로 인해 이후 조선 시대 불교 관련 문학 연구에 부정적이고도 단선적 규정을 하는데 선봉적 역할을 하였다. 그나마 1930년대에 소창진평(小倉進平)이 조선 시대 '진언집(眞言集)' 에서 어문학 및 문화적 의미를 찾고 불교 가운데에서도 밀교 전통에 주목한 연구를 하였지만 이후 조선 전기 국문 문학과 관련하여 볼 때 불교와 관련한 연구는 일천한 형편이다. 사정이 이러하다 보니 시조문학과 관련하여 불교적 성격을 논의한 연구는 더욱 찾아보기 어렵다.[4]

　본 연구에서 조선 전기 시조문학과 관련하여 불교와의 상관성을 논의하는 까닭은 우리가 그동안 가지고 있었던 고정관념에 의해 문학을 바라보는 시각이 과연 합당했던 것인가에 대한 근본적인 물음

---

4) 이 방면 연구는 일천한 편이다. 전복규, 「고시조에 나타난 불교 사상 고찰」, 『인천전문대 논문집』 14집(인천대학교, 1990), 201-218면; 홍승완, 「고시조에 나타난 불교 사상 고찰」, 『어문연구』 12권 2호 통권 42,43호(일조각, 1983), 410-422면; 전재강, 「불교 관련 시조의 사적 전개와 유형적 특성」, 『한국시가연구』 9집(한국시가학회, 2001), 337-361면; 강석근, 「한국문학과 선시- 선시가 고려가요에 미친 영향을 중심으로-」, 『동아시아 불교문화』 제2집(동아시아불교문화학회, 2008), 63-124면. 고시조와 관련한 불교적 성격만을 다룬 것은 아니지만 월산대군의 시조와 관련하여 주목할 만한 연구는 다음과 같다. 인권환, 『고려시대 불교시의 연구』(고대민족문화연구소, 1989), 114-115면; 김승우, 「고전시가 속 어부 모티브의 수용사적 고찰 -선자화상 게송의 수용과 변전 양상-」, 『고전과 해석』 11(고전 한문학연구학회, 2011), 2-31면.

으로부터 출발한다. 유교나 도교에 의해 조선의 국문시가 문학을 바라보았던 관행적 시각에서 벗어나 올바른 관점의 정립을 요구하기 위함이다. 특히 본고에서 조선 전기 시조 문학 중 '무심(無心)' 제재 시조를 대상으로 하여 살펴보고자 하는 까닭은, '무심' 제재 작품이 우리 시가의 풍류 미학을 보여주는 소재이기도 하지만 이것이 동아시아 문화 미학의 근원적 의미를 제시해 줄 수 있는 근간이며 불교와 밀접한 관련을 맺고 있기 때문이다. 그간 '무심' 제재 관련 국문시가의 논의는 주로 유교적 관점에 근거하여 물아일체의 경지로 해석되거나 노장적 측면에 기초한 도가적 개념에 주목하여 논의가 이루어졌다. 그러나 관련 자료를 면밀히 분석해 볼 때 무심 제재 작품의 경우, 문학사에서 주목받으며 유교적 전통 논의의 중심에서 평가받았던 작품이 오히려 불교적 전통의 의미를 드러내는 핵심적 작품이라는 사실을 확인하게 된다. 따라서 기왕의 연구 논의를 새롭게 점검해보고 동아시아 문화 미학의 근원적 의미가 될 수 있는 '무심'에 대하여 재고해 보아야 할 필요성이 대두된다.

그러므로 본 연구에서는 여말 선초 문학의 핵심적 소재로 사용되었던 '무심'이라는 제재가 당시의 불교적 동향과 깊이 관련되었던 것임을 살펴 고려조로부터 조선조에 이르는 시가 문학의 흐름 속에서 지속적으로 작동하고 있었던 불교적 전통과 문화적 상관성의 흐름을 파악해 보고자 한다.

2. '무심' 소재 시조와 논의의 방향

　조선조 '무심' 소재의 시조 중 문면에 '무심'이라는 어휘가 직접적
으로 드러나 있는 경우의 예를 몇 편 제시해 보면 다음과 같다.

> 山頭에 閑雲이 起ᄒ고 水中에 白鷗飛라
> 無心코 多情ᄒ니 이 두 거시로다
> 一生애 시르믈 닛고 너를 조차 노로리라.[5]

> 구버는 千尋 綠水 도라 보니 萬疊 靑山
> 十丈 紅塵이 언매나 ᄀ롓는고
> 江湖애 月白ᄒ거든 더옥 無心ᄒ얘라.[6]

> 葛巾을 져씨 시고 江湖에 도라 드니
> 兩三 白鷺만 無心 往來 하는고야
> 이러텃 晩年 閒盟은 너를 조차 놀리라.[7]

> 人心은 낫 갓ᄒ여 볼ᄉ록 달으거늘
> 世事는 구름이라 머흠도 머흘씨고
> 無心ᄒ 江湖 白鷗나 좃니러 놀ᄉ 하노라.[8]

　위 작품들의 대부분에서 '무심'이 지향하는 의미의 세계는 '인간사

---

5) 이현보, 『樂學拾零』 69: 『聾巖集』(『역대시조전서』 1426번, 512면).
6) 이현보, 『聾巖集』(『역대시조전서』 295번, 102면).
7) 지덕붕, 『商山集』(『역대시조전서』 77번, 34면).
8) 이정보, 『靑丘永言(가람本)』 150(『역대시조전서』 2409번, 860면).

와 거리를 둔 곳' 즉 '인세의 번잡함을 떠난 자연이나 인간사의 번거
로움을 떠난 곳'에 있다. '무심'을 다양하게 노래하고 있는 듯하지만
이들 일련의 작품 속에서 '무심'은 세속과 거리를 둔 세계나 마음의
상태를 말하고 있다. 말하자면 작품은 달라도 그 내용은 대부분 세속
과 거리를 둔 자연 속에서의 마음을 표현한 양상의 변주일 뿐이다.
여기에는 세상의 번거로운 일 즉 '기사(機事)를 잊는' 의미가 내포되
어 있다. 이러한 '무심'의 의미는 곧 고요한 가운데 자연과 일치를
이루는 것으로서 선행 연구의 시각에 근거하여 보자면 이른바 '무욕
무사 은거 혹은 탈속성 초연함 깊이 고요함'과 같은 노장 철학적 의미
를 지닌다는 것이다.

이렇듯 시조 작품의 문면에 '무심' 소재가 드러나는 경우도 있지만
문면에 '무심' 소재가 드러나지는 않으나 무심의 세계를 반영하는 경
우도 있다. 기왕의 연구에서는 '忘(망)'이나 '虛(허)·靜(정)·寂(적)·寥
(요)'·'閑(한)'·'淡(담)'·'절로'·'-락-락'·'觀(관)'·'玄(현)·妙(묘)' 등
의 의미를 담고 있는 시조 작품들도 모두 '무심'의 의미 유형에 포함
시켰다.[9] 예를 들면 다음과 같은 것들이다.

> 아히도 探薇 가고 竹林의 뷔여셰라
> 혜친 碁局을 뉘라셔 주어 주리
> 취ᄒ여 松根을 지혀시니 날 새ᄂᆞᆫ 줄 몰래라.[10] (필자 밑줄)

> 功名도 富貴도 말고 이 몸이 閑暇ᄒ야

---

9) 신은경, 앞의 논문, 92-106면.
10) 정철, 『松江歌辭(星州本)』 73(『역대시조전서』 1839), 652면.

> 萬水千山에 슬커시 노니다가
> 말 업슨 物外乾坤과 함끠 늙쟈 ᄒ노라.[11] (필자 밑줄)

위 시조에서 '-인줄 모르다'와 같은 종장의 문구가 나타나는 경우 한시에서의 '망(忘)'과 같은 범주로 보아 무심의 세계를 표현한 것으로 본다든가 또는 물외(物外)의 세계에서 생기는 '한(閑)'을 무심 무아의 경지로 보아 넓은 의미에서 모두 '무심'의 영역에 편입시키다 보면 시조 장르에서 자연 소재의 서정 작품 중 '무심'을 지향하지 않는 노래는 없을 정도로 그 범주가 모호해진다. 따라서 '무심' 제재 작품에 대한 논의는 일단 '무심'을 문면에 그대로 싣고 있는 작품을 대상으로 정치하게 파악하는 기본적인 연구가 선행된 연후 그 결과를 토대로 이루어져야 할 것이다.

> 秋江에 밤이 드니 물결이 츠노미라
> 낙시 드리치니 고기 아니 무노미라
> 無心ᄒ 돌빗만 싯고 뷘빈 저어 오노라.[12]

본고에서 본격적으로 논의할 월산대군(月山大君, 1454-1488)의 이 작품도 기왕의 연구[13]에서는 '무심'이 문면에 드러나 있는 경우이기에 당연히 노장적 의미를 지향하는 작품들의 부류에 편입시켰다. 더불어 '무심'을 제외시킨 나머지 문면에서도 '뷘 빈'와 같은 표현은 '허'

---

11) 『歌曲源流(奎章閣本)』 237(『역대시조전서』 230번, 81면).

12) 月山大君, 『瓶窩歌曲』 593(『역대시조전서』 2966번, 1094면); 『靑丘永言(珍本)』 308(이 가집에는 작가가 밝혀지지 않은 채 수록되어 있음).

13) 신은경, 앞의 논문, 91-106면.

··'정'··'적요'의 변주적 표현들이기 때문에 역시 도가적 세계를 드러
내는 것으로 보아야 한다고 했다.

그러나 '무심' 소재가 드러나지 않는데도 불구하고 그 범주를 광범
위하게 설정하여 모두 노장적 의미의 작품으로 범주화할 경우 실상
자연 소재의 서정적 시조나 한시는 대부분 이 범주에 속하게 돼 분류
의 기준이 상당히 모호해진다. 특히 월산대군의 시조와 같은 경우
배경적 정보를 확인했을 때 앞에서 제시한 여러 유형들과 명확히 다
른 점이 발견되기에 그 기준을 정하는데 있어 보다 숙고해야 할 필요
가 있다. 일반적으로 특정 작품에 관하여 논의하고자 할 때 우리는
작품에 내재한 작가의 사상이나 관점 혹은 역사적 배경과의 관련성
등을 복합적으로 검토할 필요가 있다. 사용된 어휘가 같다고 하여
그것이 모두 획일적 의미나 기반을 토대로 하는 것은 아니다. 노장
철학적 의미를 지니는 '무심'과, 월산대군의 시조에서 드러나는 '무
심'은 본질적으로 그 의미 기저에서 차이를 보이기 때문에 '무심'의
의미 지향에 대한 접근은 조심스럽게 진행되어야 할 것으로 보인다.

『청구영언』·『해동가요』·『가곡원류』에 수록된 월산대군의 시조
한 수는 시조문학사상 가장 서정적이고도 우수한 작품의 하나로 평
가받아 왔다. 그러니 무엇보나노 이 작품이 중요한 이유는 유가적
세계관을 반영한 많은 시조 작품 가운데에서 유독 불교적 전통을 가
장 확실하게 보여주고 있다는 점 때문이다.

무심 제재 관련 시조 중 불교적 동향과 관련하여 남아있는 자료로
는 월산대군의 시조가 거의 유일하다.[14] 그러나 문학사에 잔존한 작

---

14) 그 외 작자를 알 수 없는 불교적 성격의 시조 작품이 있기는 하나 구체적으로 그

품의 수가 많다고 해서 그것이 경향과 흐름을 주도하고, 남아 있는 작품수가 미미하다고 해서 영향력이 없다고 보기는 어렵다. 오히려 월산대군이 남긴 작품 한 수는 특정한 이데올로기에 의해 생산된 사대부 문학이 아니라 왕족의 작품이라는 점에서 문학사적으로 볼 때 더욱 주목할 만하다.[15] 월산대군의 시조 작품을 불교적 성격으로 조명한 전재강, 강석근의 논의[16]는 이 방면 선행 연구의 지표로서 의미 있는 방향성을 제시해 준다. 다만 불교적 성격을 구체화하는 과정에서, 논의의 보강이 필요한 까닭에 본 연구를 통하여 그 논지를 확대시켜 보고자 한다.

3. 월산대군의 시조와 『금강경』의 상관성

월산대군의 시조는 『금강경』에 주해를 달았던 야보선사[17]의 시를

창작 연대를 구분하기 어렵다. 비교적 후대의 가집에 남아 있다.

15) 위에서 제시한 '추강이-'란 시조가 과연 월산대군의 작인가 아닌가에 대해서는 논란이 있다. 필자 역시 의문을 가진바 있었으나 이 논문을 쓰면서 논거의 과정을 통해 '추강이-'란 시조가 월산대군의 작품이라는 확신을 갖게 되었다. 월산대군의 시조에 대한 서지적 검토는 심재완, 『역대시조전서』(세종문화사, 1972), 1095-1096 면에서 이미 다루고 있으므로 구체적 언급은 생략한다. 본고에서 논의하고 있는 작품이 월산대군의 작이 아니라 할지라도 이 작품은 『금강경』과 밀접한 불교의 배경적 상관성 속에 있으며 특히 고려 말 이후 무심사상의 전통과 연결되어 있다는 점에서 작품 자체의 성격이 달라질 것은 없다는 점을 미리 밝혀둔다.

16) 전재강, 앞의 논문, 337-361면; 강석근, 앞의 논문, 63-124면.

17) '야보'는 본래 한자로 표기하면 '야부'인데 선사들은 이름을 표기할 때 '야보'로 읽는 것이 맞다고 한다. 『금강경』을 번역한 무비스님의 『금강경 오가해』에서는 '야부'로 표기하고 있으나 여기에서는 관례를 따른다.

번역한 작품이다. 그러나 엄밀히 말하면 야보선사의 시가 아니라『오
등회원(五燈會圓)』에 수록된 〈선자화상발도가(船子和尙撥棹歌)〉 가운
데 「선거우의(船居寓意)」라는 제목으로 널리 애송되는 덕성선사의 작
품인데, 야보선사에 의해『금강경』주해에 수록되고 그것이 다시 월
산대군에 의해 시조화된 것이다. 덕성선사의 생몰연대가 명확하지는
않으나 덕성 선사가 당의 약산 유엄(751-834)의 법자이며 협산 선회
(805-881)의 법사라는 점을 보건대 송나라 야보선사보다 생몰 연대가
앞서 있었던 것으로 보아 아래 작품은 덕성선사의 작으로 인정하는
것이 마땅하다.[18] 다만 여기서 새롭게 파악하고자 하는 것은 월산대
군의 시조가 그 사상적 배경의 근원과 문학적 연원을 어디에 두고
있는지에 대한 구체적인 의미와 동향의 규명이다.

　다음의 시가 덕성선사의 작임에도 불구하고 여기서 야보선사의 시
로 소개하는 것은『금강경 오가해』에 수록된 내용을 그대로 보여주기
위함이다. 『금강경 오가해』[19]에는 월산대군의 시조와 관련한 야보선
사의 시가 두 군데에서 확인된다.

> 천자가 되는 긴 실을 곧게 드리우니
> 한 물결이 막 일어나매 만 물결이 따르는구나
> 밤은 고요하고 물은 차가워 고기 물리지 않으니
> 배에 가득 허공만 싣고 달 밝은데 돌아오도다.[20] (필자 밑줄)

---

18) 기왕의 논의에서 정리된 바 있다. 박완식, 『한국 한시 어부사 연구』(이회, 2000),
　308-372면.
19) 무비 역, 『금강경 오가해』(불광출판사, 2008), 526면.
20) 앞의 책(第三十一 知見不生分, 520-529면). "千尺絲綸直下垂 一波纔動萬波隨 夜

『금강경 오가해』 제31 '지견불생분'(第三十一, 知見不生分)[21] 중 '수보리 소언법상자 여래설즉비법상시명법상(須菩提 所言法相者 如來說卽非法相是名法相)'에 관한 대목의 주해에는 야보선사의 시가 실려 있는데 그것이 곧 위 작품이다.[22] '이른바 법상이라는 것은 여래께서 설하되 법상이 아니라 다만 이름이 법상일 뿐이다.'는 대목에 대하여 규봉(圭峰), 육조(六朝)의 주해에 덧붙여 부대사(傅大士)가 말하고 있는 '무위(無爲)'와 관련하여 야보선사가 심경을 피력한 것이 바로 위의 시이다. 야보선사의 시 바로 앞에 놓인 부대사의 주해를 보면 다음과 같다.

> 오직 진여의 이치에 이르르면
> 아(我)를 버리고 무위에 들어가리니
> 중생 수자여, 깨닫고 보면 다 아니(非)로다.
> 만약 보리도를 깨달으면 피안도 또한 여의게 되니
> 법상과 비법상을
> 마침내 이와 같이 응당 알지니라.[23]

静水寒魚不食 滿船空載月明歸."

21) "須菩提 若人言佛說 我見人見衆生見壽者見 須菩提 於意云何 是人解我 所說義不不也 世尊 是人 不解如來所說義 何以故 世尊說我見人見衆生見壽者見 卽非我見人見衆生壽者見 是名我見人見衆生見壽者見 須菩提 發阿耨多羅三藐三菩提心者 於一切法 應如是知 如是見 如是信解 不生法相 須菩提 所言法相者 如來說卽非法相 是名法相."

22) 인권환, 『고려시대 불교시의 연구』(고대민족문화연구소, 1989), 114~115면. 이 책에서는 『금강경』 제31 '지견불생분'과 관련된 야보송을 모작한 것이 월산대군의 시조라 하고 불교의 깊은 뜻이 탈색된 어부가류의 성격으로 보고 있다. 본고의 관점과는 다르다.

23) 앞의 책, 525면. "非到眞如理 棄我入無爲 衆生及壽者 悟見總皆非 若悟菩提道 彼岸

위의 부대사 주해 뒤에 덧붙여 야보선사는 '반래개구 수래합안(飯
來開口 睡來合眼)'[24]이라 했고 이와 관련하여 함허당 득통(涵虛堂 得通,
1376-1433)은 다음과 같은 설의(說誼)를 남겼다.

> 황면노자가 적멸도량으로부터 생사의 바다에 들어가시며 큰 가르
> 침의 그물을 펼쳐서 인천의 고기를 건지시니 한 중생도 저 그물 속에
> 들어가지 않았도다. 어찌하여 그런가. 사람사람이 다리가 있어서 행
> 하고자하면 곧 행하고 주하고자 하면 곧 주함이라. 다른 사람을 필
> 요로 하지 않음이요, 개개인이 손이 있어서 잡고자 하면 곧 잡고 놓
> 고자 하면 곧 놓음이라. 남의 힘을 빌리지 않으며, 이로써 밥이 오면
> 입을 벌리고 잠이 오면 눈을 감는데 이르기까지 일체가 자유로워서
> 남의 능력을 빌리지 않으리니 이미 이와 같을진대 어떤 중생이 부처
> 님의 제도할 바가 되리오, 이러한 즉 사십구년을 이렇게 와서 <u>마침
> 내 얻은 것 없이 빈손으로 돌아갔음이로다.</u>[25] (필자 밑줄)

함허 득통의 '설의'에서 보듯 '얻은 것 없이 빈 손으로 돌아가는
상태'를 그대로 보여 준 작품이 바로 야보선사의 위 작품이다. 설의에
나타난 앞의 문맥과 관련하여 보더라도 여기서 '얻은 것이 없다'함은
이미 충족되어 있어 더 이상 구할 바가 없다는 의미이다. 이것을 '무
욕'의 경지로 볼 때 그것은 그야말로 가진 것 없는 '빈손'으로 욕망을

更求離 法相如非相 了應如是知."
24) 앞의 책, 526면, '밥이 오면 입을 벌리고 잠이 오면 눈을 감도다.'(무비 번역 참조)
25) 앞의 책, 525면, "黃面老子 從寂滅場 入生死海 張大敎綱 漉人天魚 無一衆生 入被
網中 何以故然 人人 有脚 要行卽行 要住卽住 不要別人 介介有手 要捉卽捉 要放卽
放 不借他力 以知 飯來開口 睡來合眼 一切自由 不借他能 旣然如是 何有衆生 爲佛
所度 伊麼則 四十九年 伊麼來 終無得物空手廻."

절제하는 유자의 한정과 같은 상태가 되겠지만, 자성(自性) 속에 갖추
어진 불교적 충만의 경지에서 보면 '빈 배에 실은 달빛'은 이미 가득
차 있어 구할 것 없는 광명의 경지가 되는 것이다. 야보선사의 시에서
제3구와 제4구가 월산대군의 작품으로 시조화 되면서 서정적으로 형
상화된 탁월함은 무엇보다도 이 시에서 무심의 상태를 드러내는 심오
성에 있다. 여기에는 인간 세상을 떠나 탈속한 곳을 그리고자 하였던
것 이상의 의미가 내포되어 있다. 조선 전기 유학자들이 조월경운으
로서의 미학을 추구했던 강호가도와는 분명 변별되는 것이다. 그것은
분별의 경지를 벗어나 일체가 자유로워진 상태가 그대로 자성이고자
하였던 월산대군의 내면을 집약적으로 보여주는 것이다.

　　월산대군의 시조와 유사한 부분이 『금강경 오가해』에는 또 한 군
데 나타나는데 그것이 바로 다음의 시이다. 아래의 시는 『금강경』,
제6 정신희유분(第六 正信稀有分)[26], '불응취법 불응취비법(不應取法
不應取非法)'에 관한 대목과 관련하여 야보선사가 주해한 것이다.

　　　　나뭇가지를 잡는 것이 족히 기이함 아니니
　　　　벼랑에서 손을 놓아야 비로소 장부로다
　　　　물도 차고 밤도 싸늘하여 고기 찾기 어려우니

---

26) 무비역, 앞의 책, 「第六 正信稀有分」(불광출판사, 2008), 167-185면, "須菩提 白佛
言 世尊 頗有衆生 得聞如是言說章句 生實信不 佛告須菩提 莫作是說 如來滅後 後五
百歲 有持戒修福者 於此章句 能生信心 以此爲實 當知是人 不於一佛二佛三四五佛
而種善根 已於無量千萬佛所 種諸善根 聞是章句 乃至一念 生淨信者 須菩提 如來
悉知悉見 是諸衆生 得如是無量福德 何以故 是諸衆生 無復我相人相衆生相壽者相
無法相 亦無非法相 何以故 是諸衆生 若心取相 卽爲着我人衆生壽者 若取法相 卽着
我人衆生者 何以故 若取非法相 卽着我人衆生壽者 是故 不應取法 不應取非法 以是
義故 如來常設 汝等比丘 知我說法 如筏喩者 法尙應捨 何况非法."

<u>빈배에 달빛만 가득 싣고 돌아오노라.</u>[27] (필자 밑줄)

위의 시에서 3구와 4구에 해당하는 '수한야냉어난멱(水寒夜冷魚難覓) 유득공선재월귀(留得空船載月歸)' 부분 역시 월산대군의 시조 내용과 매우 흡사하다. 제6 '정신희유분'에 덧붙여진 야보송을 이해하기 위해서는 야보선사의 주해 앞에 놓인 부대사의 주해를 살펴보면 크게 도움이 된다. 부대사의 주해는 다음과 같다.

> 유인은 가호라 부르고
> 무상은 이름만 있음이라.
> 유무가 달리 예가 없어서
> 유무의 형이 없음이로다.
> 유무가 자성이 없거늘
> 망령되이 유무의 정을 일으키니,
> 유무가 마치 골짜기의 메아리 같으므로
> 유무의 소리에 집착하지 말지어다.[28]

이와 같이 집착하지 않는 경지가 바로 '벼랑에서 손을 놓는 장부'의 경지이며 그것은 유무에 분별심을 내지 않는 초탈의 세계이다. 야보선사의 두 작품이 『금강경』의 주해 가운데에서도 핵심적 의미를 설하

---

27) 무비역, 앞의 책, '第六 正信稀有分, "不應取法 不應取非法"'에 관한 주해시로 부대사의 주해에 이어서 야보선사의 이 작품이 실려 있다. "得樹攀枝未足奇 懸崖撒手丈夫兒 水寒夜冷魚難覓 留得空船載月歸."

28) 앞의 책, 185면, "有因名假號 無相有馳名 有無無別體 無有有無形 有無無自性 妄起有無情 有無如谷響 勿着有無聲."

는 내용과 관련되어 있음에 주목을 요한다.

　위의 두 가지 시는 『금강경』의 내용 가운데에서 '아상 인상 중생상 수자상'이라고 하는 탐착하는 인간의 마음을 경계하기 위해 '즉비시명(卽非是名)'[29]의 논리로 설명하는 대목의 주해에 등장하여 '무심'의 경지를 말하고자 한 것이다. 여기서 무심은 집착의 경계를 벗어난 경지이며 자유자재의 경지를 의미한다. '무심'은 집착하는 삶에서 손을 놓은 즉 일체의 삶에서 자유로워진 경지를 말하는 것으로 말하자면 '무상, 무아'를 인식한 후 '이욕(離慾)'의 단계를 거쳐 집착을 벗어난 상태를 말하는 것이다. 그런 의미를 바탕으로 볼 때 월산대군의 시조에 등장하는 '무심'은 속세를 잊고자 하는 노장적 의미로서의 '망기'의 무심한 경지가 아니라 불교의 핵심적 사상을 전달하는 '무심'의 경지임을 알 수 있다. 다음 장에서 살펴보겠지만 월산대군의 전기와 관련하여 볼 때 자신의 할아버지인 세조가 『금강경 언해』와 관련한 역경 사업을 주도했고 궁중에서조차 『금강경』을 귀하게 여겼던 당시의 정황상 『금강경』에 등장하는 야보송을 가져다가 월산대군이 속화된 의미로 재창조했다고 보기는 어렵다.

　불가에서 전해지는 선자화상의 게송도 그 본래적 의미는 불교의 사상적 의미를 전달하기 위해 어부 소재를 가져다 쓴 하나의 방편이었다. 고려 후기 문인들의 경우 선자화상의 게송을 가져다가 자신의 문학 속에 재창조를 시도한 경우 유락적 상황에 맞춰 사대부의 흥취를 담은 경우[30]도 있으나 월산대군의 시조는 그와 달리 야보송의 원

전을 오롯하게 시조의 3장에 담고 있는 것이다. 이것은 강호한정을 읊는 속화된 표현을 의도적으로 차단하고 원전의 취지를 그대로 살리고자 하였던 월산대군의 창작 의도를 보여준다. 월산대군의 시조 종장에 등장하는 '무심한 달빛' 역시 불경에서는 부처의 경지로 묘사되고 있다.[31] 여기서 '무심한 달빛' 싣고 돌아오는 '빈 배'는 텅 빈 허무의 상태를 말하는 것이 아니라 무엇이든지 받아들일 수 있는 여래의 충일한 경지를 표현하는 것이다.

월산대군의 시조가 『금강경 오가해』에 실린 야보선사의 시를 참고로 하여 재창조된 것임을 확인하게 되면서 우리가 당면하는 문제는 이 시조에 대한 작품 이해의 접근법이다. 월산대군의 시조를 어부 소재와 관련하여 파악할 경우 월산대군의 작품은 당연히 외연상 어부가류의 한 틀 속에서 설명될 수 있다. 게다가 조선 시대의 어부 소재 시조 작품들은 고려 말 〈어부가〉를 바탕으로 하여 출현했기 때문에 '어부'라는 소재적 측면에서 보자면 월산대군의 시조 역시 그 부류의 한 계열로 편입되어 설명될 수도 있다.[32] 향유자나 향유 방식의 입장에서 볼 때 또는 어부 소재의 측면에서 볼 때 때로 이 작품을 풍류적으로 접근할 수도 있겠지만 적어도 야보송을 재창조했던 월산대군의 입장에서 보면 그 배경적 정보와 관련하여 파악된 작품의 불

---

30) 대표적으로 이색이나 성여신 등의 작품에서 그러한 양상을 볼 수 있는데 이러한 작품들의 내용을 보면 소재적으로만 선자화상의 게송을 취하여 흥취를 나타내고자 한 것으로 선자화상의 게송에서 불교 사상적 의미를 취하고자 한 것은 아니다.

31) 월산대군이 묘사한 '무심한 달빛'은 『문수사리문경』에도 등장하는데 이 경전에서는 해와 달의 빛의 무심한 경지가 바로 여래의 경지로 서술되고 있다.

32) 김승우, 앞의 논문, 2-29면.

교적 의미는 심오하다. 월산대군의 시조를 단순히 어부가 류의 한 틀로만 묶어서 살펴볼 수 없는 이유가 여기에 있다.

4. '무심'과 관련한 불교적 동향과 배경

월산대군의 시조가 불교적 동향과 연관성을 지닌다고 보는 까닭은 앞에서 제시한 야보송과의 유의성 외에도 그것을 뒷받침하는 몇 가지 사실에서 확인할 수 있다. 그 하나는 월산대군의 전기를 통해 파악되는 월산대군의 삶과, 불교적 세계와의 밀접한 관련성을 확인할 수 있기 때문이고 또 다른 하나는 고려 말 이후 조선 전기에 이르기까지 당대 사상과 문화를 지배하였던 한 흐름으로서 불교의 무심사상이 지속적으로 견지되었던 배경적 추이를 감지할 수 있기 때문이다.

1) 월산대군의 생애와 불교의 연관성

월산대군의 생애와 불교의 상관성은 우선 왕족으로서 불경언해사업과 밀접한 지형 속에 놓여 있었던 당시의 상황에서 확인할 수 있다. 손자 월산대군을 사랑했던 세조의 불교 경전 언해 사업 중 조선 전기 언해 사업의 핵심으로 등장했던 『금강경』언해 사업은 관련되었던 저간의 사정을 말해 준다.

훈민정음 창제 이후에는 많은 불교 경전들을 한글로 번역하는 불경 언해 사업이 추진되었다. 세조가 간경도감(刊經都監)을 설치하고 본격적인 불경 언해 사업을 펼치면서 1461년 '능엄경언해(楞嚴經諺

解)'가 최초의 불경언해서로 간행된 이후 1471년 간경도감이 유자들
의 통치이념에 의해 폐지되기까지 '법화경언해'·'아미타경언해'·'금
강경언해'·'반야심경언해'·'원각경언해' 등 다수의 불경 언해본이 간
행되었다. 이후에도 15세기 말까지는 왕실의 강력한 후원에 힘입어
불경 언해가 이루어졌는데 그 중 '금강경삼가해 언해'와 같은 것은
간경도감 폐지 이전부터 다른 불경 사업과 더불어 추진되다가 1482
년 간행되기도 하였다.[33]

조선 전기에 다수의 불경이 간행되었음에도 불구하고 특히 우리의
주목을 끄는 것은 『금강경 언해』이다. 『금강경 언해』는 조선 전기
국문 문학과도 중요한 상관성을 지닐 뿐만 아니라 무엇보다도 당대
에 가장 비중 있는 경전으로 자리 잡고 있었기 때문이다. 이에 대해서
는 '조선왕조실록'을 통해서도 구체적 정황을 확인할 수 있다. 조선
태조 조의 기록에 '임금의 탄일(誕日)이기 때문에 승려 1백 8명을 궁
정에서 밥먹이고 『금강경(金剛經)』을 읽게 하였다.'[34]라고 하는 내용
으로 보더라도 당시 『금강경』에 대한 왕실의 인식을 짐작할 만하다.
세종 조에 이르러 『금강경』을 보관한 기록이 있는 것[35]으로 보더라도
당시에 『금강경』이 중요하게 여겨졌음을 확인할 수 있다. 주지하다
시피 세조는 김수온 한계희 노사신 등에게 명하여 『금강경』을 번역하

---

33) 이후 16세기에는 지방 사찰을 중심으로 불경 언해 사업이 이루어졌고 17세기 18세
   기 초에 이르기까지, 조선 전기의 강력한 활동에는 미치지 못하지만 불경 언해 사업
   은 미미하게나마 조선 시대 전반에 걸쳐 지속적으로 그 명맥을 이어 나갔다.

34) 『조선왕조실록』(1책, 96면), "上誕日 飯僧百八於宮庭 讀金經."(태조 10권, 5년 10
   월 11일(을미) 1번째 기사).

35) 앞의 책(3책, 340면), "張定安出所齋 『般若心經』 『金剛經』 『阿彌陁經』 『觀音經』
   三卷 藏于檜巖寺."(세종 53권, 13년 9월 2일(계해) 5번째 기사).

게 하였는데[36] 불경언해 사업이 세조에 의해 주도되었던 사실을 확인
할 수 있는 자료들이다.

세종 대에 『금강경오가해설의(金剛經五家解說宜)』를 지은 함허(涵
虛, 1376-1433) 기화(己和)에게도 역시 어찰인 대자사(大慈寺)에 머물
게 하면서 선비(先妃)인 대비(大妃)의 명복을 빌게 하고, 왕과 여러
군신들을 위하여 설법하게 하였던 당대의 상황을 보더라도 이후 월
산대군의 주변 정황과 『금강경』의 관계는 미루어 짐작할 만하다.

뿐만 아니라 월산대군이 불교와 여러 가지 밀접한 정황 속에 놓여
있었던 사실은 조선왕조실록의 기록을 통해서도 확인할 수 있다. 월
산대군은 당시 사찰의 건립이나 중창 등의 문제에 관여하고 있었다.
다음의 기록이 이를 말해준다.

> 월산 대군(月山大君) 이정(李婷)·의빈(儀賓) 정현조(鄭顯祖)·파
> 천 부원군(坡川府院君) 윤사흔(尹士昕)이 말하길 "청량리(淸涼里)
> 동구에 절터가 있는데, 중[僧] 도천(道泉)이 중창(重創)하려고 권문
> (勸文)을 싸가지고 가서 보이기에 신 등도 서명(署名)하고, 바야흐
> 로 교종(敎宗)에 보고하여 예조에서 수교(受敎)한 연후에 절을 세우
> 려고 하는데, 지금 사헌부(司憲府)에서 아뢰기를, '이미 대찰(大刹)
> 을 창건했다.' 하였으나, 실상은 그렇지 않습니다." 하니, 전교하기
> 를, "알았다." 하였다.[37]

---

36) 앞의 책(7책, 608면), "命工曹判書金守溫 仁順府尹韓繼禧 都承旨盧思愼等譯『金剛
  經』."(세조 32권, 10년 2월 8일(신묘) 2번째 기사).

37) 앞의 책(9책, 440면), "月山大君婷 儀賓鄭顯祖 坡川府院君尹士昕來啓曰: "淸涼洞
  口有寺基 僧道泉齎重創勸文以示之 臣等亦署名 方欲報敎宗 禮曹受敎然後創寺 今
  司憲府啓曰 '已創大刹.' 其實不然."傳曰 "知之."(성종 8년 정유 3월 23일(경인) 1번

다음의 기록 역시 월산대군과 불교의 관련성을 보여준다.

> 뜻하지 않게도 원각사(圓覺寺)의 중[僧]이 그 도(道)가 행하여지지
> 않는 것을 분하게 여겨 이것으로 영이(靈異)한 바탕을 만들어 시납
> (施納)을 요구하는 자료를 삼고자 하여 바야흐로 법회(法會)를 베풀
> 고 감히 불상(佛像)이 돌아섰다는 것으로 서로 뜬 말을 퍼뜨려 군중을
> 유혹하여서 모든 사녀(士女)들이 다투어 재물을 시주하며, 혹시나
> 뒤질세라 두려워하고, 덕원군(德源君) 이서(李曙)와 월산대군(月山
> 大君) 이정(李婷)도 가서 절하였고 심지어는 대비께서도 곧이 듣고
> 시납(施納)하셨는가 하면, 전하께서는 겨우 하옥을 명하셨다가 갑자
> 기 곧 석방하시었으니, 신 등은 마음 아픈 것을 견딜 수 없습니다.[38]

　'월산대군이 사찰에 가서 절하고 대비가 시납한 것'을 문제 삼아
신하들의 건의가 이어졌던 사실은 이상의 기록 외에도 조선왕조실록
에서 다수 보이는 바이다. 또한 월산대군의 부인 역시 불교에 경도되
어 흥복사란 사찰을 건립하는데 관여하였고 그에 따라 성종은 끊임없
이 상소에 시달리고 있었던 정황이 조선왕조실록 성종 조에는 수차례
에 걸쳐 보이며, 이러한 내용은 연산조의 기록에까지 나타난다.[39]
　이상의 기록들은 월산대군의 삶 속에서 불교와의 연관성을 짐작케

째 기사).

38) 앞의 책(10책, 141면), "不意圓覺寺僧 憤其道之不售 欲以此爲靈異之地 以邀施納之
　資 方張法會 乃敢以佛像回立 胥動浮言 熒惑衆聽 凡厥士女 爭施財物 惟恐或後 至於
　德源君曙月山大君停[婷] 又從而往拜焉 至於大妃 信聽而施納焉 殿下纔命下獄 遽卽
　放之 臣等不勝痛心."(성종 118권, 11년 6月 2日(辛亥) 5번째 기사).

39) 하나의 예만 들어본다. 앞의 책(14책, 54면), "史臣曰 朴氏寡居 數十年 崇信佛教
　創興福寺于婷之墓側."(연산 62권, 12년 6月 9日(丁巳) 3번째 기사).

하는 편린들이다. 월산대군이 불교에 밀착될 수 있었던 데에는 훗날의 인수대비인 어머니의 영향도 컸다. 다음에서 그러한 사실을 확인할 수 있다.

대비(大妃)가 언서(諺書)를 내어 승지(承旨) 등에게 보이기를, "근자에 원각사 부처가 돌아선 것으로 인하여 의논하는 자가 여러 말을 하여서 조정이 소요스럽다. 이 절은 세조(世祖)께서 이루기를 원하신 곳인데, 그 때는 소화(素花)·감로(甘露)의 상서(祥瑞)가 있었고 지금 또 부처가 돌아서는 이상함이 있으므로, 내가 월산 대군(月山大君) 이정(李婷)으로 하여금 가보게 한 것이다. 그런데 지금 대간(臺諫)이 월산 대군을 추문하도록 청하니, 대군이 남의 자식이 되어서 어미가 가라고 명하면 가지 않겠는가? 이것은 나의 죄이다. 예전부터 유교와 불교는 서로 용납하지 못하지만, 그러나 부처를 다 없애지는 못할 것이다. 대저 인신(人臣)이 인주(人主)의 부처 좋아하는 것을 간(諫)하는 것은 비록 양(梁)나라 무제(武帝)와 같이 될까 두려워함이다. 그렇지만 나와 같다면 비록 좋아하더라도 무엇이 해로운가? 또 조신(朝臣)들이 부처는 배척하면서도 오히려 수륙재(水陸齋)를 폐하지 않는 것은, 선왕(先王)을 위하여 명복을 비는 것이다. 내게 있어서는 선왕을 위하여 비록 날마다 불사(佛事)를 하더라도 마음에 만족하지 않다. 자고로 후비(后妃)가 부처를 좋아하지 않은 자가 몇이나 있었는가? 나의 연고로 하여 온 나라가 소동하니, 참으로 마음이 아프다." 하였다.[40]

---

40) 앞의 책(10책, 134면), "大妃出諺書示承旨等曰 近因圓覺寺回佛 論者紛紜 朝廷騷擾 此寺 乃世祖願成之地 在其時 有素花 甘露之瑞 今亦有回佛之異 予令月山大君婷 往觀之 今臺諫請推月山大君 大君爲人子 而母命之往 則其不往乎(比)予之罪也 自古 儒釋不相容 然不能使佛盡無也 夫人臣諫人主好佛者 恐如梁武帝也 如吾則雖好之何

　이와 같이 사찰을 짓고 불사를 했던 상황 등에서 알 수 있듯이 불교
와 밀접한 정황 속에 놓여 있었던 월산대군이『금강경』에 수록된 야
보송을 풍류적으로 속화[41]하였다고 보거나 노장적 의미로 사용했다
고 본다면 그것은 불자가 지녔던 신심과 경전에 대한 마음가짐을 전
혀 이해하지 못하고 분석하는 접근법이다.

　학자들에 따라서는『풍월정집』소재 시 작품을 '풍류적' 성향으로
규정하지만 월산대군의 삶을 살펴보면 그렇게 낭만적으로 풍류적인
삶을 살 수 있을 만큼 낙관적이지 못했다. 왕이 될 수 있었음에도
불구하고 동생에게 왕위를 내줄 수밖에 없었던 현실적 상황은 그의
입지를 약화시켰으며 그로 인해 실제적으로 그의 삶은 그렇게 한가
하거나 조화로울 수 없었다.『상촌집』에도 보이듯 월산대군이 시를
잘하고 문학적으로 우수했던 측면[42]은 바로 불안한 현실로부터 도피
하여 자신의 입지를 정립하면서 예민한 현실에서의 탈출을 정서적으
로 표출한 결과였다. 불교적 세계에 대한 심취 또한 낙관적이지 않았
던 상황 속에서 자기 정체성을 찾기 위해 모색하였던 내면적 위안이
었을 것이다.

　害 且朝臣闢佛 而猶不廢水陸 爲先王追薦也 在予爲先王之心 雖曰作佛事 未滿於心
　自古后妃 不好佛者有幾耶 以予之故 一國騷動 良用痛心."(성종 117권, 11年 5月 30
　日(己酉) 5번째 기사).

41) 선자화상의 게송이 어부가류의 문학으로 후대에 널리 재창조되기는 하였으나 그러
　한 계열과 월산대군의 시조를 동일화시킬 수는 없다. 여기에는『금강경』이란 경전
　에 대한 불자의 태도를 염두에 둘 필요가 있다.

42) 신흠,『상촌집(象村集)』(제60권,〈청창연담 하(晴窓軟談下)〉), '宗英之能詩者亦多
　風月亭爲冠 醒狂子 西湖主人其次也.'(왕족 중 시를 제일 잘 지었던 인물은 풍월정
　월산대군이라는 내용이 이 기록에서 엿보인다.)

2) 여말 선초의 무심 사상과 전개

월산대군의 시조에서 표상하는 불교적 의미의 '무심'은 고려 시대부터 조선 전기까지 지속적으로 이어져 온 불교문화 사상의 흐름과도 연결된다는 점에서 무심 사상에 대한 구체적인 접근이 필요하다. 이러한 관점에서 살펴보아야 할 것이 고려 말 삼사와 관련한 무심선의 전통이다. 고려 말 삼사였던 태고, 경한, 나옹의 간화선 전통은 보조 혜심으로 이어지는 수선사의 전통과 더불어 양대 산맥으로서 고려 말의 불교를 지키고 있었다. 고려 말 불교의 장에서, 태고나 나옹의 비중은 크다. 그럼에도 불구하고 본고에서 백운 경한을 언급하는 것은 그의 사상이 '무심'과 직결되었기 때문이다. '직지심경'으로 알려진 세계 최고(最古)의 금속활자본 『백운화상불조직지심체요절(白雲和尙佛祖直指心體要節)』의 저자였던 백운 경한(白雲 景閑, 1299-1374)이 제창한 무심무념(無心無念)의 선사상은 고려 말 불교 문화사에서 주목을 요하는 부분이다.

백운 경한은 태고 보우(1301-1382)와 함께 석옥 청공(石屋 淸珙, 1270-1352)의 문하에서 임제종을 계승하였지만 그 선풍에는 차이가 있었다. 백운의 선풍은 무심무위(無心無爲)를 배우고 길러 무구무착(無垢無着)의 경지에 도달하는 것이 목적이었고 그것이 바로 부처이며 마음이라고 하였다. 백운은 무념무상을 선의 구경으로 보았는데, 화두가 오히려 또 다른 집착을 일으켜 장애가 되는 당시 선가의 그릇된 선풍을 잡기 위해 무심의 선풍을 일으켰다.[43] 백운이 석옥 청공을

---

43) 정병조, 「백운의 무심선에 관하여」, 『한국불교학』(한국불교학회, 1977), 273-281면.

찾은 것도 바로 석옥의 무심무념의 진종을 이어받기 위함이었다. 백운의 선을 이른바 '무심선'이라 하는 것도 '무심일도'를 추구하는 백운의 선풍에서 나온 것이다. 백운 경한은 무심선을 강조하고 선양하는데 주력하면서도 간화선이나 묵조선을 부정하지는 않았다.[44] 경한은 태고 보우와 나옹 혜근의 문도들을 통합하게 함으로써 어찌 보면 당대의 불교를 주도하게 되는 고려 말 선종계 흐름의 한가운데 놓여 있었다고 할 수 있다.

백운 경한이 말하는 무심선의 핵심적 의미는 『백운화상어록』을 통해 집약적으로 제시되어 있다. 백운은 "나는 천만의 사람들이 조주의 도에서 부처를 찾는 것을 보았다. 그러나 그 중 무심도인을 얻기 어려운 것도 보았다."[45]라고 하면서 육조 혜능과 황벽선사의 글을 바탕으로 '무심무념'의 중요성을 역설했다.

> 육조혜능이 말하시길, 일체의 선악을 도무지 생각하지 않으면 자연히 청정심체에 들어가서 담연하고 상적하여 묘용이 항하의 모래와 같다고 했다. 황벽이 말하기를, 도를 배우는 사람이 만약 무심에 이르지 못한다면 몇몇 겁을 수행한다 하더라도 끝내 이루지 못하리라고 했다.[46]

백운이 '무심'을 수행의 방법으로 강조한 다음의 대목을 보자.

---

44) 강순애, 「직지와 불교문화」, 『서지학연구』 28집(서지학회, 2004), 94면.

45) 『백운화상어록』 권하, '示希諗社主書'(『한국불교전서』 6, 656면), "趙州道 我見千萬人 只是覓佛底人 其中一箇無心道人難得."

46) 앞의 책, 656면, "如六朝云 一切善惡都莫思量 自然得入淸淨心體 湛然常寂 妙用恒沙 黃蘗云 學道人 若不直下無心 累劫修行終不成."

십이시의 행주좌와 가운데 생사의 큰일을 생각하되 마음과 뜻과 앎을 떠나 범성의 길을 참구해내야 하는 것이니 무심무위를 배우고 은밀히 길러 항상 생각이 없고 항상 어둡지 않아 마침내 의지할 데가 없어 깊고 그윽한 공에 이르면 자연히 도에 합한 것이니 옛 사람도 무심이어야 비로소 본래의 자기를 본다고 하였다.[47]

뿐만 아니라 백운은 대중에게도 '무심'을 강조하였는데 다음에서 한 예를 들어 본다.

계사년 정월 17일 낮에 단좌하고 있었는데 저절로 영가선사님의 〈증도가〉 중의 '망상을 버리려 하지도 말며, 진심을 구하려 하지도 말도다! 무명의 실성이 곧 불성이며 환화의 공허한 몸이 바로 법신 이도다!'라는 사념이 일어났소이다. 생각이 여기에까지 미치어 그 말을 깊이 음미하였을 때에 홀연히 바로 무심이 되어 한 가지 생각도 일어나지 않게 되고 전후가 단제되어 조금도 의지할 것이 없는 명연한 경지에 이르게 되었소이다. 그러자 갑자기 삼천 세계가 온통 하나가 되고, 나 자신의 몸과 마음이 마치 하나가 되는 것과 같음을 밝게 볼 수 있게 되었으며 몸 이외의 다른 산하 대지 명암 색공 범성 등이 모두 없어지게 되었소이다…중략…만약에 스승님께서 그 당시 에 나에게 무념의 참뜻을 가르쳐 주지 않으셨더라면 어떻게 오늘과 같은 이러한 큰 해탈의 일이 있을 수 있었겠소이까. 무심이라는 한 글귀는 백억의 수많은 스승과 제자의 인연을 멀리 뛰어 넘는 것이니 결코 등한히 여길 것은 아닌 것이오이다. 무엇으로 그 막대한 은혜

---

47) 앞의 책, 652면. "於二六時中 四威儀內 以生死大事爲念 雜心意識 叅出凡聖路 學以 無心無爲 錦密養之 常常無念 常常不昧 了無依倚 到冥然地 自然合道 不見古人云無 心 方見本來人."

에 보답할 수 있겠소이까. **뼈가 가루가 되고 몸이 부숴지도록 노력
한다고 하더라도 모두 갚을 수 없는 것이오이다.** 나는 이미 이와 같
이 무심의 이치를 통달하고 또한 나와 함께 깨닫지 못한 이들에게
전권하려 하노니 원컨대 깨닫지 못한 그대들도 나와 같이 증득되기
를 간절히 바라는 바이오이다.[48] (필자 밑줄)

이 글은 백운이 황해도 불각선사에 있을 때 같은 암자에 있던 2-3
인의 형제들을 교화하기 위해 내린 법문이다. 백운이 제시한 무심의
이치는 단순히 선풍을 증장시키기 위한 사상으로서 존재했던 것이
아니라 당시의 대중들에게 쉽게 다가가기 위해 전달되었다는 점에서
대중적 교시의 측면에서도 주목된다. 이는 당시에 무심사상이 불가
에서 선풍으로만 이어졌던 것이 아니라 재가 불자들에게도 일반화되
었음을 보여주는 예라 할 수 있다.

물론 이러한 무심선의 사상이 백운 경한에 의해 제창된 독특한 것
은 아니었다. 이미 "반야부 계통의 경전들, 예컨대 금강경을 비롯하
여 유마경 등의 제 경전들은 모두 무상을 종체로 삼고 있고 육조단
경 영가의 증도가, 보조국사의 십종공부 등에서 무념무상의 논리는
언급"[49]되고 있었다. 앞의 예시문에서 백운 경한이 영가서사로부터
무심의 이치를 깨달았다고 말한 내용을 통해서도 이미 확인된 바와
같다.

실제로 백운 경한은 그의 시자 석찬이 정리한 『백운화상어록』을

---

48) 『백운화상어록』 권하; 박문열 역, 『백운화상어록』(범우사, 1998), 164-165면.(밑
줄 부분의 원문만 제시한다.) "無心一句 向超百億 師資緣會決不等閑."
49) 정병조, 앞의 책, 278면.

통해 무수한 법문을 남기고 있는데 그 법문의 내용은 모두 경전을 기반으로 설파되고 있음을 확인할 수 있다. 특히 『금강경』이나 『원각경』은 백운 경한의 법문 내용에 수차 제시되어 있다. 다음에서 『금강경』의 핵심 의미와 관련된 한 예를 들어 본다.

> 『금강경』에서 '일정한 법이 없는 것을 이름하여 아뇩다라삼먁삼보리라고 하도다.'고 하였으며 또한 실로 여래께서 설명하신 법이 없다고 한 것은 최상승을 나타내기 위하여 말씀하신 것이다. 그러나 일정한 법이 없다는 것은 무슨 뜻이겠는가. 고인께서는 바로 영묘한 본체를 나타낸 것이라고 하셨다. …중략… 세간이나 출세간에서 한 가지 물건도 그것에 견줄만한 것이 없으므로 일정한 법이 없다고 하신 것이다.[50]

경한의 시자 석찬이 정리한 위 내용은 『금강경』 '제7 무득무설분'[51]과 관련된 백운 화상의 법문에 대한 설명이다. 백운은 인간의 본성이 큰 허공과도 같아서 규정할 수 없으며 여래의 경지로 들어설 수 있는 활발한 자성과 같은 것임을 설파하면서 위의 법문 내용을 제시했다. 뿐만 아니라 다음과 같은 법문의 내용을 통해서도 『금강경』의 핵심적 의미에 천착하고 있었음을 알 수 있다.

---

50) 박문열 역, 앞의 책, 109-110면(『한국불교전서』 6, 650면), "金剛經云 無有情定法名阿耨多羅三邈三菩提實無有法如來可說者 爲發最上乘者說也 然無有定法意旨如何 古人云 此正顯靈妙之體 … 世出世間了無一物可比 故云無有定法."

51) 무비역, 앞의 책, 「第七 無得無說分」(불광출판사, 2008), 191-202면, "須菩堤 於意云何 如來 得阿耨多羅三邈三菩提耶 如來 有所說法耶須菩提言 如我解佛所說義 無有定法 名阿耨多羅三邈 三菩提 亦無有定法 如來可說 何以故 如來所說法 皆不可取不可說 非法 非非法 所以者何 一切賢聖 皆以無爲法而有差別."

'반야경에서 부처님께서 무릇 형상이 있는 것은 모두가 허망한 것
이며 일체의 유위법은 몽환포영과도 같고 이슬과도 같으며 번개와
같나니 마땅히 이렇게 관찰해야 하는 것'이라고 말씀하셨다. '그렇
게 관찰할 때에 비로소 이름이나 글자도 공적하여지는 것이며 그
공적함조차도 마침내 사라지는 것'이라고 말씀하셨다.[52]

이 부분은 『금강경』의 마지막 대목을 언급한 것으로 백운 경한의
사상과 『금강경』이 밀접하게 연관되어 있음을 단적으로 보여준다.
이와 같이 고려 말 선사상의 전통에는 『금강경』 등의 경전[53]이 바탕
이 되었다는 것은 주지의 사실인 바, 고려가 멸망했다고 해서 이러한
사상적 흐름이 단박에 사라질 수는 없었을 것이다. 선초의 정치적
이념은 유교였지만 조선 전기의 궁중에서까지도 『금강경』이 자연스
럽게 독송되었던 것은 지금까지 확인한 바와 같이 고려 말로부터 이
미 축적된 불교 문화적 기반이 추동된 결과였다.

3) 여말 선초 '무심' 제재의 문학적 형상화와 불교문화

고려 말엽에 백운 경한의 무심 사상은 한 시대를 관통하는 정신적
의미로도 중요한 역할을 했을 뿐만 아니라 불교문화의 흐름 속에서
당대의 예술화 경향과 지향성에도 크게 작용했을 것이라 추정된다.
고려 말 문인들의 작품에서 '무심'을 핵심 제재로 사용한 예시들을

---

52) 박문열 역, 앞의 책, 90면(『한국불교전서』 6, 647면), "如般若經中 佛云乎 凡所有
　 相 皆是虛妄 一切有爲法 如夢幻泡影亦如露亦如電 應作如是觀 到如是觀處 名字亦空
　 空亦了不可得."
53) 그 외 『육조단경』·『화엄경』 등의 경전을 들 수 있다.

흔히 찾아볼 수 있을 뿐만 아니라 백운 경한 스스로도 무심을 바탕으로 직접 시 작품을 남겼던 점 등에서 불교 사상과 문화의 융합적 양상을 엿볼 수 있기 때문이다.

　다음에서 백운 경한이 무심 사상을 바탕으로 지은 〈무심가〉를 예로 들어 본다.

> 흰 구름 맑고 고요한데 허공에서 나오는구나.
> 물은 흘러흘러 큰 바다로 흘러드는도다.
> 물은 곧은 곳을 만나거나 굽은 곳을 만나거나 그대로일뿐.
> 구름은 저절로 모이다 저절로 흩어지나니
> 친할 것도 없고 서먹할 것도 없도다.
> 만물은 본래 고요하나니 '나는 푸르다 나는 누렇다' 말이 없건만
> 사람들이 스스로 시끄럽나니 억지로 좋고 싫은 마음을 내는구나.
> 경계에 부딪혀도 그 마음 구름 같고 물과 같다면
> 세상살이 자유로워 아무 일도 없다네.
> 굳이 이름을 붙이지 않는다면 어찌 좋고 싫음이 있으리오.
> 어리석은 이는 경계를 잊으나 마음을 잊지 않지만
> 지혜로운 이는 마음을 잊어도 경계는 잊지 않는다네.
> 마음을 잊게 되면 저절로 고요해지고
> 경계가 고요해지면 마음 또한 여여하리니
> 이것이 바로 무심의 참 경지라네.[54]

---

54) 박문열 역, 앞의 책, 663면. "白雲澹靜出沒於大虛之中　流水潺湲東注於大海之心　水也遇曲遇直無後無比　雲也自卷自舒　何親何疎　萬物本閑　不言我靑我黃　惟人自鬧　强生是好是醜　觸境心如雲水意　在世縱橫有何事　苦人心不强名好醜從何而起　愚人忘境不忘心　智者忘心不忘境　忘心境自寂　境寂心自如　夫是之謂無心眞宗."

백운 경한은 '세간과 출세간의 공덕은 무심과 같은 것이 없으며 그 공덕이 가장 크고 불가사의한 것'[55]이라고 하면서 작품을 통해서도 역시 무심의 의미를 강조하고 있다. 이렇듯 사상적 무게를 강조하되 집약적으로 나타내기에는 시적인 기법이 효과적이었을 것으로 보인다. 〈무심가〉 외에도 백운은 '무심'을 제재로 한 선시를 여러 편 남겼다.

> 고산 밑 산 아래 살기 좋은 곳
> 쌀 흔하고 땔감 많고 이웃도 많아
> 무심한 늙은이 욕심이 적어
> 집 불내어 남에게 다 내어준다[56]
>
> 배고프면 밥 먹고 곤하면 잠 자
> 무심하면 모든 경계 한가로울 뿐이로다
> 오로지 본분의 일에만 의지할 뿐이러니
> 어디에서나 있는 그대로를 지켜야 할 뿐[57]

위의 시들은 세속에 묻혀 살면서도 무심의 수행을 간단없이 행했던 백운의 삶의 지세를 잘 보여준다. 여기에서 '무심'은 아무것도 하지 않는다는 것이 아니라 일체의 번뇌 망상을 끊어 모든 것이 원만히

---

55) 앞의 책, 107면(『한국불교전서』 6, 649면), "佛言 世出世間功德 無如無心 功德最大而不可思議."
56) 앞의 책, 661면. "高山山下好養身 米賤紫多足四隣 無心野老機關少 家火從他乞與人."
57) 앞의 책, 660면. "飢食困來眠 無心萬境閑 但依本分事 隨處守現成."

이루어진 상태로 무심한 생활 그 자체가 본분을 지키는 일이 된다. 이 두 편의 시가 다만 한가한 은자의 하염없는 회포를 읊은 것으로 볼 수 없는 것은 이러한 깨달음이 밑받침되고 있기 때문이다.[58]

고려 중기 이후 문인들이 불교 사상을 바탕으로 그들의 문학 활동을 해 온 바에 대해서는 이미 많은 연구가 있어 왔다. 김극기 이후 이규보, 이색 등의 삶과 문학이 불교 사상과 밀접한 상관성을 바탕으로 이룩되었다는 점에 대해서는 여러 학자에 의해 주목되어 온 바이다. 그 중 불교 문학과 관련하여 본고의 관심을 끄는 것은 고려 후기 문인들이 '무심' 제재를 어떻게 활용하고 있었는가 하는 점이다.

이색(1328~1396)은 '무심'이라는 소재를 그의 작품 속에 빈번히 활용하였다. 『목은집』에 나타난 시를 중심으로 분석하여 고찰한바 '무심'이라는 소재가 70여 건이 넘게 활용된 사실을 보더라도 목은 이색이 '무심'이란 단어에 가졌던 애착을 헤아려 볼 수 있다. 다음에서 작품 하나를 예로 들어 본다.

> 산에 노는 맛이 감자(甘蔗) 씹는 것 같아
> 가경에 들어감이 가장 사랑스럽네
> 구름을 바라보니 함께 무심해지고
> 계곡 길엔 홀로 그림자와 짝하노니
> 종소리 울려라 숲과 계곡은 텅 비고
> 전각엔 소나무 삼나무가 차갑구나
> 몹시 푸른 행전을 마련하고 싶어라
> 바람 맞으며 다시 세 번 반성하네[59]

---

58) 인권환, 앞의 책, 153면.

당시에 이색이 『백운화상어록』의 서문을 썼던 정황만 보더라도 승려와의 교분이나 불교와의 친숙성 등을 능히 짐작할 만하다. 그러나 이색이 '무심'을 사용한 대부분의 작품에서 '무심'은 노장적 의미의 경향성을 띠고 있다는 점이 흥미롭다. 이색은 도연명의 귀거래사歸去來辭)를 상당히 많은 작품 속에 차용하였는데 위의 시에서도 역시 〈귀거래사(歸去來辭)〉의 "구름은 무심하게 산봉우리에서 나온다.(雲無心以出岫)"라는 부분이 차용된 양상을 확인할 수 있다.

고려 중엽 이규보(1168-1241)의 경우에도 '무심' 소재를 활용하여 여러 편의 작품을 남겼다. 이규보는 불교적 성격의 작품을 다수 남겼는데 다음에서 '무심'을 노래한 작품 하나를 예로 들어 본다.

> 정착 없는 자취 어찌 한 곳에만 머물랴
> 다만 상계 신선의 뒤를 따르기 위함일세
> 시(詩)를 구사하는 버릇 아직도 넘쳐 나오고
> 속정(俗情)을 꿈꾸는 흔적 점차 희박해지네
> 발길 따라 우연히 선사(禪師)를 찾고 보니
> 광문의 가난한 행색 온 몸을 덮었구려
> 마음이 없거니 어디에 안착시킬 곳이 있으랴
> 산가 미음을 득별한 것으로 보지 마소[60]

---

59) 이색, 『牧隱集』(「牧隱詩藁」 卷之五, 〈寶蓋山地藏寺〉), 2면. "游山如啖蔗 最愛入佳境 雲望共無心 溪行獨携影 鐘魚殿宇松 杉泠林黌空 甚欲辦靑縷 臨風更三省."

60) 이규보, 『동국이상국집』(제7권, 〈復和〉二首 中 其一), 11면. "散浪何曾釘一端 只緣上界足仙官 裁雲舊習津津出 夢雨餘痕旋旋殘 信步偶尋融老懶 滿身猶帶廣文寒 無心那有安心處 愼勿將心特地看."

고려 중기 이후 문학 속에서 무심이 사용된 예들을 분석해 보면 대개 두 가지의 경향성을 띠고 있음을 알 수 있다. 그 하나는 노장적 의미의 무심이고, 또 다른 하나는 불교적 측면에서 묘사된 무심이다. 이러한 무심 제재의 예술화 과정과 더불어 우리는 무심 사상이 지니는 역사적 복합성에 관하여 인지할 필요가 있다. 우리가 사용하는 무심 무념 무위 등의 어휘는 본래 노장학적 명자(名字)였는데, 불경에서 중국적 선풍에 적응시키기 위해 개환시킨 용어이다. 반야의 공사상이 중국적 노장의 무위 자연 사상과 결합하여 이론적으로는 '격의(格義)'[61]가 되었던 것이다. 노장은 만유의 본체를 '무'라 하고 그 생성의 법칙을 '무위자연'이라고 하였다. 그것이 불교의 이론 면에서는 법체진공이며 심성청정, 본래무사가 되고 실천면에서는 번뇌를 끊을 것도 없고 보리 증할 것도 없으며 다만 무심하면 곧 본래무사의 본체가 드러나서 그대로 전체가 불(佛)이라는 고차원의 이념에 도달되었던 것이다. 노장의 무심 사상을 불교에 실천적으로 구체화한 것이 곧 지공(誌公, 422-514)·부대사(傅大士, 497-569)이다. 지공의 '무위대도자연(無爲大道自然)'은 무심사상의 원천이며 중국적 조사선 사상 무심사상의 발상이다. 부대사 역시 지공의 뒤를 이어 무심 주의를 골자로 한 바 이러한 무심 사상을 선적 실천면에서 응용하여 반야선을 이룩한 것이다.[62] 노자의 무심 사상이 불교의 무심 사상과 유사해서

---

61) 중국의 불교학자들이 불교 수용 초기에 불교 교리를 설명하는데 사용했던 방법이다. 불교 교리를 널리 이해시키기 위해서 유교·도교 등 중국 고유의 사상에서 비슷한 관념이나 용어를 빌려 썼던 것이 격의이다. 격의는 반야계(般若系) 경전의 번역가들 사이에서 가장 성행하였는데, 그들은 중국 독자들에게 불교사상을 쉽게 이해시키기 위해서 기존의 중국 사상을 이용했다.

62) 이종익, 「조사선에 있어서의 무심사상」, 『불교학보』(동국대학교 불교문화연구원),

구분해내기 어려운 점도 바로 이러한 역사 속에서 기인하는 것이라 할 수 있다.

앞 장에서 월산대군의 시조가 야보송을 시조화한 것이고 그 야보송이 바로 『금강경』을 해석했던 부대사의 주석에 덧붙여 있었던 것임을 상기해 볼 필요가 있다. 그간 학계에서는 시조 장르에서 파악되는 '무심'의 의미 지향이 바로 노자 장자의 무위자연적 성격을 반영한 것이라고 일반화하였으나 무심의 사상적 맥락을 거슬러 올라가 볼 때 무심의 의미 지향성은 이렇듯 두 가지의 복합적 성격을 지닌다는 사실에 주목해야 한다. 상당수 많은 문학 작품들에서, 특히 시조문학과 같은 경우 노장적 의미의 '무심'이라는 문맥적 의미 지향성을 보이는 예가 많은 것은 사실이다. 그러나 적어도 본고에서 논의하고 있는 월산대군의 시조만큼은 『금강경』과 관련한 주변 정황을 면밀히 검토해 볼 때 불교의 무심 사상과 관련되어 있음을 확인할 수 있다.

5. 맺음말

지금까지 월산대군의 시조에서 드러나는 '부심'의 의미를 파악하기 위해 월산대군의 시조와 『금강경 오가해』에 수록된 야보송의 관련성을 살펴보았다. 월산대군의 삶이 불교와 인접한 상황에 놓여 있었으며, 특히 『금강경』이라는 경전과 밀접한 지형 속에 놓여 있었던 점에서 볼 때, 월산대군의 시조에서 불교 사상의 논의는 필수적으로

_____

1973, 266면.

검토되어야만 한다. 월산대군의 시조에서 노장적 의미를 찾아낸다거나, 선자화상의 게송이 변용된 과정에서 풍류적으로 속화되었다고보는 견해들은 여말 선초의 불교문화와 사상적 배경을 염두에 두지않은 데에서 기인한 것이다.

『금강경』의 핵심적 의미와 연관되어 있는 부대사의 주해에 덧붙여진 야보송이 월산대군의 시조로 탄생하게 된 배경에는 불교의 무심 사상을 견지하면서 예술화하고자 하였던 여말 선초의 불교 문화적 열망이 내재해 있었다. 여말 선초의 불교적 동향과 관련하여 볼때 백운 경한의 무심 사상은 조선 초에 이르기까지 불교 사상의 기반으로서 당대의 문화적 동력을 발휘하는 근간이 되었는데 그 기저에는『금강경』이라는 경전의 지속적 전통이 큰 비중을 차지하고 있었다.

조선 전기 시조 문학을 논할 때 월산대군의 시조는 서정적으로 우수하다는 평가를 받기는 하나 이 작품은 실상 유교주의를 구현하였던 시대의 산물이면서도 불교 사상을 드러내었다는 점에서 조명되어야 할 것이다. '무심'의 의미 세계를 파악해보면 월산대군의 시조가『금강경』의 야보송을 훼손하지 않는 가운데 온전하게 시조화하면서도 여타 재창조의 작품들 즉 강호한정을 담은 노래들과는 차별화된관점에서 시도된 것임을 확인할 수 있다.

정작 이 작품의 문학사적 의미는 당대의 현실적 조건 즉 치군택민의 현실 속에서 유자들이 지향했던 이념의 일반성을 거부하고, 불교사상의 추구라는 전통성의 지향을 꾀했던 측면에서 조명되어야 할필요가 있다. 월산대군이 시조 장르를 통해 '고전의 재창조'라는 실험정신을 추구했던 점은 '고전의 수용과 변용'이라는 측면에서 그리고 불경의 문학화라는 측면에서 시사하는 바 크다. 월산대군의 시조에 대한 올바른 이해는 고정관념으로 바라보았던 조선 전기의 문학과 불교문화 전통의 상관적 고찰에 전환적 지표를 제시해 줄 수 있을 것으로 예상된다.

제3부

불교와
근대 문학 소고

제6장

한국 근대 문학의 기저와
불교 사상에 관한 단상

1. 동아시아에서의 근대와 근대정신

한국의 근대에 대한 접근은 시간, 공간, 사상과 철학, 역사 및 사회 경제 등 다양한 조건에서 이루어져야 한다. 지금까지 동아시아의 근대성에 관한 논의를 점검해보면 유교적 현실과 유교 사상의 유용성 등을 주된 가치로 강조했다. 하지만 동아시아 근대 아카데미즘의 형성과 근대 지식의 바탕을 규명하기 위해서 이른바 전통 사상이라고 하는 그 근원을 탐색해보면 유교적 사상 외에도 불교적 사상 및 철학과 맞닿아 있다는 것을 부정할 수는 없다.

중국 근대에서의 캉유웨이(康有爲, 1858-1927)나 량치차오(梁啓超, 1873-1929), 담사동(譚嗣同, 1865-1898) 등의 면면에서 드러나는 불교 사상 철학이 바로 그러한 예시라 할 수 있으며 한국의 근대 문화사에 등장하는 인물에서도 마찬가지로 불교적 사상을 찾아볼 수 있다. 이러한 사정은 한국의 근대성을 논의하는데 있어서 중요한 지표로 작용한다.

한국의 근대적 사상과 철학을 모색해 나갔던 당대 지식인의 정신적 기반에서 우리는 자생적 사상과, 유교적 전통성의 근거를 찾지만 실상 그 실체의 연결고리를 염두에 두고 보면 동아시아의 근대성에는 불교 사상이 스펙트럼처럼 연결되어 있음을 알 수 있다. 이러한 현상은 한국의 근대문학과 관련한 조감도에서도 확인된다.

2. 한국 근대 문학의 정신적 지향점 및 연원

한국 근대문학의 성격과 기점을 단순하게 말하기는 어렵다. 임화 이후 김윤식에 이르기까지 논의되었던 근대성을 재론한다 해도 영·정조 시대로부터 1900년 초반에 이르기까지 그동안 구분되었던 근대문학의 다양한 기점과 근대성에 관한 결론을 쉽게 내릴 수는 없기 때문이다.

다만 영·정조 이후 신분제의 동요와 시장 경제의 활성화, 성리학적 이념에서 벗어난 실사구시의 이념 추구, 자국어에 대한 인식과 어문학의 대중화, 서민과 양반의 계층성을 벗어나 만민이 평등하다는 사상의 도래 등등이 모두 한국의 근대성을 논의하는데 있어서 주요한 기제가 된다는 것은 분명하다.[1] 고려해야 할 범주가 복잡한 여건상 이 문제는 섬세하게 다루어져야 하나 선행 연구[2]로 대신하고

---

1) 나정순, 「시조 장르의 시대적 변모와 그 의미」(이화여대 박사논문, 1989), 1-231면.

여기에서는 조선 후기부터 일체 치하의 문학[3]까지 범박하게 근대문학이라는 범주에 넣어 언급함을 밝혀 둔다.

이러한 전제에서 한국의 근대문학을 거론할 때 최남선이나 이광수, 한용운, 경허 성우, 석전 박한영 등은 근대문학의 이행기에 주요접점에 섰던 인물로 평가될 수 있다. 여기서 접점이라 한 이유는 동아시아 근대 중국과의 관계와,[4] 한국 근대 문화사의 전통에서 볼 때 그 이전 시기에 속했던 이덕무에 이어 정약용, 추사 김정희, 박규수 등을 잇는다는 점 때문이다.

어떻게 최남선이나 이광수, 한용운 등이 한국 문화사에서 이덕무, 정약용, 추사 김정희, 박규수 등과 연결될 수 있을 것인가에 의문을 표할 수도 있다. 하지만 이들의 연결 고리는 불교적 지식 담론을 추동하였다는 점에 있다. 그들이 추동한 불교적 지식 담론이 진정한 불교 정신인가에 대해서는 점검이 필요한 문제이지만 일단 불교라는 소재를 가지고 담론화하였다는 점에 대해서는 이론의 여지가 없다.

그동안 근대문학의 성격을 논의하는 자리에서 한국의 전통적 사상은 유교와의 관련 속에서 주로 논의되었지만, 동아시아 근대 지식의 형성과 연계의 밑바탕에 굳건히 자리 잡고 있었던 접점의 힘은 불교

---

2) 이혜순, 「비교문학적 관점에서 본 한국 근대 문학의 기점」, 『근대문학의 형성과정』(한국고전문학회, 1983), 102~118면. 이 논의를 참조할 것.

3) 김대행, 「암흑기의 친일문학」, 『한국문학연구입문』(지식산업사, 1993), 638~646면. 여기에서 암흑기의 친일문학에 대해 상세하게 다루고 있으므로 자세한 언급은 생략한다.

4) 뒤에서 언급하겠지만 박한영 스님은 중국의 청나라 말기 학자였던 담사동의 저서 『인학』을 즐겨 읽으면서 근대의 지식인들에게 그 내용을 전달하고 실천적 가치를 추구하고자 하였다.

사상이라는 점에서도 이에 대한 새로운 인식과 점검이 요구된다.

3. 한국 근대 문화의 동력이 된 불교 사상

한국의 전통문화에서 유교문화를 배제하여 말할 수는 없을 것이다. 그러나 유교적 가치는 봉건적 기치 아래 계층성이라는 차별성을 심화시켰고 그것은 새로운 문물과 사상의 요구를 가져왔다. 그것이 바로 근대로 이어지면서 한국의 근대는 두 가지 문화 현상을 낳게 된다. 그 하나는 문명의 개화와 풍요를 전해주는 기독교적인 기반의 침투이고 또 다른 하나는 외형상 크게 드러나지는 않았지만, 전통적으로 이어오며 조용히 내부적으로 견고해진 불교 사상의 심화이다.

그간 기독교 문화와 관련하여 한국의 근대성이 조명된 것에 비하면 불교사상과 연관해서 근대성이 규명된 것은 극히 미약하다. 하지만 한국 전통문화의 정신이 갈 길을 잃고 표류할 때 우리 문화의 정신적 지표를 잃지 않게 해 준 힘은 불교 사상에 있었다.

그 대표적 예시를 다산 정약용의 경우에서 찾아볼 수 있다. 다산 정약용(1762~1836)이 유배 생활을 하면서 실학적 사상을 저술로 남길 때 백련사 주지 혜장선사(1772~1811)와 불교를 논하며 교유했던 과정은 근대 정신사에서 짚어보아야 할 대목이다. 시 작품에도 남아 전하는 이들의 교유 양상은 유자가 생각하는 불교적 정신의 의미를 보여준다.

> 그 옛날 원공[5]은 시율을 좋아하여
> 말 다듬어 시 쓰느라 붓이 쉴 새 없었으며

연담노인[6]의 자는 무이라고 불렀는데
문장 솜씨 그 당시에 제일이라 칭하였네
석림의 경쾌한 배가 눈 속에 돌아오고
만년의 날쌘 석장은 꽃 속에서 나타났건만
지금 와 속절없기 물 같고 구름 같아
남녘 땅 떠돌이 신세 지난날이 그립다네
그대는 소년으로 늙은이와 사귀면서
다만 시를 꺼리고 숭상하는게 청밀이니
<u>시와 불법이 어찌 다른 길이겠는가</u>
<u>미혹이냐 깨쳤느냐 득실은 거기 있지</u>
<u>미혹이면 팔만사천 진로장이고</u>
<u>깨치면 팔만사천 바라밀이야</u>
밀수와 금총[7]이 제각기 제길 가듯
고유이건 호묘이건[8] 그거 별게 아니라네
더구나 그대는 남달리 총명하여
일찌감치 암라[9] 씨를 간직하고 있잖은가
고치를 얽고 있는 솜털은 걷어야 하고
금꼬챙이로 긁어내야[10] 병을 낫게 만든다네
벌을 쫓고 꿀 따는데 잘못된 일 아닌 것이며

---

5) 원공(苑公)은 청파대사(靑坡大士) 혜원(慧苑)을 말한다.
6) 영조(英祖)·정조(正祖) 연간의 승려 유일(有一)을 말한다.
7) 송(宋) 승려인 중수(仲殊)와 사총(思聰)을 말한다. 중수는 꿀을 좋아하고 사총은 거문고를 잘 탔다고 『新續高僧傳』에 전한다.
8) 한국고전번역원, 『다산시문집』 5권, 각주 참조; 『소동파집(蘇東坡集)』〈증시승도통(贈詩僧道通)〉, "雄豪而妙苦而腴 祇有琴聰與蜜殊."
9) 인도의 과일(菴摩羅)을 말한다.
10) 『열반경(涅槃經)』에서 말하는 눈병 치료법.

삼을 지고 금을 버리는 그 짓은 말아야지
제 본색만 띠고 있다면 나물인들 그 어떤가
떡도 쉬면 천질을 해칠까 두렵다네
<u>법 이루건 법을 깨건 모두가 열반인 걸</u>
<u>바람 우레 박차고서 질책을 받아야만</u>
<u>두 공들과 나란히 세 사람이 되어서</u>
<u>나와 더불어 교칠 같은 만교가 될 것이라네</u>
        - 〈예를 그리는 노래, 혜장에게 부치다(憶昔行 寄惠藏)〉[11]

                                  (필자 밑줄)

    조선조 유교 사회에서 유교와 불교의 정신이 만나게 되었던 전통은 정약용 이전에 이미 실학자였던 이덕무(1741-1793)에게서도 그 전조를 발견할 수 있다. 독서를 즐겨 하였던 이덕무는 〈선귤당농소(蟬橘堂濃笑)〉에서 '무심(無心)의 경지'를 문학적으로 표현하였는데 여기에는 불교적 정신세계에 맞닿아 있었던 이덕무의 내면 의식이 잘 드러나 있다.

    어옹(漁翁)이 긴 낚싯대에 가는 낚싯줄을 거울 같은 물에 드리우고 말도 않고 웃지도 않으면서 간들거리는 낚싯대와 낚싯줄에만 마

---

11) 한국고전번역원, 『다산시문집』 5권, 한글 번역을 그대로 따르되 부분적으로 필자가 수정하였음을 밝혀둔다. "憶昔苑公耽詩律 酸言瘦句無停筆 蓮潭老人字無二 文采當時稱第一 石林輕軻雪中廻 萬淵飛錫花間出 如今事與水雲空 流落南來惜往日 汝更少年結老蒼 但不嗜詩崇淸謐 詩與眞如豈二門 直由迷悟生得失 迷爲八萬四千塵勞障 悟爲八萬四千波羅蜜 蜜殊琴聰各頓到 苦腴豪妙非別術 況汝聰慧異凡材 蜜葇菴羅核中實 繭絮纏綿須破殼 金錍刮刺斯去疾 除蜂取蜜理無爽 擔麻棄金法所黜 不嫌蔬筍帶本色 秪恐酸餡傷天質 成法破法皆涅槃 一蹴風霆受鞭叱 然後上與二公成三人 成我晚交如膠漆."

음을 붙이고 있을 때는, 빠른 우렛소리가 산을 부수어도 들리지 않
고 날씬한 아름다운 여인이 한들한들 춤을 추어도 보이지 않는다.
이는 달마대사(達磨大師)가 벽을 향해 앉아 참선할 때와 같다.

-〈선귤당농소〉[12]

정약용에 이어 불교적인 사상에 연결되어 있었던 실학자로는 추사
김정희(1786-1856)를 들 수 있다. 김정희는 경학 금석학 외에도 불교
학에 일가를 이루었다고 하는데 그의 문집에 남긴 '천축고(天竺考)'는
김정희의 불교적 식견과 관심을 잘 말해 준다. 당대 고승이었던 백파
(白坡) 초의(草衣)와 교유하며 남긴 서신 등도 그의 불교적 세계 전반
에 대한 이해의 깊이를 보여준다. 봉은사 판전의 글씨에서도 불교와
의 교감을 찾아볼 수 있다. 물론 〈천축고〉[13]라는 글에서 드러나는 석
가의 탄생이나 사리의 경로 및 불경에 대한 논의 등이 비판적 논리에
근거하고 있으나 유교적 지식인으로서 불교학적 담론을 이끌어 낸
추사의 모습은 이후 근대로 이어지는 우리 문화사의 이행기에서 근
대 전환기로 불교적 정신을 추동해내는 역할을 하였다고 볼 수 있다.

추사 김정희와 교류가 깊었던 실학자 박규수(1807-1877) 역시 개화
사상의 원조 격으로 불교 사상의 자장 속에 있었으며 이후 유대치
(1814-1884), 김옥균(1851-1894) 등 개화사상 지식인들에게도 역시 불
교 사상은 낯선 것이 아닌 전통적 정신이었다. 문명개화로 이어지던
혼란한 사회에서 그들의 구심점으로 작용하였던 것은 외부로부터 수

---

12) 한국고전번역원, 『청장관전서』 63권, "漁翁長竿弱絲投平鋪水不言不笑寓心於嫋嫋
竿絲之間疾雷破山而不聞曼秀都雅之姝舞如旋風而不見是達摩面壁時也."
13) 『완당전집(阮堂全集)』, 「阮堂先生全集」 권1.

입된 기독교적 정신이 아니라 한국 전통사회에서 이미 내재해 있었던, 하지만 계급적 유교 사회에서는 묻혀 있었던 불교적 정신이었다. 그들의 삶에서 불교는 만민이 평등한 가치를 실현시킬 수 있었던 정신적 이념의 지주였기 때문이다.

이러한 전통의 근간을 살펴보면 거기에는 만인이 평등해서 굳이 '나'와 '너'의 경계가 없는 '무아'의 정신이 깃들어 있다는 것을 알 수 있다. 조선 후기부터 개화기에 이르는 시대의 정신적 구심점을 전통사회와 관련한 불교정신에서 찾는다면 그것은 곧 '무아' 사상일 것이다. 당시 스님들의 화두로 이어지던 간화선의 전통은 대중의 세계와는 거리가 있었고, 이덕무로부터 추사에 이르기까지 연결되었던 보편적 불교 정신은 '무아'를 기반으로 한 정신적 탐색으로서 대중들에게는 비교적 친숙한 측면이 있었다. 만민이 평등하며 더불어 살아가야 한다는 '무아'의 가치는 '나'의 본성을 찾아 나갔던 유교적 인간학과는 분명 차별성을 지니는 것으로서 조선 후기 실학적 지식인들에게 새롭게 움터 올랐던 전통적 가치의 새로운 발견이었다.

그러한 '무아' 사상에 접근하다보면 우리는 불교의 요체를 드러내고 있는 『금강경』과 만나게 된다. 조선 전기 왕실에서조차 『금강경』이 독송될 정도로 『금강경』은 친숙한 경전으로서 지금까지도 소의(所依) 경전으로서의 역할을 하고 있다. 여말 선초 이후 추사 김정희에 이르기까지 그들이 추구하였던 무아의 정신이 왜 불교적 세계인가라는 물음에 대하여 논리적 근거를 찾아 답한다면 그것은 궁극적으로 『금강경』에서 제시하는 무아의 정신과 일치하기 때문이라고 말할 수 있다. 고려 말 이후 조선 전기를 이어나갔던 불교적 세계관이 선초 이후 침체를 겪었던 상황에서도 반봉건적 평등사상의 추구와 맞물리면서 근대 이후 새롭게 전통 사상으로서 부활될 수밖에 없었던 것은 바로 무아의 정신이라는 전제가 곧 만민 평등과 동일한 기반을 지녔기 때문이었다.

4. 한국의 근대 문학과 불교 정신

그렇다면 한국의 근대 이후 문학에서 전통적 불교사상과 철학은 어떻게 형상화 되었는가? 여기에는 몇 가지 방향에서 탐색이 필요하다. 앞으로 이 방면에 대한 연구는 세 가지 방향에서 조명되어야 할 것으로 본다.

첫째 대중적 외피를 걸쳤던 불교적 문학, 둘째는 인간의 삶에 대한 근원적 물음을 묻는 불교적 정신세계를 드러내되 대중성을 지닌 세간의 문학, 그리고 셋째는 대중과 거리가 먼 출세간에서 이루어진 불교 문학에서 찾아야 할 것이다.

첫째를 대표하는 근대 문학이 바로 최남선과 이광수 등에 의해서, 둘째를 대표하는 문학이 한용운 등에 의해서, 셋째를 대표하는 문학이 경허 성우, 만공, 석전 스님 등에 의해서 이루어졌다.

위 세 부류의 근대 이후 지식인들은 서로 일정 부분 네트워크를 통해 연결되어 있었음에도 불구하고 실질적으로는 각자의 문학을 통해 각기 다른 불교적 사상과 철학을 드러냈다. 한국의 근대성을 논의할 때 유교적인 가치보다 더 깊숙이 내재되어 있었던 불교사상적 배경은 모두 불교라는 외침으로 대중에게 다가섰지만 실질적으로는 다양한 부류로 갈래지어 각기 다른 모습으로 그 정체성을 찾아 나섰다.

1) 불교라는 외피를 걸친 문학의 한 흐름

한국의 근현대 문학사를 이끌어갔던 최남선과 이광수에게 있어서 불교 사상은 특별하다. 최남선(1890–1957)은 문·사·철(文·史·哲)에 기반을 둔 근대 학문의 개척자로서 민족주의자였으나 궁극적으로는 친일의 행적으로 오점을 남겨 아쉬운 인물이다. 중국의 경우라면 계몽 사상가이자 학술가였던 량치차오(梁啓超)와도 비견될 만하나 최남선의 사상적 궤적은 복잡하다.[14] 최남선이 바라본 조선 불교는 민족주의적 불교였고 불함문화론의 바탕이 되는 불교였다는 점에서 그의 불교 사상적 궤적을 연기법이나 사성제에 바탕을 둔 '무상(無想) 고(苦) 무아(無我)' 등의 정통한 불교 정신에서 찾기는 어렵다.

당대의 거승 석전 박한영 스님(1870–1948)을 모시고 1925년 호남과 지리산 일대를 여행하면서 '한도인(閒道人)'이란 필명으로 '시대일보'에 순례기를 연재했던 것만 보더라도 그의 삶에서 불교는 관심 이상이었음이 분명하다. 최남선은 1926년 『백팔번뇌』라는 시조집을 출간하면서도 그의 정신적 기반이 불교 사상에 연계되어 있다는 것을 보여주고자 하였다. 하지만 『백팔번뇌』라는 시조집에 수록된 작품의 내용들은 '불교'와 거리가 있었고 관련된다고 하더라도 외피를 걸쳤을 뿐 불교적인 정신이 내재화된 것은 아니었다. 〈석굴암에서〉와 같은 작품이 그 대표적 예시라 할 것이다.

> 1
> 허술한 꿈자취야

---

14) 김영진, 「최남선의 문명담론과 조선불교 구상」, 『불교평론』 54호, 2013.6.1.

석양(夕陽) 아래 보잤구나
버린 듯 파묻은 너만
남아 홀로 있고녀.

2
예술(藝術)의 대궐 안에
네라 있어 발이 되어,

거룩한 우리 솟을
세계(世界) 위에 괴었나니

남아야 아무 것 없다
구차할 줄 있으랴.

3
두 눈을 내리깔고
엄숙하게 섰노라니,

금마다 소리 있어
우레같이 어울리매

몸 아니 떨리시는가
넋도 녹아 가도다.

　최남선의 문학에서 불교는 민족의 전통성을 찾기에 적합한 국수주
의적 정신의 투영이었지 불교정신이 담고 있는 '사성제'[15]에 기반을
둔 무상 고 무아 등을 작품에서 추구한 것은 아니었다. 최남선이 어릴

적부터 『금강경』을 읽었다거나, 그의 가계에서 나타나는 사실의 궤적에서 보더라도 그는 일찍 불교에 대하여 상당한 관심을 가지고 있었던 것만은 분명하다. 그럼에도 불구하고 그의 문학에서 나타나는 불교는 유교적 가치를 넘어 새롭게 찾아내고 싶어 하던 민족적 전통성의 이상을 투영한 담론적 외피로서의 불교였을 뿐이다.

최남선과 더불어 주목해야 할 작가는 이광수이다. 이광수는 한국의 근현대 문학사에서 일단 주목받을만한 작가이기는 하다. 이광수는 그의 종교적 변절 체험이 다양하듯 그의 문학에서도 다양한 실험을 하였는데 당대 지식인이며 문학가로서 고전의 재창조에도 상당한 관심을 가지고 있었다.

『백조』창간호를 보면 이광수는 『삼국사기』'고구려 본기'에 나오는 주몽에 관한 이야기를 토대로 '시조'라는 형식을 통해서 재창조 작품을 만들어내는 형식적 실험을 하였다. 자칭 '악부시'라는 제목을 쓰면서 고전을 통하여 전통성을 추구하였던 모습을 보이는데 일본을 동조하는 의식에서 나타나는 허구적 정체성에도 불구하고 이광수의 문학 형식적 실험 정신은 근현대 문학의 이행기에서 주목될 만하다.[16]

이광수 역시 최남선과 마찬가지로 1920년대에 박한영 스님으로부

---

15) 이어령, 「현대시 특수연구」, 이화여자대학교 대학원 박사과정 강의 노트, 1983. 이어령 교수는 여기서 〈제망매가〉를 사성제의 원리로 분석한 바 있다. 필자는 이 시각이 당시에 상당히 참신하고 창의적이라 생각했다. 이후 불교를 공부할수록 불교문학인가 아닌가의 구분은 바로 '사성제'와 '연기설'이 잣대가 되어야 한다는 점을 인지하게 되었다. 오늘날 많은 논문들에서 불교문학에 대한 명확한 정의가 이루어지지 않고 있다는 점은 안타까운 일이다.

16) 나정순, 「고전의 현대적 계승과 변용을 통해 본 시조」, 『시조학논총』 24(한국시조학회, 2006), 173–197면.

터 불교 강의를 듣게 되는데 불경의 사상에 심취하기도 하였다. 이광수는 『이차돈의 사』나 『원효대사』라는 소설을 통하여 그의 불교적 세계관을 투영하였는데 최남선과 유사한 역사주의적 불교적 관점을 드러내고자 하였다. 최남선이 한국의 불교가 중국으로부터 유입된 불교가 아니라 또 다른 독자적 루트를 통하여 들어왔다고 설명하듯 이광수 역시 최남선의 역사관과 같은 지향점을 작품 속에 드러내고자 하였다. 말하자면 이광수의 문학에서도 불교는 역시 한국에서 거의 자생하다시피 한 전통성의 가치를 드러내는 것으로서 그 불교적 정신이란 사성제와 연기설에 바탕을 둔 것이 아니라 신라의 전통 사상에 맞닿아 있는 민족적인 것으로 그려진다. 이러한 양상은 그의 소설 『원효대사』에서도 찾아볼 수 있다.

혹자는 이것을 일선동조론과 견주어 보기도 하지만 불교 관련 서적을 참고하여 신라 역사 등을 조명함으로써 이광수라는 지식인은 우리 고유의 전통적 사상에서 민족의 전통성을 찾으려고 한 듯하다. 하지만 이광수의 문학에서 드러나는 불교적 정신은 대승의 불교정신도 아니었고 17세기 말을 거쳐 18세기 이후 일부 불교적 전통성의 가치를 바탕으로 하였던 인문학적 전통의 정신도 아니었다. 그것은 단지 불교라는 외피를 걸치고 역사를 조명했던 수구 민족주의를 투영한 허구적 이상(理想)의 일종이었다고 할 것이다. 그가 남긴 시조 문학에서도 이러한 사실을 확인할 수 있다.[17]

그런 점에서 최남선이나 이광수의 문학은 그 이전의 추사와 같은 일부 근대 지식인들이 탐구했던 불교적 정신 즉 '무아'나 '무심'의 정

---

17) 위의 글, 177면.

신을 문학 속에 계승하고자 한 것은 아니었다. 그들에게 불교는 단지 민족주의적 역사성과 수구적 민족주체성을 확인할 수 있는 담론적 도구로서 탐색되었을 뿐이다.

2) 대중적이면서도 불교의 일승(一乘)을 추구했던 문학의 한 흐름

근대 이후 문학사에서 중요하게 다루어지는 인물이 바로 만해 한용운(1879-1944)이다. 한용운의 문학은 대중에게도 친숙할 뿐만 아니라 연구사적으로도 풍성한 편이다. 하지만 한용운의 불교적 사상을 그의 문학에서 구체적으로 찾아 낸 연구는 흔치 않다. 한용운은 당시에 혁신적인 불교 운동을 전개했을 뿐만 아니라 자신의 문학을 통하여 불교적 정신세계를 극명하게 추구하고자 노력했던 인물이다. 최남선이 『백팔번뇌』를 출간했던 1926년에 한용운은 『님의 침묵』을 발간했다. 동 시기에 작품집을 출간했지만 한 부류가 불교적 외피를 드러냈다면 다른 한 부류는 불교적 정신을 문학에 담아내고자 하였다. 한용운의 문학 세계는 불교 경전의 탐독과 현실적 수행 등에서 다져진 불교적 정신세계 즉 일승(一乘)의 정신에서 파생한 것이라고 보아야 할 것이다.

〈알 수 없어요〉라는 시에서 말하듯 존재의 근원에 대한 본질적 탐색은 불교적 정신을 기반으로 추구하던 모색의 표출이었다. 이러한 탐색은 일승사상에 귀결되는 것으로서 그 실천이 바로 민중의 구제였으며 그것을 살려나가는 것이 그의 이상이었다. 이러한 그의 철학은 『님의 침묵』에 수록된 〈알 수 없어요〉·〈나룻배와 행인〉이나 〈복종〉이라는 작품에서도 잘 드러나며 그 외 다수의 작품에서도 그러한 면모를 확인할 수 있다.

> 바람도업는공중에 垂直의波紋을내이며 고요히써러지는 오동닙은 누구의발자최임닛가
>
> 지리한장마씃혜 서풍에몰녀가는 무서은검은구름의 터진틈으로 언뜻 언뜻보이는 푸른하늘은 누구의얼골임닛가
>
> 꼿도업는 깁흔나무에 푸른이끼를거처서 옛塔위의 고요한하늘을 슬치는 알ㅅ수업는향긔는 누구의입김임닛가
>
> 근원은알지도못할곳에서나서 돍쑤리를울니고 가늘게흐르는 적은시내는 구븨구븨 누구의노래임닛가
>
> 련꽃가튼발쑴치로 갓이업는바다를밟고 옥가튼손으로 씃업는하늘을만지면서 써러지는날을 곱게단장하는 저녁놀은 누구의詩임닛가
>
> 타고남은재가 다시기름이됩니다 그칠줄을모르고타는 나의가슴은 누구의밤을지키는 약한등ㅅ불임닛가
>
> — 한용운, 〈알ㅅ수업서요〉

한용운의 작품에 내재된 일승의 정신은 '나'를 버리고 '무아'의 상태에서 분별을 없애고 궁극에 그것은 부처의 세계로 환원될 수 있다는 정신세계를 표상한다. 한용운의 문학에 심오한 불교적 사상과 철학이 내재해 있다고 보는 것은 이러한 세계관 때문이다. 그러면서도 한용운의 문학이 한편 대중성을 담보할 수 있었던 이유는 바로 세간의 친숙한 언어적 형상화에 있었다. 한용운은 '나'와 '대상'의 관계에서 일어나는 세간의 경험적 현실이나 상상력에 기대어, 인간 내면의 탐색이라는 무거운 주제조차 인간적 관계의 일상성으로 전화시켰기 때문에, 일승의 정신을 기반으로 하면서도 대중성을 확보해낼 수 있

었던 것이다.

3) 출세간에서 이루어진 불교 문학의 한 흐름

근현대 문학 중에는 불교적 정신을 치열하게 다루었으나 한용운의 문학과 달리 대중과는 떨어져 있으면서 당대의 소수 층에게만 전유되었던 출세간의 문학 계열이 있었다. 그것이 바로 경허 성우나 만공, 석전의 문학이다. 이 부분은 근대 이후 문학사에서 지금까지 잘 다루어지지 않았으나 동아시아 근대 지식의 계보와 관련하여 살펴볼 때 분명 의미 있게 다루어져야 할 영역이다.

경허 성우(1849-1912)와 경허의 지도를 받은 만공 스님(1871-1946)이 선시를 남겼지만 이 방면에 대한 문학적 조명은 지금까지 거의 이루어지지 않았다. 만공 스님은 만해 한용운, 석전 박한영과도 교분이 있었을 뿐만 아니라 불교적으로도 치열한 구도의 삶을 살았고 불교의 개혁에도 앞장섰던 인물이다. 만공이나 석전의 경우, 한용운의 문학과는 달리 문학 세계에서조차 깨달음을 구현하고자 하였던 출세간의 문학적 성격으로 인해 대중적으로는 조명되기에 어려운 점이 있었다.

그럼에도 불구하고 당대 문학의 흐름을 형성하였던 지식인의 네트워크에서 이들의 역할은 분명하게 자리 잡고 있다. 만공 스님과 같은 경우 당시 불교 사상의 좌장 격이라 할 수 있는 선학원을 이끌며 일상 속에서 선불교를 실천하였기에, 그 정신세계에 대한 성찰은 한국 근대문화사를 이끌어갔던 진정성의 가치를 조명하는데 중요한 관건이라 할 수 있다.

불교정신을 계승하면서도 당대 동아시아의 근대적 정신세계를 폭넓게 수용한 이는 석전 스님(朴漢永, 1870-1948)이다. 당시의 지식인들이나 문인들이 대부분 석전 스님의 제자들이었다. 최남선·이광수·한용운·서정주·정인보 등은 모두 근현대 문학사의 한 획을 그었던 인물들인데 그들뿐만 아니라 당대 지식인들도 다수 스님의 문하에 있었다.

중국 청나라 말기의 사상가 담사동(1865-1898)이 1896년에 저술하여, 1899년 일본과 중국에서 처음 출간된 『인학(仁學)』이라는 저서는 석전 스님에 의해 1913년 번역되었는데 이는 '조선불교월보'에 연재되어 당대 지식인들에게 널리 전파되는 계기가 되기도 하였다. 치세(治世)의 근본이 '인(仁)과 통(通)'이라고 역설하며 '인'은 평등의 학문이며 그것은 격치(格致)라는 과학적 사상과 연계된다고 하였는데, 서세동점의 당대적 상황에서 불교 철학으로부터 미래를 제시한 담사동의 사상은 석전에게도 크게 영향을 미쳤다.[18]

특히 불교의 절대평등을 기반으로 한 자연계와의 일체 사상은 수행을 근본으로 삼았던 석전의 정신과 맞닿아 있었다고 볼 수 있다. 석전은 근대 한국학의 태두로서 동아시아의 정신문화를 폭넓게 수용하면서 한국의 근대 지식인들에게도 정신적으로 영향을 미쳤다. 뿐만 아니라 다산 정약용, 추사 김정희, 백파선사 등의 정신을 이어 전함으로써 통시적으로나 공시적으로 접점에 섰던 인물로서 그의 정신세계는 우리 근대 정신사에서 추적해 보아야 마땅하다.[19]

---

18) 노권용, 「석전 박한영의 불교 사상과 개혁운동」, 『선문화연구』 8집(한국불교선리연구원, 2010), 252면.

석전 박한영의 작품은 『석전시초(石顚詩鈔)』에 남아 전한다. 기행을 노래한 시에서조차 자연과의 일체를 통해 자연물을 부처의 세계로 묘사하고 있어 세간의 문학과는 변별되는 특징이 있다.

> 벽도화 그늘 걸으니 육화암이여
> 머리 곧추어 천불 참례도 능하네
> 부처의 진리는 무수한 별을 열고
> 문득 호상광은 나림을 꿰뚫네
>
> － 〈六花嵓望千佛峰〉[20]

이 시는 금강산 육화암에서 바라보는 자연물 그대로 두두물물(頭頭物物)이 부처의 세계임을 표현하고 있는데 일승의 정신을 표방하지만 출세간의 문학으로서 대중들에게 공감을 일으키기에는 어려운 점이 있었다. 그럼에도 불구하고 석전의 시가 주목되는 것은 경험적 자연 현실을 일승의 세계로 승화시키는 가운데 근현대기 시문학에 불교라는 사상적 담론을 추동해 내었다는 점에 있다. 앞으로 불교 문학 연구자들의 심도 있는 논의가 필요하다.

---

19) 『석전시초(石顚詩鈔)』라는 시집에 등장하는 문학 세계가 외형상 기행의 여정과 개인적 정취 등을 노래한 것 같지만 실은 불교적 수행자로서 출세간의 불교 정신을 표현하고 있다는 점에서 앞으로 상세히 연구될 필요가 있다.

20) 박한영, 『석전시초(石顚詩鈔)』(동명사, 1940), 55면. "碧桃陰履六花嵓 矯首可能千佛叅 螺髮離微開列宿 恍然毫相透羅林."

5. 동아시아 근대 지식의 흐름과 정체성

한국의 근대적 정신에 관한 학계의 논의는 그간 유교적 성격에 집중된 편이었다. 하지만 동아시아의 근대정신을 추적하는 과정에서 불교적 정신과 그 철학을 살펴보는 것 역시 상대적으로 중요하다. 한국뿐만 아니라 동아시아의 근대기에 불교사상은 현실적으로나 사상적으로 지식인의 삶에 지대한 영향을 끼쳤기 때문이다. 따라서 이 방면에 대한 논의는 한국의 근대 정신사를 점검하는 주요한 지표가 될 수 있다. 특히 시대를 관통하여 이어져 온 불교 정신이 남아 있는 한국 근대 이후의 문학에서 그 정체성을 파악해 내는 일이야말로 근대 지성사의 실체를 발견하는 통로가 될 것이다.

하지만 근대 이후 한국 지식의 계보는 기독교적 정신으로 대체되면서 불교 정신의 논의조차 낯선 풍경이 되고 말았다. 심지어 불교문화는 무속과 관련된 것으로 둔갑하면서 미신이라는 덫으로 치부된 가운데 종교적인 영역을 떠나 문화적인 영역에서조차 논의할 자리를 잃어버리고 마는 현상을 초래했다.

그러나 불교 전래 이후 고려 조선조에 이르기까지 한국의 불교문화는 우리의 상황에 맞게 주술성과 결합하면서도 불교 본연의 모습은 간직된 채 지속되었다. 그것은 초기 불교에서 말하는 석가의 가르침과 정신에서 벗어난 경우도 있었으나 그럼에도 불구하고 한국의 불교문화에 남아 있는 불교적 정체성은 여전히 불교의 전통과 불교적 정신에서 유래한 것이라고 단언할 수 있다. 그러한 이유는 한국의 불교문화라는 여러 가지 양태들이 대승경전에 기초하여 전수되고 있기 때문이다. 앞에서도 살펴보았듯이 근대 이후 일부 문학에서 드러

나는 무아의 정신 역시 궁극적으로는 『금강경』에서 말하는 '무아'의
사상과 맞닿아 있다는 점에서 그러한 모습을 확인할 수 있다.

참고문헌

자료

求那跋陀羅 譯, 『雜阿含經』(『大正藏』2)

鳩摩羅什 譯, 『譯佛說仁王般若波羅蜜經』5(『大正藏』8)

鳩摩羅什 譯, 『維摩詰所說經』1(『大正藏』19)

鳩摩羅什 譯, 『妙法蓮華經』(『大正藏』9)

那連提耶舍 譯, 『大悲經』(『大正藏』12)

曇無讖 譯, 『金光明經』13(『大正藏』16)

曇無讖 譯, 『佛本行經』1,2(『大正藏』1,4)

曇無讖 譯, 『大方等大集經』(大正藏』13)

道世 撰, 『法苑珠林』28(『大正藏』53)

般刺蜜帝 譯, 『大佛頂如來密因修證了義諸菩薩萬行首楞嚴經』9(『大正藏』19)

帛尸梨蜜多羅 譯, 『佛說灌頂七萬二千神王護比丘呪經』12(『大正藏』21)

法衆 譯, 『大方等陀羅尼經』3(『大正藏』21)

寶貴合曇無讖 譯, 『合部金光明經』6(『大正藏』16)

不空 譯, 『仁王護國般若波羅蜜多經』2(『大正藏』8)

不空 譯, 『仁王護國般若波羅蜜多經』7(『大正藏』8)

不空 譯, 『法華曼茶羅威儀形色法經』(『大正藏』9)

佛馱跋陀羅 譯, 『大方廣佛華嚴經』43(『大正藏』9)

佛陀耶舍共竺佛念 譯, 『長阿含經』18(『大正藏』1)

實叉難陀 譯, 『大方廣佛華嚴經』49(『大正藏』10)

實叉難陀 譯, 『地藏菩薩本願經』1,4,11(『大正藏』13)

實叉難陀 譯, 『地藏菩薩本願經』9(『大正藏』13)

惟淨 譯, 『佛說開覺自性般若波羅蜜多經』(『大正藏』8)

義淨 譯, 『金光明最勝王經』(『大正藏』16)

日稱 譯, 『諸法集要經』6(『大正藏』17)

宗峯妙超, 『大燈國師語錄』(『大正藏』81)

遵式 撰, 『熾盛光道場念誦儀』2 (『大正藏』46)

遵式, 『請觀世音菩薩消伏毒害陀羅尼三昧儀』(『大正藏』46)

天息災 譯, 『大方廣菩薩藏文殊師利根本儀軌經』3(『大正藏』20)

『普賢菩薩說證明經』1(『大正藏』85)

藏川 述, 『佛說預修十王生七經』1(卍續藏 1)

藏川 述, 『佛說地藏菩薩發心因緣十王經』1(卍續藏 1)

『大佛頂如來密因修證了義諸菩薩萬行首楞嚴經』(K 426)

『금광명경』(K.1465(40-626))

『증일아함경(增一阿含經)』(K.649(18-313))

『불본행집경』K.802(20-586)

『대방등대집경』(K.56(7-1)12)

『신화엄경론』(K.1263(36-230))

『능엄경』(K.426(13-793))

『한글대장경』(동국역경원, 1973)

『明靑實錄』(臺灣中央硏究院 歷史語言硏究所, 2015)

『中國正史朝鮮傳 譯註』(국사편찬위원회, 1989)

『史記』(「天官書」)

『後漢書』

『梵韓大辭典』(대한교육문화신문출판부, 2007)

『漢文大藏經』(台北:中華電子佛典協會, 2016)

『漢典』(zdic.net, 2004-2013)

『日中中日辭典』(香港:白水社, 1999)(http://cjjc.weblio.jp/), 2016.7.7.

香港廟祝, 『入屋叫人·跟廟拜神』(香港:超媒體出版有限公社, 2015)

安錫淵 編 『釋門儀範』, 법륜사, 1956.

印光 撰, 『九華山志』, 국사편찬위원회 한국고대사료집성 중국편, 2006.

宗懍 저, 상기숙 역, 『荊楚歲時記』, 집문당, 1996.

『고려대장경』(고려대장경 연구소, 1998)

『고려사』

『고려사절요』

『국역 증보문헌비고』(세종대왕기념사업회, 2000)

『규원사화(揆園史話)』

『금강경 삼가해』(沈載完 註解, 영남대학교출판부, 1999)

『금강경 오가해』(무비 역, 불광출판부, 2008)

『금강경강의』(각묵 편, 대한불교조계종 봉은사: 제31회 경전학교, 2011.9.23
        −12.16)

『금강경반야바라밀오가해설의』(『한국불교전서』7, 동국대학교출판부, 1984)

『금강반야바라밀경』(대한불교조계종 교육원 편역, 조계종출판사, 2007)

『금합자보』

『대악후보』

『동국여지승람(東國輿地勝覽)』

『동국이상국집』(이규보,「제신문」)

『동국이상국집』(『한국문집총간』1,2, 민족문화추진위원회, 1988)

『목은집』(『한국문집총간』4, 민족문화추진위원회, 1988)

『백운화상어록』(『한국불교전서』6, 동국대학교출판부, 1984)

『백운화상어록』(박문열 역, 범우사, 1998)

『동국통감』(고려 충숙왕 무진년(戊辰年, 1328)

『삼국사기』

『삼국유사』

『삼성훈경(三聖訓經)』

『석보상절』

『선문염송』(『한국불교전서』 5, 동국대학교 출판부, 1984)

『세종실록악보』

『승정원일기』

『시용향악보』(연희대학교 동방학연구소, 1954)

『신증금보(新證琴譜)』

『신편 한국사』(국사편찬위원회, 2002)

『악장가사』

『악학궤범』(민족문화추진위원회, 1979)

『역대가사문학전집』(임기중 편, 아세아문화사, 1999)

『역대시조전서』(심재완 편, 세종문화사, 1984)

『예수시왕생칠재의찬요』(송당대우, 1656)

『완당전집(阮堂全集)』, 「阮堂先生全集」 권1(『한국문집총간』, 한국고전번역
　　　　원DB)

『용재총화』(한국고전번역원, 1971)

『월인석보』

『육조단경』

『임하필기』

『조선왕조실록』(국사편찬위원회, 1973)

『조선왕조실록』(태백산사고본)

『증보문헌비고』

『청구영언』

『풍월정집』

『한국문집총간』(한국고전번역원 역, 고전종합DB)

『한국민족문화대백과』(한국학중앙연구원, 1991)

『한국사 데이터베이스』(국사편찬위원회, 2002)

『해동가요』

『해동고승전』

『백조』 1·2호(백조사, 1922)

경허 성우, 『경허집』, 이상하 역, 동국대학교출판부, 2016.

남광우, 『고어사전』, 동아출판사, 1960.

남사고, 『격암유록』, 세종출판, 1987.

대림, 『청정도론』 2, 초기불전연구원, 2004.

박한영, 『석전시초(石顚詩鈔)』, 동명사, 1940.

이광수, 『원효대사』, 성공문화사, 1993.

최남선, 『백팔번뇌』, 태학사, 2006.

한용운, 『한용운전집』 1-6, 신구문화사, 1973.

_____, 『님의 침묵』, 회동서관, 1926.

DB자료

『불교사전』, 동국대학교 전자불전연구소, 2012.

문화콘텐츠닷컴, 한국콘텐츠진흥원, 2015.

한국고전종합DB, 한국고전번역원, 2015.

한국사DB, 국사편찬위원회, 2013.

中國佛敎网原版藝術网入口原版圖片网入口

(http://www.fjtp.net/FJYS/TANGKA/2010-11-03/554.html)

논문

강석근, 「한국문학과 선시 -선시가 고려가요에 미친 영향을 중심으로」, 『동아
        시아 불교문화』 2, 동아시아불교문화학회, 2008, 63-124면.

강순애, 「직지와 불교문화」, 『서지학연구』 28, 서지학회, 2004, 94면.

구사회, 「불교계 악장문학」, 『어문연구』 22, 한국어문교육연구회, 1994, 111-
        127면.

권오성, 「세종조 불교 음악 관계 문헌의 연구」, 『세종학연구』 2, 세종대왕기념
        사업회, 1887, 81-112면.

권재선, 「시용향악보 내당가사의 어석」, 『한민족어문학』 14, 한민족어문학회,

1987, 1-9면.

김기종, 「『사리영응기』 소재 세종의 '친제신성(親制新聲)' 연구」, 『반교어문연구』 37, 반교어문학회, 2014, 173-199면.

김남윤, 「진표의 전기 자료 검토」, 『국사관논총』 78집, 1997, 102면.

김대행, 「암흑기의 친일문학」, 『한국문학연구입문』, 지식산업사, 1993, 638-646면.

김동욱, 「『시용향악보』 가사의 배경적 연구」, 『한국가요의 연구』, 을유문화사, 1961, 169-272면.

김상현, 「사천왕사의 창건과 의의」, 『신라문화제 학술발표회 논문집』 17, 동국대 신라문화연구소, 1996, 125-144면.

김성은, 「한국의 무속과 민간불교의 혼합현상」, 『종교연구』 24, 서울대 종교학 연구회, 2005, 73-92면.

김승우, 「고전시가 속 '어부'모티프의 수용사적 고찰-선자화상 게송의 수용과 변전 양상」, 『고전과 해석』 11, 고전 한문학연구학회, 2011, 2-31면.

김영진, 「최남선의 문명담론과 조선불교 구상」, 『불교평론』 54, 2013.6.

김용태, 「조선시대 불교사 연구와 쟁점」, 『한국불교사 어떻게 볼 것인가』 (2555년, 봉축세미나), 동국대 불교문화연구원, 2011, 137면.

김우진, 「『사리영응기』 소재 악공 연구」, 『한국음악연구』 45, 한국국악학회, 2009, 59-87면.

김유복, 「고려 사천왕 신앙의 연구」, 동국대학교 대학원, 2007, 1-89면.

김정희, 「조선조 명종대의 불화연구: 淸平寺 地藏十王圖를 中心으로」, 『역사학보』 110, 역사학회, 1981, 145-174면.

김종우, 「新羅의 鄕歌와 佛經의 要義攷」, 『김종우박사화갑기념논총』, 1977, 9-34면.

김태곤, 「무속과 불교의 습합」, 『한국민속학』 19, 한국민속학회, 1986, 163-174면.

김학주, 「나례와 잡희-중국와의 비교를 중심으로-」, 『아세아연구』 6권 2호, 고대 아세아문제연구소, 1963, 103-126면.

나정순, 「고전의 현대적 계승과 변용을 통해 본 시조」, 『시조학논총』 24, 한국

시조학회, 2006, 173-197면.

나정순, 「시조 장르의 시대적 변모와 그 의미」, 이화여대 박사논문, 1989, 1-231면.

_____, 「조선 전기 향악 불찬의 성격과 연원」, 『선문화연구』 18, 한국불교선리연구원, 2015, 271-324면.

_____, 「『시용향악보』 소재 〈내당〉·〈삼성대왕〉의 불교적 성격과 연원」, 『선문화연구』 20, 한국불교선리연구원, 2016, 133-178면.

_____, 「『시용향악보』 소재 〈성황반〉·〈나례가〉의 무불 습합적 성격과 연원」, 『대동문화연구』 87, 성균관대학교 대동문화연구원, 2014, 207-240면.

노권용, 「석전 박한영의 불교 사상과 개혁운동」, 『선문화연구』 8, 한국불교선리연구원, 2010, 252면.

陶立璠, 「중국의 가면(假面)문화」, 『비교민속학』 11, 비교민속학회, 1994, 407-425면.

문명대, 「魯英의 阿彌陀·地藏佛畵에 대한 考察」, 『美術資料』 25, 국립중앙박물관, 1979, Ⅱ:1-16면.

박규홍, 「어부사의 형성 연구」, 『시조학논총』 15, 한국시조학회, 1999, 67-89면.

박범훈, 「한국 불교 음악의 전래와 한국적 전개에 관한 연구」, 동국대 박사논문, 1999, 1-561면.

박성규, 「고려 후기 한문학에 나타난 불교 사상」, 『한자한문교육』 23, 한국한자한문교육학회, 2009, 1-25면.

박성의, 「시용향악보 소재 여요고」, 『국어국문학』 53, 국어국문학회, 1971, 119-128면.

박은경, 「조선시대 15·6세기 불교회화의 특색-地藏十王圖를 중심으로」, 『석당논총』 20, 동아대학교부설 석당전통문화연구원, 1994, 251-279면.

변지선, 「『시용향악보』 소재 〈삼성대왕〉 연구」, 『Journal of Korean Culture』 15, 한국어문학국제학술포럼, 2010, 302-329면.

서대석, 「고려 〈처용가〉의 무가적 검토」, 『한국고전시가작품론』 1, 집문당,

1992, 347-358면.

서대석, 「무속과 국문학」, 『한국 무속의 종합적 고찰』, 고대 민족문화연구소, 1982, 181-206면.

성기옥, 「악학궤범의 시문학 사료적 가치」, 『진단학보』 77, 진단학회, 1994, 207-240면.

송석하, 「처용무, 나례, 산대희의 관계를 논함」, 『진단학보』 2, 진단학회, 1935, 87-114면.

신근영, 「『시용향악보』 소재 〈삼성대왕〉 고찰」, 『한국무속 연구의 한 단면』, 민속원, 2005, 189-204면.

신은경, 「무심의 의미체계」, 『서강어문』 11, 서강대학교 어문학회, 1995, 85-108면.

심효섭, 「신라 사천왕 신앙의 전개와 그 역사적 성격에 관한 연구」, 동국대학교 대학원, 1995, 1-62면.

안명희, 「고려 사천왕 신앙의 특이성」, 『불교대학원논총』 2, 동국대 불교대학원, 1995, 151-191면.

_____, 「고려 사천왕 신앙에 관한 연구」, 동국대학교 불교대학원, 1994, 1-72면.

안자산, 「조선악과 구자국악」, 『불교』 64, 불교사, 1929, 32-35면.

_____, 「조선음악과 불교」, 『불교』 67-70, 불교사, 1930, 67(18-23면), 68(27-32면), 69(19-26면), 70(19-24면).

_____, 「조선음악과 불교」, 『불교』 69, 불교사, 1930, 19-26면.

양태순, 「선초 향악의 흐름과 그 시가사적 의미」, 『한국시가연구』 7, 한국시가학회, 2000, 149-208면.

윤대웅, 「격암유록과 남사고 비결서 상고(相考)」, 『향토경북』 10, 경상북도향토사연구협의회, 2012, 229-248면.

윤아영, 「조선 전기 나례와 그에 수반된 악가무의 형태에 관한 연구」, 『온지논총』 13, 온지학회, 2005, 223-252면.

윤영해, 「한국에서 불교와 유교의 만남과 그 관계 변화」, 『한국불교학』 19, 한국불교학회, 1994, 285-316면.

이병기, 「시용향악보의 한 고찰」, 『한글』 113, 한글학회, 1955, 367-393면.

이병휴, 「조선 전기 내불당 기신재의 혁파 논의와 그 추이」, 『九谷黃鍾東敎授 停年紀念 史學論議』, 간행위원회, 1994, 351-372면.

이봉춘, 「조선 전기 불전 언해와 그 사상」, 『한국불교학』 5, 한국불교학회, 1980, 41-70면.

이승희, 「無爲寺 極樂寶殿 白衣觀音圖와 觀音禮懺」, 『東岳美術史學』 10, 동악미술사학회, 2009, 59-84면.

이어령, 「현대시 특수연구」, 이화여자대학교 대학원 국문학과 박사과정 강의 노트, 1983.

이은주, 「조선시대 남종에 관한 연구」, 『Journal of the Korean Society of Clothing and Textiles』 18, No.2, 한국의류학회, 1994, 221-233면.

이종익, 「조사선에 있어서의 무심사상」, 『불교학보』, 동국대학교 불교문화연구원, 1973, 239-270면.

이혜순, 「비교문학적 관점에서 본 한국 근대 문학의 기점」, 『근대문학의 형성 과정』, 한국고전문학회, 1983, 102-118면.

이희재, 「조선 중종대 왕실의 불교의례- 忌晨齋를 중심으로-」, 『불교문화연구』 3, 한국불교문화학회, 2004, 137-151면.

인권환, 「불교산문연구」, 『한국문학연구』 22, 동국대 한국문학연구소, 2000, 37-56면.

임기중, 「불교시가연구(1443-1876)-한글시대의 불교시가」, 『한국문학연구』 22, 동국대학교 한국문화연구소, 2000, 5-35면.

인제혜, 「시용향악보 소재 부가류 시가 연구」, 『한민족어문학』 9, 한민족어문학회, 1982, 155-182면.

임준성, 「백운경한의 시 세계-무심의 미학을 중심으로-」, 『고시가연구』 13, 한국고시가문학회, 2011, 175-195면.

전경욱, 「처용무의 성립과 각 지방의 관련 민속연희 및 민속」, 『한국민속학』 44, 한국민속학회, 2006, 437-461면.

전복규, 「고시조에 나타난 불교 사상 고찰」, 『인천전문대 논문집』 14, 인천대학교, 1990, 201-218면.

전재강, 「불교 관련 시조의 사적 전개와 유형적 특성」, 『한국시가연구』 9, 한국시가학회, 2001, 337-361면.

_____, 「용비어천가의 『易經』적 이해」, 『論文集』 3, 東洋大學校, 1997, 253-272면.

정병조, 「백운의 무심선에 관하여」, 『한국불교학』, 한국불교학회, 1977, 273-281면.

정재호, 「시용향악보의 '삼성대왕' 소고」, 『국어국문학논문집』 5, 동국대 국어국문학부, 1964, 83-91면.

정형효, 「『시용향악보』 소재 〈나례가〉의 성격 고찰」, 『중앙민속학』 3, 중대한국민속학연구소, 1991, 273-291면.

조평환, 「조선 초기의 악장과 불교 사상」, 『한국시가연구』 8, 한국시가학회, 2000, 111-134면.

최 철, 「고려 시가의 불교적 고찰」, 『동방학지』 96, 연세대학교 국학연구원, 1997, 121-141면.

최광식, 「무불 습합에 관한 일고찰」, 고려대학교 석사논문, 1980, 1-61면.

최연주, 「합부금광명경 간행과 고려대장경 각성 사업」, 『고대의 문화』 66, 한국대학박물관협회, 2005, 37-56면.

최용수, 「『시용향악보』의 〈삼성대왕〉 연구」, 『한국시가연구』 9, 한국시가학회, 2001, 259-280면.

최윤영, 「한국 중세 궁중 연희의 공간 연구 -팔관회, 연등회, 나례의 가무백희 공간을 중심으로」, 『한국연극학』 27, 한국연극학회, 2005, 301-328면.

최정여, 「처용 전후 구나의(驅儺儀)의 양상」, 『신라문화제학술발표회논문집』 4, 동국대학교 신라문화연구소, 1983, 139-161면.

최종석, 「역사학의 시각으로 본 한국 중세 성황(신앙)」, 역사연구소 33차 학술 세미나, 서울대학교 역사연구소, 2009, 155-182면.

최종성, 「조선 전기 종교혼합과 반혼합주의」, 『종교연구』 47, 한국종교학회, 2007, 37-81면.

한국학술정보, 『한국근대잡지선』 10, 교육학술정보원, 2005, 1-295면.(최남

선, 「조선불교의 대관으로부터 조선불교통사에 급함」, 『조선불교총
  보』 11, 三十本山聯合事務所, 1918)

한기문, 「高麗時代 王室願堂과 그 機能」, 『國史館論叢』 71, 국사편찬위원회,
  1996, 37-68면.

홍승완, 「고시조에 나타난 불교 사상 고찰」, 『어문연구』 12권 2호 통권 42,
  43호, 일조각, 1983, 410-422면.

황경숙, 「한국의 나례 양상과 나희 형성 연구」, 『한국민속학보』 11, 한국민속
  학회, 2000, 31-59면.

단행본

계명대출판부, 『도덕경』, 2001.

고교형, 『이조불교』, 보문관, 1929.

고영근, 『표준중세국어문법론』, 탑출판사, 1987.

고영근 외, 『월인천강지곡의 텍스트 분석』, 집문당, 2003.

국사편찬위원회, 『신편 한국사』 16·26, 2002.

국어국문학회, 『고려가요연구』, 정음사, 1979.

김기동, 『국문학상의 불교 사상 연구』, 진명문화사, 1973.

김기종, 『월인천강지곡의 저경과 문학적 성격』, 보고사, 2010.

김동욱, 『한국가요의 연구』, 을유문화사, 1961.

김명준, 『악장가사연구』, 다운샘, 2004.

김무봉, 『금강경 언해 주해』, 동악어문학회, 1993.

김사엽, 『이조시대의 가요연구』, 대양출판사, 1956.

김상현, 『신라의 사상과 문화』, 일지사, 1999.

김성배, 『한국 불교가요의 연구』, 아세아문화사, 1983.

김수경, 『고려 처용가의 미학적 전승』, 보고사, 2004.

김열규·신동욱 공편, 『삼국유사와 문예적 가치 해명』, 새문사, 1982.

김운학, 『불교문학의 이론』, 일지사, 1981.

김학성, 『한국고전시가의 연구』, 원광대학교 출판국, 1980.

동국대학교 전자불전연구소, 『불교사전』.

동국대학교 출판부, 『한국불교전서』 24, 1996.

마노 다카야, 이만욱 역, 『도교의 신들』, 들녘, 2001.

박경신, 『한국의 오구굿 무가』 1, 국학자료원, 2010.

박노준, 『고려가요의 연구』, 새문사, 1990.

박범훈, 『한국불교음악사 연구』, 장경각, 2000.

박병채, 『고려가요의 어석 연구』, 이우출판사, 1980.

박성의, 『한국문학배경연구』, 현암사, 1972.

박완식, 『한국 한시 어부사 연구』, 이회, 2000.

박을수, 『한국 시조문학 전사』, 성문각, 1978.

붓다고사, 대림 역, 『청정도론』 3, 초기불전연구원, 2004.

신은경, 『풍류』, 보고사, 1999.

양주동, 『고가연구』, 을유문화사, 1947.

_____, 『여요전주』, 을유문화사, 1992.

여동찬, 『고려시대 호국법회에 대한 연구』, 서울대출판부, 1970.

오 인, 『불교 세시풍속』, 운주사, 2014.

유동식, 『한국 무교의 역사와 구조』, 연세대출판부, 1975.

윤광봉, 『한국 연희시 연구』, 이우출판사, 1987.

이능화, 서영대 역주, 『조선무속고』, 창비, 2010.

_____, 『조선불교통사』, 신문관, 1918.

_____, 『한국도교사』, 동국대학교 출판부, 1959.

이도흠, 『신라인의 마음으로 삼국유사를 읽는다』, 푸른역사, 2000.

이상보, 『조선시대 시가의 연구』, 이화문화사, 1993.

이완교, 『주역과 격암유록』, 아름다운사람들, 2010.

이종찬, 「고려 문학의 형성과정」, 『한국의 선시』, 이우출판사, 1985.

_____, 「新羅 佛經諸疏와 偈頌의 文學性」, 『한국불교 시문학사론』, 불광출
      판부, 1993.

이혜구, 『한국음악논총』, 수문당, 1976.

_____, 『한국음악서설』, 서울대출판부, 1985.

인권환, 『고려시대 불교시의 연구』, 고대민족문화연구소, 1989.

＿＿＿, 『한국불교문학연구』, 고대민족문화연구소, 1983.

임승국 역, 『한단고기』, 정신세계사, 1991.

장사훈, 『국악논고』, 서울대출판부, 1966.

＿＿＿, 『세종조 음악 연구』, 서울대출판부, 1982.

＿＿＿, 『한국음악사』, 정음사, 1975.

정구복 외, 『역주 삼국사기』 4(주석편 하), 한국학 중앙연구원, 1998.

정병욱 외, 『고려시대의 가요 문학』, 새문사, 1987.

조규익, 『고전시가와 불교』, 학고방, 2010.

＿＿＿, 『조선 악장문학 연구』, 숭실대 출판부, 1990.

＿＿＿, 『조선 초기 아송문학 연구』, 태학사, 1986.

조동일, 『한국문학통사』, 지식산업사, 2002.

조명제, 『고려후기 간화선 연구』, 혜안, 2004.

조윤제, 『한국시가사강』, 을유문화사, 1954.

조흥욱, 『월인천강지곡의 문학적 연구』, 국민대 출판부, 2008.

주호찬, 『이규보의 불교 인식과 시』, 보고사, 2006.

차주환, 『한국도교사상연구』, 서울대학교 출판부, 1993.

채상식, 『고려후기 불교사 연구』, 일조각, 1991.

최　철, 『세종 시대의 문학』, 세종대왕기념사업회, 1985.

홍윤표, 「三聖訓經」, 『국어사 문헌자료 연구(근대편Ⅰ)』, 태학사, 1993.

찾아보기

나정순

서울 출생

경기여자고등학교 졸업

이화여자대학교 국어국문학과 졸업

이화여자대학교 대학원 국어국문학과 석·박사 학위 취득

이화여대, 충북대, 아주대 등 강사

서울대학교 교육종합연구원 특별연구원

한남대학교 국어교육과 겸임교수 역임

현재 한국외국어대학교 한국어교육과 고전시가 강의

저서 및 논문

「한시의 시조화에 나타난 시조의 특성 연구」(석사 논문)

「시조 장르의 시대적 변모와 그 의미」(박사 논문)

「17세기 초의 사상적 전개와 정훈의 시조」(논문)

「규방가사의 본질과 경계」(논문)

『한국 고전시가 문학의 분석과 탐색』(2001 문화관광부 우수학술도서)

『우리 고전 다시 쓰기』(2005)

『고전시가의 전통과 현재성』(2009 대한민국학술원 우수학술도서)

한국 불교문화와 고전시가

2017년 9월 27일 초판 1쇄 펴냄

지은이 나정순
펴낸이 김흥국
펴낸곳 도서출판 보고사

등록 1990년 12월 13일 제6-0429호
주소 경기도 파주시 회동길 337-15 보고사 2층
전화 031-955-9797(대표), 02-922-5120~1(편집), 02-922-2246(영업)
팩스 02-922-6990
메일 kanapub3@naver.com / bogosabooks@naver.com
http://www.bogosabooks.co.kr

ISBN 979-11-5516-728-1   93810
ⓒ 나정순, 2017

정가 18,000원